세계의 끝
여자친구

세계의 끝 여자친구

김연수

소 설

문학동네

차례

케이케이의 이름을 불러봤어

그 이름은 내게 사랑하지 않고는 견딜 수 없었던 밤들을 떠올리게 했다. 한 번도 가보지 못했던 그 나라마저도 내게는 미칠 듯이 사랑스러웠으니까. 우린 연인이었다. 그 나라에서 케이케이가 왔다.

그후로 십삼 년이 지나는 동안, 나는 여러 번 어린 케이케이가 수영을 했다던 그 냇물을 상상했다. 아직 일곱 살이었던 케이케이가 팬티 차림으로 들어갔을 그 차갑고도 푸른 물을. 거기에서 그는 흘러가는 냇물에 몸을 맡긴 채, 하늘을 올려다보며 가만히 누워 있었겠지. 떠내려가는 케이케이. 결코 마르지 않을, 물기로 촉촉한 어린 몸뚱어리. 구름을 바라보며 케이케이가 숨을 쉴 때마다, 먼 훗날 내가 즐겨 안겨 있게 될 그 가슴 위로는 뜨거운 여름 햇살을 받아 따뜻해진 물결이 한가롭게 출렁거렸을 것이다. 소금쟁이처럼, 버드나무 이파리처럼, 종이배처럼, 내 상상 속에서 배 위로 끊임없이 해안선 같은 것을 그리며 케이케이의 육체는 물 위를 둥둥 떠 흘러가고 있었다.

샌프란시스코 국제공항에서 케이케이가 태어난 그 나라로 향하는 비행기에 탑승하기 위해 의자에 앉아 기다리는 동안, 내 눈앞으로 그 영상이 떠올랐다. 언제나 황홀할 정도로 노란 햇살 아래이다. 그리고 늘 같은 침묵 속에 펼쳐진다. 환하게 웃는 케이케이를 바라볼 때마다 나는 내가 여자임을 깨달았다. 내가 아는 나의 얼굴 중에서 가장 아름다운 얼굴은 웃음을 머금은 케이케이의 눈동자에 비친 얼굴이었다. 양쪽 눈동자에 하나씩, 모두 두 개의 얼굴. 지금의 내 얼굴을 아무리 들여다봐도 그런 얼굴은 보이지 않는다. 그래도 나는 만족한다. 분명한 건, 가장 아름다운 얼굴은 이제 다시 볼 수 없다는 점이다. 나는 이미 오십대 후반이고, 얼굴은 점점 야위어가고만 있다. 그건 주름이 늘어난다는 소리다. 지금 나를 형성하고 있는 세포들은 사랑이 뭔지 모른다. 케이케이를 사랑하던 세포들은 이제 내 몸 안에 없다. 그런 생각을 하면 나는 오랫동안 두 눈을 감지 못한다. 눈물이 흘러내릴까봐.

일곱 살이었던 케이케이의 그 젖은 몸은 어디로 갔을까? 먼 훗날 케이케이의 그 몸에 매달려 사랑할 때의 내 세포들은 또 어디로 갔을까? 세상에서 가장 넓다는 바다를 건너가는 동안, 『같은 시간에』라는 책을 읽다가 그 해답의 단서가 될 만한 문장을 발견한다. 그 책에는 천체물리학의 오랜 수수께끼가 실려 있었다. "별의 이동속도를 이용해 우주의 질량을 계산한 과학자들은 이 우주에 존재하는 모든 별의 무게를 합한다고 해도 전체 우주의 질량에는 10퍼센트에도 미치지 못한다는 사실을 알게 됐다. 그럼 90퍼센트 이상을 차지하는 건 무엇인가?" 과학자들은 그걸 암흑물질이라고 이름 붙였다. 암흑물질은 관측이 불가능하므로 존재를 증명할 수가 없다. 우리에게는 존재하지 않는 것임에 틀림없는, 이 어둡고 비밀스럽고 거무스름한 물질이 우리 우주의 90퍼센트를 차지한다. 책에 정신이 팔려, 나는 불을 끄겠다는 안내방송을 듣지 못한다. 비행기의 실내등이 꺼진다. 비행기 창밖은 아직 환한데 승객들은 이제 잠들 시간이다.

내가 말하고 싶은 건 이런 이야기다. 이 우주의 90퍼센트가 우리가 감지할 수 없는 것들로 이뤄져 있다면, 결국 케이케이의 어린 몸도, 그 몸을 사랑했던 내 세포들도 달리 갈 곳은 없을 것이다. 나의 가장 아름다운 얼굴도 마찬가지다. 당신은 그걸 보지 못할 뿐이다.

주최측이 보낸 메일에 따르면, 사흘에 걸친 작가대회의 일정이 다 끝나면 모든 외국 작가들은 셋째 날 오후 한시부터 여섯시까지 원하는 곳을 자유롭게 관광할 수 있었다. 단 저녁 여섯시에는 외국 작가들의 숙소인 호텔에서 조직위원장이 베푸는 환송만찬이 잡혀 있으니까 그때까지는 돌아온다는 조건으로. 내가 동아시아에서 열리는 이 여성작가대회에 마음이 쏠린 건 그 셋째 날의 일정과 나를 초청한 그 나라의 이름 때문이었다. 그 이름은 내게 사랑하지 않고는 견딜 수 없었던 밤들을 떠올리게 했다. 한 번도 가보지 못했던 그 나라마저도 내게는 미칠 듯이 사랑스러웠으니까. 우린 연인이었다. 그 나라에서 케이케이가 왔다.

공항에서 시내로 들어오는 차 안에서 다소 경직된 목소리로 해피가 부탁한다. 셋째 날에 가보고 싶은 곳이 있다면, 거기가 어디인지 미리 말해달라고. 나는 조금도 주저하지 않고 밤메라고 대답한다. 밤메. 해피는 고개를 갸웃거리고는 룸미러를 통해 나를 바라본다. 그녀는 "실례지만"이라고 말한다. 밤메라고 나는 한번 더 말한다. 해피는 소리내어 웃는다. 밤메가 한국인에게는 우습게 들리는 발음이라는 걸 나는 눈치챈다. 그녀로서는 처음 듣는 지명인 게틀림없었다. 해피가 몇 번 더 그 지명을 발음한다. 밤메. 밤메. 밤메. 그러더니 왼손으로는 핸들을 잡은 채, 그녀는 영어가 서툴러서 미안하다고 내게 말하며 오른손으로 조수석에 있는 가방을 뒤져종이와 펜을 꺼낸다. 나는 건네받은 종이에다가 'Bamme'라고 쓴다. 내가 종이를 건네자, 해피가 종이를 들여다보며 또 발음한다. 밤. 메. 해피는 내게 밤메에 대해 좀더 설명해달라고 말한다. 밤메는 서울에서 한 시간 거리에 떨어져 있다. 밤나무가 많은 산을 하나 넘으면 노란 바다가 나온다. 더이상 나는 밤메에 대해 설명하지 못한다. 사실은 내가 하는 말이 맞는 것인지도 확신할 수 없다. 밤메라고 말할 때, 나는 판단력을 잃는다.

얼마 지나지 않아 자동차는 멀리 등대의 불빛이 깜빡이는 모습이 보이는 검은 바다를 오른쪽에 끼고 달린다. 해피는 이윽고 내가 도착하게 될 도시가 육백 년 전에 건설됐다고 일러준다. 나는 이미 비행기 안에서 『론리 플래닛』을 읽었기 때문에 그 도시를 잘 아는 외국인들이 그곳을 '무엇도 영원한 것이 없는, 스쳐 지나가는 것들로 가득한, 좌충우돌의 도시'라고 말한다는 것을 알고 있다. 그 구절을 읽는 순간, 나는 불어오는 바람에 보랏빛 자카란다 꽃잎들이 하염없이 떨어지는 광경을 상상했다. 그 도시에도 자카란다 꽃이 피는 것일까? 나는 문득 궁금해진다. 해피의 얘기는 귀에 들어오지 않고, 생각은 하염없이 검은 밤바다 위를 떠다닌다.

그러다가 나는 케이케이가 어떻게 갑자기 웃통을 벗고 미드 호수로 뛰어들었는지 해피에게 설명하기 시작한다. 사막 한가운데지만, 거기에는 요트 선착장과 비치가 있었다. 호수에 들어간 케이케이는 손을 흔들며 깔깔댄다. 케이케이는 내게 어렸을 때 고향의 강에서 배운 수영을 보여주겠다고 했다. 케이케이는 이내 물 위에 드러누웠다. 케이케이가 오후 세시의 호수 위를 둥둥 떠다녔다. 케이케이가 내게 보여주겠다던 건 'a corpse swimming'이었다. 시체의 수영. 팔도 움직이지 않고, 이따금 물속에서 발만 동동 구르며 물 위를 떠가는 몸. 거기서 빨리 나와. 나는 '시체의 수영'이라는 말이 주는 어감이 싫어서 그렇게 외쳤다. 도대체 어디서 그딴 식의 수영을 배운 거야? 물가에 서 있는 내 쪽을 바라보며, 케이케이가 깔깔대며 말했다. 밤메에서. 내 고향. 어릴 적에 여름만 되면 이렇게 물 위에 누워서 하늘을, 오가는 구름을, 햇살을 올려다봤었거든. 그때 생각이 나. 나의 가장 아름다운 시절이었어. 그렇게 말한 뒤, 케이케이의 몸은 호수 속으로 빠져들었다. 이윽고 나는 허리까지 차오른 호수 속에서 케이케이의 몸뚱어리가 물속으로 들어가면서 일으킨 그 희미한 물결을 하나하나 바라봤다. 나는 뭐라고 한참 욕설을 퍼부었다. 죽으면 어떻게 하려고 그렇게 물속으로 뛰어드나 싶어서, 또 무슨 마음으로 밤메에서 보낸 시절을 가장 아름다운 시절이라고 말하나 싶어서. 다시 물 밖으로 나온 케이케이는 내게 물속에서 네 개의 프로펠러가 온전하게 남아 있는 B29를 봤다고 말했다. 그때쯤에는 내 꼴이 좀 우스워서 그 얘기가 귀에 들어오지 않았다. 몇 년이 지난 뒤에야 나는 실제로 B29가 미드 호수에 추락한 적이 있다는 사실을 알게 됐다. 정말 그때 케이케이는 물속에서 B29를 봤던 것일까? 아니면 나를 놀리느라고 그랬던 것일까?

"한국말로는 그걸 '송장헤엄'이라고 해요. '시체의 수영'이 아니라. 물론 송장은 시체를 뜻하고, 헤엄은 수영을 뜻하지만, 송장헤엄을 시체의 수영이라고 말할 수는 없어요." 해피가 다시 룸미러로 나를 바라보며 말한다. 나는 귀에 들리는 대로 '송장헤엄'이라는 단어를 발음해본다. 동양의 단어처럼 들린다. 혀가 꼬이는 것 같아서 나는 더이상 따라 하지 않는다. 해피는 계속 말한다. 송장헤엄이란 아이들의 말이라고. 어른들은 그걸 배영이라고 부른다고. 영어로 옮기자면, 송장헤엄은 'a corpse swimming'이 아니라 'a backstroke'가 될 것이라고. 나는 말한다. "아니에요, 해피. 그때 케이케이는 'a backstroke'을 한 게 아니라 'a corpse swimming'을 한 거예요." 내 단호한 표정에 해피는 당황한 표정을 짓는다. 어느새 오른쪽에 있던 검은 바다는 사라지고, 달빛을 받은 봉우리들이 보인다. 바다는 우리 뒤에 있다. 나는 겁에 질린 채 첨벙첨벙 호수에 뛰어들어 불안한 눈빛으로 케이케이의 흔적을 찾던 서른아홉 살의 나를 지금 부러워하고 있는 중이다.

사흘 뒤. 밤메까지 가는 동안, 해피는 내게 그 동안 일어났던 일들에 대해서 말한다. 그날 밤, 집에 돌아가 삼십 분 정도 인터넷을 검색한 뒤에야 해피는 내가 말한 정보들이 밤메라는 곳을 찾는 데는 아무런 도움이 되지 않는다는 사실을 깨닫게 됐다. 그녀가 모니터로 본 것은 '밤에'를 잘못 입력한 문서들뿐이었다. '반면 캐서린은 얼굴은 아니지만 라면이든 뭐든 '밤메' 음식을 먹고 자면 엉덩이가 커진다고 밝혀 주변을 폭소케 하기도 했다'라거나 '인공위성은 '밤메' 맨눈으로 볼 수 있습니다. 잘 보면 별 같은 것이 천천히 움직입니다' 같은 문장들. 구글에 'Bamme'를 입력해도 알 수 없기는 마찬가지였다. 그건 독일인의 성(姓) 중 하나였다.

해피는 'Bam Me'라고 넣어봤다. 그러자 'U deon nal do nun mul le jeoj jeoss deon seul peun bam me do' 같은 이상한 말들이 나타났다. 이게 다 무슨 소리인가? 해피는 중얼거렸다.

해피의 컴퓨터 옆에는 작은 양면거울이 있었다. 한쪽은 얼굴을 그대로, 다른 쪽은 얼굴을 더 크게 비췄다. 해피는 얼굴을 보고 있다가 손을 뻗어 얼굴을 크게 비추는 거울 쪽으로 거울을 돌렸다. 클렌징을 한 얼굴에 기미가 보였다. 그나마 많이 줄어든 것이었다. 기미는 삼 년 전부터 나타났다. 그 삼 년 동안 햇살 아래 나선 일은 별로 없었다. 언젠가 오랜만에 만난 친구가 해피의 얼굴을 보고 깜짝 놀란 적이 있었다. 그 친구는 해피에게 자외선이 문제가 아니라면, 에스트로겐 때문일 것이라고 말했다. 그 말에 해피는 스트레스 때문에 기미가 늘어난 것이라고 반박했다. 임신 때나 증가하는 그 여성호르몬을 해피는 저주했다. 임신 같은 건 다시 하고 싶지 않았다. 얼굴에 기미가 부쩍 늘어나기 시작했을 때의 일일 것이다. 해피는 매일 밤 닥치는 대로 음식을 먹어대곤 했다. 밤에. 밤메. 그러다가 해피는 다시 모니터를 봤다. '웃던 날도 눈물에 젖었던 슬픈 밤에도.' 그건 따라 부르려고 중국인들이 영어로 표기한 한국 유행가의 한 구절이었다.

다음날, 피곤해서 일찌감치 침대에 누웠던 해피는 자신을 바라보는 시선에 잠이 깨었다. 남편이 잠든 해피의 얼굴을 들여다보고 있었다. 남편에게서는 술과 담배 냄새가 풍겼다. 해피가 깨어나자, 남편은 몸을 일으키고 부엌으로 갔다. 냉장고 문을 열고 안에서 뭔가 꺼내는 소리가 들렸다. 해피는 다시 눈을 감았다. 부엌에서 남편이 물었다. "밤메가 어딘지는 알아냈어?" "몰라. 그 사람 고향이라던데." 눈을 감은 채, 해피가 말했다. "누구?" "케이케이라고, 그 소설가의 젊은 연인." "열일곱 살 연하의 그 한국 유학생?" "어쩐지 그게 이상하지가 않아." "얼씨구." 그 말과 함께 남편은 여러 번에 나눠서 물을 들이켰다. 나처럼 해피에게 열일곱 살 연하의 애인이 생긴다면, 아마도 그 남편은 기뻐할 게 분명했다. "그게 '밤에'를 잘못 말한 건 아닐 거야. 왜, 밤나무가 많은 산을 넘어가면 황해가 나온다고 했잖아. 그렇다면 그건 '밤뫼'일 거야. 그 지명은 식민지 시절에 율산(栗山)쯤으로 바뀌었겠지." 그렇게 해서 해피의 남편은 서울에서 한 시간 거리에 떨어져 있다는, 황해에 붙은 밤메를 찾아냈다.

한 시간 삼십 분 동안 수많은 가게들과 건물들과 신호등과 네거리를 지난 뒤에도 다시 고속도로를 달린 끝에야 우리는 밤메에 도착한다. 차에서 내린 해피는 산업폐수에 오염된 냇물로 나를 안내한다. 오랫동안 붓에 묻은 이런저런 색깔의 물감을 씻어낸 물통 속처럼 냇물은 흐리다. 최소한 세 번 이상은 덧칠한 듯한 회색 하늘에는 내가 상상한 태양은 없다. 그러므로 거기에는 웃음도 없고, 가장 아름다운 얼굴도 없다. 양쪽 제방의 사이만 넓을 뿐, 수

량은 많지 않다. 냇물의 왼쪽으로는 붉은색 우레탄이 깔려 있다. 붉은 길은 직선의 잿빛 물길을 따라 쭉 이어져 있다. 잿빛은 시멘트로 지어놓은 건물들의 외벽과 굴뚝에서도, 보도블록을 깔아놓은 인도에서도, 도로를 따라 줄지어 선 전신주에서도 찾을 수 있다. 태양은 오렌지만큼이나 작고 단단하게 서쪽 하늘에 박혀 있다. 나는 들숨과 날숨에 집중한다. 1976년에 케이케이가 이런 곳에서 수영했으리라고는 도저히 믿을 수 없다.

"여기는 산업단지예요. 아주 오래 전에 조성됐어요." 놀란 내 표정에도 아랑곳하지 않고, 하지만 자신 없는 목소리로 해피는 준비해온 정보들을 말한다. "이 산업단지 조성계획이 처음으로 세워진 것은 제2차 경제개발 5개년 계획이 실행되던 기간의 일인데요. 음, 경제개발 5개년 계획이란 건 말이죠, 음……" 그제야 나는 처음으로 해피를 찬찬히 살펴본다. 해피는 서른아홉 살이다. 내가 케이케이와 사랑할 때의 나이이다. 밤마다 먹었다던 음식들도 해피의 몸을 완전히 망치지는 못했다. 아직까지는 해피의 몸도 찬란하고 순수하다. 우울한 표정에 사로잡혀 나는 해피의 몸이 맹렬하게 마지막 아름다움을 발하고 있다는 사실을 미처 깨닫지 못했다. 공항에서 처음 만났을 때부터 불꽃 옆에 서 있는 사람처럼 해피의 낯빛에는 흐릿한 빛이 어른거렸다. 해피는 자신의 이름을 '헤미'라고 소개한 뒤, 내가 그 나라를 떠날 때까지 통역과 안내를 담당할 것이라고 말했다. 감정을 쉽게 느끼기 어려운 무덤덤한 목소리였지만, 손을 내밀어 악수를 청하는 해피의 손바닥에는 차가운 땀이 배어 있었다. 해피는 내 손을 꽉 잡은 채로 "기억하기 힘들다면 'help me'를 생각하면 쉬워요"라고 말했다. 'help me'라니, 나는 한참 동안이나 웃었다. 나는 그녀를 'happy'로 기억하겠다고 대답했다.

나는 산업단지의 약사에 대해서 말하는 해피에게 단호하게 말한다. "여기는 밤메가 아니에요." 해피가 내 말을 받아친다. "여기가 밤메가 맞아요. 정확하게 말하자면 방미예요. 원래는 밤뫼였겠지만, 지금은 방미예요." 나는 그녀가 무슨 말을 하는지 하나도 알아들을 수가 없다. 밤메와 방미와 밤뫼의 차이에 대해서 나는 전혀 구별할 수가 없다. "어쨌든 여기는 케이케이가 시체의 수영을 하던 그 밤메가 아니에요." "여기는 밤메가 맞아요. 그리고 그건 시체의 수영이 아니에요. 배영이라고 해야만 해요." 더이상 해피와는 이야기가 통하지 않는다는 걸 이제 나는 알겠다. 이런 엉터리 같고 끔찍한 산업단지로 나를 데려오다니. "당신은 나의 통역으로 고용됐는데도 내 말을 하나도 이해하지 못하고 있어. 내가 왜 '시체의 수영'이라고 말하는지도 전혀 모르고 있어. 당신은 내 말에 전혀 귀를 기울이지 않고 있어. 내가 무슨 말을 하는지 하나도 몰라." 나는 분통을 터뜨린다. 이럴 때 내 모습은 과거에만 매달리는 미친 할머니처럼 보인다는 사실을 잘 알고 있다. 하지만 나도 어쩔 수 없다. 눈물이 흐를 것만 같다. 세상에서 가장 넓은

바다를 건너와 나는 헛수고만 한 것이다. 나는 미국으로 돌아가고
싶다. '무엇도 영원한 것이 없는, 스쳐 지나가는 것들로 가득한,
좌충우돌의 도시'에서 떠나고 싶다. 지금 당장.

　나는 낮에 대해서는 잘 기억하지 못한다. 기억하는 건 대부분
밤일 뿐이다. 낮에 대한 기억은 자카란다 꽃의 색깔뿐이었다. 자
카란다 꽃의 색깔은 흐린 날에는 보랏빛이지만, 맑은 날에는 푸른
빛이다. 기억 속의 자카란다 꽃은 어떨 때는 보랏빛이었다가 어떨
때는 푸른빛이었다. 분명한 것은 폭동이 있었다는 점이다. 4월 말
에 시작된 폭동은 허리케인처럼 도시의 남쪽에서 서서히 북상하
기 시작했고, 마찬가지로 허리케인처럼 지나간 자리를 폐허로 만
들었다. 해가 저물고 난 뒤에도 사우스 센트럴에는 밤이 찾아오지
않았다. 밤새 도시는 환하게 불타올랐다. 불타지 않은 곳에는 소
총과 권총으로 무장한 사람들이 경비를 서고 있었다. 흑인들은 정
의가 없다고 말했다. 없는 건 그것뿐이 아니었다. 거리에는 경찰
관도, 주 방위군도 없었다.
　5월 1일에 나는 케이케이를 만났다. 만나자마자 케이케이는 내
게 낮에 17번가와 웨스턴 애비뉴 교차로에 있는 드럭스토어에서
나오다가 멕시코 여인을 만난 일에 대해서 얘기했다. 여인은 드럭
스토어 건물 모퉁이에 있는 자카란다나무 아래에 서서 오가는 사
람들에게 말을 건네고 있었다. "무슨 말을 하는지 못 알아듣겠더라

구. 스페인어를 몰랐으니까. 어쨌든 당연히 잔돈을 구걸하는 소리
라고 생각했지. 난 거리에 있는 사람들에게 1센트도 준 일이 없어.
그런데 이상하게 돈을 주고 싶더라구. 표정이, 뭐랄까, 기묘했거
든. 한쪽은 빛, 다른 쪽은 그늘, 뭐 이런 것이었다고 말할 수도 있
겠지만, 그보다는 빛과 어둠이 공존하는 듯한 그 불안감…… 어
쨌든 주머니에 든 동전을 건네고 돌아서려는데, 그 여자가 내게
말했어. 구주 예수 그리스도를 믿으세요." 잠시 말을 멈췄다가 케
이케이는 다시 말했다. "그거 좋은 말이겠지?" 그래, 좋은 말이었
겠지, 케이케이. 넌 착한 일을 한 것이니까.

그날 밤, 우리는 케이케이가 욕조에 받아놓은 차가운 물에 들
어가 함께 목욕했다. 그 베이지색 플라스틱 욕조는 두 사람이 들
어가기에는 좁았다. 불편한 자세로, 우리는 물속에서 서로 껴안고
있었다. 우리는 입을 열지 않았다. 물에 젖었건 땀에 젖었건, 내가
사랑한 케이케이의 몸은 언제나 젖은 몸이었다. 나는 케이케이의
젖은 몸이 내 몸에 닿는 게 좋았다. 그 젖은 몸은 보통의 육체와
달랐다. 한없이 부드럽고 또 연약했다. 소년의 몸. 가만히 두면 물
에 풀리는 물감처럼, 공기중으로 퍼져나가는, 젖은 몸. 나는 그걸
막으려고 안간힘을 쓰면서 한사코 케이케이에게 매달렸다. 내가
아는 행복이란 그런 것이었다. 나는 케이케이에게 계속 해달라고
말했다. 나는 케이케이에게 멈추지 말라고 말했다. 원한다면 내게
어떤 일을 해도 괜찮다고 말했다. 나는 언제나 만족할 것이라고

말했다. 케이케이는 무신경하게 고개를 끄덕였다.

덥다고 느낄 정도는 아니었다. 하지만 사랑이 끝난 뒤, 나는 잠을 설쳤다. 거기, 열기가 느껴졌기 때문이었다. 잊을 만하면 창밖에서 총소리가 들렸다. 자다가 눈을 떠보니 나는 베개에 얼굴을 파묻고 있었다. 그 자세 그대로 팔을 뻗어봤지만, 케이케이의 몸에 닿지 않았다. 문득 케이케이에게 꼭 해야 할 말을 하지 않았다는 사실을 깨달았다. 나는 조심스레 케이케이를 불렀다. 혹시 케이케이가 거기 없을까봐. 하지만 케이케이는 어둠 속에서 벌거벗은 채 창밖을 내다보고 있었다. 남쪽의 밤에는 건물이나 자동차 같은 것들이 불타고 있어서 하늘이 환했다. 나는 케이케이에게 침대로 돌아오라고 말했다. 케이케이는 도시가 불타는 모습이 정말 무서울 정도로 끔찍하다며, 그런데 조금만 더 보다가 가겠다고 대답했다. 그 불들이 무섭다고 말하면서도 케이케이는 왜 내게 오지 않았을까. 나는 다시 베개를 끌어안고 케이케이에게 하고 싶었던 말을 중얼거렸다. 하지만 절대로 내 곁을 떠나는 일만은 안 된다는 말. 왜 그런 단어들을 중얼거렸는지 모르겠다. 한동안 나는 자다가 깨는 일이 두려워서 잠도 못 잘 정도였다.

아침에 케이케이의 집에서 나와 자동차를 몰고 17번가를 지나가는데, 케이케이가 말한 자카란다나무가 생각이 났다. 그래서 그쪽으로 고개를 돌렸다가, 나는 등뒤로 두 손을 결박당한 채 열맞

쳐 주차장에 엎드린 사람들을 볼 수 있었다. 폭동을 틈타 상가를 약탈한 라틴아메리카 출신 이민자들이었다. 가장자리 쪽에 쓰러져 있던 몇몇은 일어서려고 몸을 버둥대고 있었다. 뒤집힌 풍뎅이들 같았다. 그 기억이 끔찍해, 이 년 뒤 다시 찾아갈 때까지 나는 단 한 번도 그 드럭스토어를 이용하지 않았다. 다시 찾아간 건 케이케이가 병상에 누워 있던 날들 중 하루였다. 그때까지도 나무 밑에 그 멕시코 여인이 서 있으리라고 기대한 건 아니었고, 또 예상대로 여인도 보이지 않았다. 다행히도 자카란다나무는 그대로 서 있었다. 나는 꽃을 잔뜩 매달고 선 나무를 올려다봤다. 그게 푸른빛이었는지 보랏빛이었는지 확실히 기억나지 않는다. 기억나는 건 그 나무 아래에서 내가 기도를 했다는 사실이다. 케이케이는 착한 일을 했잖아요. 난생처음 멕시코 여자에게 돈도 줬잖아요. 당신이 진짜 구주라면…… 평소에 기도 따위는 한 번도 해본 일이 없어서 그게 옳은 기도인지도 알 수 없었다. 이따금 꽃잎이 바람에 하나둘 흩날렸다. 십 분쯤 그 나무 아래에 서 있었다. 그건 너무 짧은 시간이었을까? 며칠 뒤, 케이케이는 죽었다.

물론 나는 케이케이가 어떻게 죽었는지 안다. 머리에 붕대를 감은 케이케이의 병상을 끝까지 지킨 사람은 나였으니까. 메디컬 드라마 같은 걸 보면, 혼수상태에 빠져 응급실로 실려가는 가족을 부둥켜안고 울부짖는 사람들이 나오던데, 처음 머리통이 수박처럼 부풀어오른 케이케이를 봤을 때, 나는 숨도 제대로 쉴 수 없었다. 영향 때문이었다. 혹시 내 사소한 움직임에도 영향을 받을까 봐. 그렇게 될 줄 알았다면 부둥켜안기라도 할 걸 그랬다. 케이케이는 며칠에 걸쳐서 이삿짐을 하나둘 나르다가 어느 날 갑자기 사라지는 이상한 이웃처럼 천천히, 하지만 막상 마지막 숨결을 내뿜는 순간에는 느닷없다는 생각이 들 만큼 갑작스레 죽었다. 죽는 순간까지도 케이케이는 내가 옆에 있다는 사실을 알지 못했다. 깨어나기만을 기다리며 내가 수없이 그 귀에다가 입을 대고 이름을 불렀는데도 말이다. 죽고 나서야 나는 케이케이의 진짜 이름이 '키준 킴'이라는 것을 알게 됐다. 여전히 그 이름은 낯설다. 키준. 이제 내가 그 이름을 발음하면, 목소리는 허공으로 풀려나간다. 그 목소리를 듣는 사람은 아무도 없다. 한 번도 그 이름을 불러보지 못했다는 것만은 내게 두고두고 슬픔이 된다.

하지만 나는 케이케이가 왜 죽었는지는 알지 못했다. 나는 케이케이가 '어떻게' 죽었는지만 알 뿐이었다. 도대체 왜 죽었을까? 생각 끝에 나는 그건 어쩌면 불들의 영향 때문이라고 생각하게 됐다. 죽기 이 년 전 창가에 서서 바라봤던 폭동의 불들. 벌거벗은 채 혼자서 바라봤던 불들. 무섭다면서도 눈을 떼지 못했던 불들. 나를 미신에 사로잡힌 어리석은 여자라고 말한대도 상관없다. 어쨌든 내겐 편안하게 잠들 수 있는 이유가 필요했으니까.

공장과 공장 사이에는 작은 공원이 있었다. 야트막한 둔덕이 있는 동그란 화단 주위로 고동색 페인트를 덕지덕지 발라놓은 나무 벤치를 설치해놓았다. 한쪽 편에는 등나무 같은 덩굴식물들을 위한 지지대가 보였다. 나는 벤치에 불편한 자세로 앉아서 빨간 철쭉이 무성하게 핀 화단을 바라보며 해피의 이야기를 들었다. 해피는 친구의 부탁으로 그의 애인에게 결별의 전언을 전하는 사람처럼 무표정하게 말했다. 새벽이면 늘 칭얼칭얼 고함치고 보채기만 하면서 속을 썩였던 세 살배기 아들이 어떻게 자기 인생의 군살처럼 느껴졌는지에 대해. 그 늦둥이 아들을 등에 업고 병원으로 들어가면서 이 세상에 아픈 사람들이 얼마나 많은지 새삼 깨닫고 남몰래 안심한 일에 대해. 핏줄을 제대로 찾지 못해 아이의 손과 발에 여러 번 바늘을 꽂아대던 간호사와, 그녀의 요청으로 뒤늦게 나타나 아이의 목에 주삿바늘을 꽂던 의사를 마음속으로 얼마나 격렬하게 저주했는가에 대해. 일 분에 서른두 번 떨어지던 링거액과 침상 발치에 매달려 있던, 모두 스물네 개의 칸으로 이뤄진 차트 같은 것들. 인턴과 레지던트 들의 틈을 뚫고 하나라도 더 물어보기 위해서 회진을 도는 의사를 따라 복도까지 나간 일. 이따금 의자에 앉아 아이의 얼굴을 들여다보면서 퇴원하면 아이와 함께 해봐야겠다고 마음먹었던 일들의 리스트. 그런 병원의 일들.

너무 아플 때면 아들은 도무지 알아들을 수 없는 소리를 질러댔다. 그 소리들은 병실을 가득 메웠다. 왜? 왜 그러니? 왜? 무슨 일이니? 어디가 아프니? 엄마, 맘마, 아빠밖에는 말하지 못했던 그 아이의 귀에 대고 쏟아내던 그 물음들에 대해. 뭐라고? 엄마한 테 얘기해. 엄마한테 다 얘기해. 그럴 때면 아이는 더 큰 목소리로 소리쳤다. 으아아아으으어. 제발 엄마한테 얘기해봐. 거기까지 말 하고 나서 해피는 입을 다물었다. 당황해서 어찌해야 할지 알 수 없었다. 지금 아이는 엄마에게 다 얘기하고 있다. 지금 아이는 엄 마에게 다 얘기하고 있다. 그 순간, 해피는 죽고 싶었다. 허겁지겁 해피는 그 소리를 그대로 따라 했다. 으아아아으으어. 그 소리가 무엇을 의미하는지 알아낼 때까지 아이 옆에 서서 아이의 말을 그 대로 따라 하던 일에 대해. 하지만 헛되이, 아무런 소용도 없이, 속절없이 시간이 흐르고 그게 다 무슨 말이었는지 혼자서 으아아 아으으어, 중얼거리며 밤을 지새던 일들에 대해. 날 때부터 연약 했던 그 작은 심장 하나가 멈췄을 뿐인데 완전히 텅 비어버린 지 구에 대해. 그러다가 어느 날, 해피는 문득 깨닫는다. 으아아아으 으어. 그건 그 아이가 군살처럼 느껴지던 나날, 차라리 행복했던 그 시절, 새벽마다 자신을 깨우던 아이의 울부짖음이라는 것을.

그 다음부터 해피는 그 누구와도 말하지 않는다. 남편과도 부 모와도 형제와도. 누군가 위로의 전화를 걸면 충분히 벨이 울릴 때까지 기다렸다가 수화기를 집어들고 가만히 듣고만 있다. 전화 를 건 사람들은 다들 당황해서 "여보세요? 여보세요? 내 말 들리 니? 전화가 이상하네. 여보세요? 혜미니?" 라고 말하다가 전화를 끊어버린다. 대신에 아이를 업고 땀을 뻘뻘 흘리면서 이 병원 저 병원으로 뛰어다녔던 기억에 마구 먹어댄다. 자기 몸이 너무 가벼워 하늘로 날아가버릴 것이라고 생각한 것이다. 물론 그런 일이 일어날 리가 없다. 하지만 누구도 그 진실을 감히 그녀에게 말하지 못한다. 밥을 먹고, 고기를 구워먹고, 우유를 들이켜고, 라면을 끓여먹는다. 남편이 냉장고에 든 음식을 커다란 비닐봉지에 모두 쓸어담은 뒤, 그 봉지를 묶어서 밖으로 들고 나가는 동안에도 쌀독에 든 생쌀을, 가루커피를, 화분에서 자라는 난초 잎을 집어삼킨다.

마침내 남편은 해피를 두려워한다. 해피의 얼굴에 피어난 기미와 늘어난 몸무게를 두려워한다. 그게 해피 자신의 두려움이 질병의 형태로 표출된 것이라는 사실을 해피와 남편이 함께 납득하기까지, 두 사람은 서로에게도 이해받을 수 없는 고독 속에서 몇 달을 보내야만 했다. 고통을 피하려는 건 인간의 본능이다. 그러므로 때로는 고통을 피하려고 스스로 죽기도 한다. 해피에게는 아이 없이 살아가는 삶이 가장 큰 고통이었다. 그럼에도 계속 살아가겠다고 마음먹게 되는 건, 희망을 찾은 게 아니라 희망을 버렸다는 뜻이었다. 그 사실만은 남편과도 공유할 수 없었다. 희망이라기보다는 살아가야만 하는 최소한의 근거를 찾은 건 그로부터 사 개월 뒤의 일이었다.

기미와 몸무게는 아이를 잃은 지 육 개월 뒤에 최고조에 달했다가 그녀가 동시통역을 다루는 다큐멘터리를 보면서 다시 줄어들기 시작한다. 애당초 해피가 지금처럼 실제로 동시통역 일을 하고자 했던 것은 아니었다. 해피는 다만 동시통역 과정을 공부하고 싶었을 뿐이었다. 그녀는 자신이 졸업한 대학교에 개설된 통번역대학원에 입학한다. 수업시간에 해피는 선생님이 말하는 한국어를 그대로 따라 한다. "12월 말이었어요. 눈을 밟으며 계곡을 올라가다보면 종종 어디로 가야만 할지 모르겠다는 듯이 눈 위에 가만히 서 있는 토끼와 마주치곤 했습니다. 보이는 모든 곳이 길이었는데도 토끼는 길을 잃었더군요." 선생님의 입술을 바라보며 귀로 들리는 그 모든 소리를 그대로 따라 한다. 의미를 따져볼 겨를은 없다. 목소리를 그대로 흉내낸다. 그게 자기가 하는 말인 양. 선생님이 오른손으로 입술을 만지면 해피도 오른손으로 입술을 만지고, 선생님이 재채기를 하면 해피도 재채기를 한다. 그 다음에는 선생님이 하는 영어를 마찬가지로 따라 한다. 한국어든 영어든 그냥 단순한 음성적 신호에 불과하게 될 때까지. 거기에 어떤 의미가 담겨 있으리라고 생각하지 않게 되기까지. 마침내 해피에게 모든 사람들의 목소리는 음성적 신호가 된다. 서서히 다른 사람들이 하는 말들의 의미는 바깥에서 오는 게 아니라 해피의 내부에서 생성되기 시작한다.

"실제로 통역 일을 한 건 이번이 처음이에요. 밤메란 혹시 밤뫼가 아닐까고 말한 남편의 말을 들은 건 실수였어요. 사실 저도 도착하자마자 여기가 밤메가 아니라는 걸 알 수 있었어요. 방미가 제아무리 밤메와 비슷한 발음이라고 해도 밤메가 될 수는 없는 것이죠. 맞아요. 모두 제 잘못이에요. 케이케이가 죽었다는 사실을 알면서부터 저는 딴생각을 하느라 당신의 말을 자꾸만 놓쳤던 거예요. 옛날에 내 아이에게도 그랬듯이. 죄송합니다." 해피는 내게 고개를 숙였다. "그리고 자꾸 나를 해피라고 부르지 마세요. 저는 해피가 아니니까요." 하지만 나는 계속 해피라고 부르겠다. 해피는 이제 그만 서울로 돌아가자며 벤치에서 일어난다. 그러면서 해피는 말한다. 기미와 몸무게가 늘어나던 그 육 개월 동안, 남편의 친구 중에는 그런 게 부부라면 도대체 무슨 'nak'으로 살아가느냐고 말했던 사람이 있다는 걸 알고 있었다고. 나는 해피에게 묻는다. "'nak'이 뭔가요?" 해피는 그 말만 영어로 옮기지 않았다. 해피가 대답한다. "글쎄요. 저도 그 사람이 말하는 그 'nak'이라는 게 도대체 무슨 뜻이었는지 지금도 모르겠거든요." 해피는 그게 무슨 뜻인지 결코 대답해주지 않을 태세다.

고속도로에 올라서자 줄지어 서행하는 자동차들이 보인다. 그 차들의 꽁무니를 뒤따른 지 십 분 정도가 지났지만, 아직 1마일도 가지 못한 것 같았다. 해피에게 좀 미안하기도 해서 올 때와는 달리 해피의 옆자리에 앉았는데, 차가 막히고 할 말도 그다지 많지 않은 까닭에 오히려 분위기만 냉랭해진 느낌이다. 해피는 이따금 왼쪽 손톱들로 윗니를 톡톡 친다. 나는 가만히 앞쪽만 바라본다. 꼬리에 꼬리를 문 자동차와 트럭과 버스 들 너머 검은 연기가 피어오르는 게 보인다. 해피는 앞에서 사고가 난 게 틀림없다고 말했다. 어차피 여섯시까지 호텔로 돌아가긴 틀린 것 같다. 그 연기를 바라보며 나는 혼자 중얼거린다. 그건 케이케이의 젖은 몸 같은 것이겠지. 앞쪽을 바라보던 해피가 내 말을 그대로 따라 한다. "그건 케이케이의 젖은 몸 같은 것이겠지." 그러곤 해피는 웃는다. 그러니까 'nak'의 의미 말이다.

"저도 궁금한 게 하나 있어요. 어제 기자하고 인터뷰하면서 극지 탐험가 얘기를 했잖아요. 그 얘기중에 나온 '하이퍼바이터미노우시스에이'라는 건 도대체 무슨 뜻인가요?" 해피가 나를 바라본다. 우리가 말하고 있는 동안, 갓길로 견인차들이, 경찰차가, 앰뷸런스가 사이렌을 울리며 지나간다. "글쎄……" 나도 해피에게 짐작할 수 있는 기회를 주고 싶다. 해피는 혀로 입술을 훔친다. 해피가 생각하는 동안, 차들은 조금씩 앞으로 전진한다. 전날 나는 한국의 한 신문사 기자와 인터뷰를 하면서 굶주림을 이기지 못하고 북극곰을 잡아먹은 어느 극지 탐험가에 대한 일화를 들려줬다. 그 탐험가는 결국 '하이퍼바이터미노우시스에이' 때문에 죽었다. 에스키모 사냥꾼들은 해피처럼 '하이퍼바이터미노우시스에이'가 뭔지는 몰랐지만, 조상들에게 북극곰을 잡아먹으면 안 된다는 금기를 듣고 자랐다. 해피가 말한다. "아마 두고두고 미안한 마음

같은 것이겠죠." 그 말에 이번에는 내가 해피의 말을 따라 하면서 웃는다. 그래서 나는 'nak'이 케이케이의 젖은 몸 같은 걸 뜻하는 단어가 아니라는 사실을 깨닫는다. 하지만 뭐 어떤가. 그래도 나는 해피가 죽은 아들 때문에 두고두고 미안해했다는 사실을, 하여 극지 탐험가처럼 죽어도 좋겠다고 생각한 적이 있다는 사실을 알게 됐는걸. 해피도 이젠 알겠지. 케이케이의 젖은 몸이 있어서 내가 살아갈 수 있었다는 걸.

자동차들이 속력을 내기 시작할 무렵, 해피가 소리쳤다. "저길 보세요. 역시 사고가 난 것이군요. 트럭에 불이 붙었어요." 나는 놀라서 앞쪽을 바라본다. 입체교차로로 올라가는 진입램프 옆 갓길에서 트럭이 불타고 있었다. 나는 불길을 본다. 트럭을 뒤덮은 불길은 활활 타오르면서도 그보다 더 많은 검은 연기를 만들어낸다. 검은 연기는 하늘을 향해, 무한한 그 공간을 향해 솟구친다. 자동차가 조금 더 앞으로 움직이자 뜨거운 열기가 차 안에 앉은 우리에게까지 느껴진다. 갑자기 나는 두려워진다. 케이케이도 그때 창가에서 이런 열기를 느꼈던 것일까? "세상에, 다른 차와 충돌한 것 같지는 않은데, 왜 저렇게 혼자 불이 붙었을까?" 내가 말한다. 불의 열기는 고스란히 내게 전해진다. 내 안에서도 뭔가가 바뀌는 걸 느낄 수 있다. "운전사는 어떻게 됐을까?" 혼자 중얼거리며 갓길 쪽을 두리번거리던 해피가 오른손으로 한쪽을 가리킨다. "저기, 저기를 보세요. 저기 경찰차 옆에. 푸른색 작업복을 입고 있는. 지금 경찰관에게 뭐라고 얘기하고 있는 남자. 다행히도 운전사는 불이 붙기 전에 빠져나온 것 같네요. 그는 살았네요." 나는 해피가 가리키는 쪽을 바라본다. 나도 해피의 말을 따라 한다. 그는 살았네요.

우리가 트럭에 붙은 불꽃을 지켜보느라 속력을 내지 못하자, 뒤에서 따라오던 차들이 빨리 가라는 뜻으로 경적을 울려댄다. 그때 내가 해피에게 말한다. "이제 가요, 해피. 어서 가요. 저 불은 곧 꺼질 거야." 내 말에 해피는 고개를 끄덕인다. 하지만 해피의 자동차는 여전히 속력을 내지 못한다. 해피도 알고 있었던 것이다. 우리가 지나가고 난 뒤에도 저 불은 우리의 예상보다 좀더 오랫동안 타오를 것이라는 사실을. 우리 안에서. 내부에서. 그 깊은 곳에서. 어쩌면 우리가 늙어서 죽을 때까지도. 이 우주의 90퍼센트는 그렇게 우리가 볼 수 없는, 하지만 우리에게 오랫동안 영향을 미치는, 그런 불들로 채워져 있다는 사실을. 물론 살아 있는 동안, 우리는 그 불들을 보지 못하겠지만. 정신을 차리고 해피가 말한다. "그러게요. 이러다가는 환송만찬에 늦겠네요." 이미 늦었다는 걸 알면서도 해피는 그렇게 말하고 가속페달을 밟는다. 자동차는 천천히 속력을 내어 트럭에 붙은 거무스름한 불을 지나간다.

기 억 할 만 한 지 나 침

남쪽 지방의 밤은 거칠었다. 소용돌이가 돼 모든 소리를 빨아들인 뒤, 밤은 이윽고 입을
다물었다. 창문 너머는 그 무엇으로도 해석되지 않는 침묵의 세계였다.

여름, 바다에 도착했을 때 그녀는 늙어가고 있었다. 이미 돌이
킬 수 없을 정도로. 오랫동안 햇볕을 쬐지 못했기 때문이라고 그
녀는 생각했다. 열여덟 살이 늙어간다면, 과연 어떤 일이 일어날
까? 그건 꿈을 꾸지 않는 것. 그녀 또래의 다른 소녀들은 어떨까?
세상 어딘가에는 더이상 꿈을 꾸지 않는 열여덟 살도 있을 것이
다. 그런데도 피부는 까만색이라니. 호텔 창으로 미끌거리며 흘러
내리는 빗물처럼. 남쪽 지방의 밤은 거칠었다. 소용돌이가 돼 모
든 소리를 빨아들인 뒤, 밤은 이윽고 입을 다물었다. 문이 닫히자
마자 그녀는 옷을 다 벗어던졌으나 분홍색 폴로 야구모자만은 그
대로 쓰고 있었다. 샤워를 하기 위해 욕실로 들어가니 거울 속에
는 깡마른 여자아이가 있었다. 그 나이에 깡말랐다는 건 축복이
다. 그건 그녀 엄마가 한 말이었다. 욕조의 물은 더 차올라야만 했

다. 방으로 걸어나온 그녀는 벌거벗은 몸으로 창문을 쳐다봤다. 창문 너머는 그 무엇으로도 해석되지 않는 침묵의 세계였다. 다시 욕실로 가보니 거울로도 몇 개의 물방울이 아래로 흘러내린 흔적이 있었다. 누군가 그녀의 방문을 두들기는 소리가 들렸다. 조금도 예상하지 못했던 소리였기 때문에, 오른손으로 김이 서린 거울을 닦던 그녀는 동작을 멈췄다. 손바닥을 조금 움직이려는 찰나, 그 사람이 짧고 빠른 속도로 그녀의 이름을 불렀다. 너무나 은밀하고 비밀스런 속도였다. 현이었다. 그녀는 배시시 웃음을 지었다. 현은 휴가 내내 밤마다 그녀의 방문을 두들길지도 몰랐다. 그녀는 모자를 뒤로 돌려쓰고 어안렌즈를 통해 바깥을 내다봤다. 렌즈 속에서 현은 좌우를 두리번거리다가 이번에는 왼팔을 뻗어 벨을 눌렀다. 그녀는 욕실로 돌아갔다. 욕조의 물이 넘쳐흐르고 있었다. 그녀는 물을 잠그지도 않은 채, 욕조 안으로 들어갔다. 그뒤로도 벨은 몇 번인가 더 울렸다. 그녀는 물속으로 완전히 들어갔다. 웃음이 물방울로 터져났다. 폴로 야구모자는 금방 젖어 빨간색에 가까워졌다. 밤의 한가운데에서 열기가 울려퍼졌다.

다음날 눈을 뜨니 전날의 침묵을 모두 잊게 만드는 초록색과 푸른색과 노란색의 세계가 펼쳐져 있었다. 비바람이 몰아친 뒤의 에메랄드빛 바다. 눈을 멀게 할 정도로 투명하고도 날카로운 햇빛. 줄지어선 워싱턴야자나무의, 드높이 반짝이는 잎들. 전날 렌터카를 타고 산간도로를 따라 거기로 넘어올 때까지만 해도 와이

퍼가 감당할 수 없을 정도로 많은 빗줄기가 쏟아져내렸다. 벼르고 벼른 휴가를 떠나온 사람들치고는 다들 꽤나 침통한 표정이었다. 그래서 그녀는 '이건 흡사 장례식장을 떠나는 영구차보다도 못해'라고 생각했었다. 그런데 아침이 되자 사람들은 전날의 비바람은 다 잊어버렸다는 듯이 날씨를 찬탄했다. 열시도 채 지나지 않았는데도 햇살이 따가울 정도였다. 바다. 미간을 찌푸리며 푸른 바다를 바라보고 있던 그녀에게 선심이라도 쓰듯이 그녀의 엄마가 "여기서만은 네가 고3이라는 사실을 잊어버려도 좋아"라고 말했다. 하지만 애당초 그 여행이 시험을 치를 때까지는 딴생각하지 말고 공부만 하게 하려는 의도에서 계획됐다는 것을 그녀는 잘 알고 있었다. 그녀는 차라리 비 때문에 호텔 방에 처박혀 잠을 자는 편이 더 나으리라고 생각했다. 호텔 2층의 레스토랑에서 아침식사를 하는 동안, 서로 죽이 잘 맞아 이런 여행까지도 생각하게 된 두 집안의 엄마들은 마치 자신들이 입시생이라도 되는 양 그간의 스트레스를 모두 날려버리겠다는 듯 호들갑을 떨었다. 하지만 정작 당사자들, 그러니까 그녀와 현은 시큰둥한 표정으로 그다지 먹음직스럽지 않은 뷔페 음식을 이리저리 뒤적이고 있을 뿐이었다. 날씨가 너무나 화창해졌다는 사실에 마음이 들뜬 쪽은 엄마들뿐만이 아니었다. 그들의 아빠들은 모처럼의 가족휴가였음에도 아침도 거른 채 새벽부터 골프장으로 떠나버린 뒤였다.

"어젯밤에 방에 없더라."

그녀의 까만 눈을 힐끔 바라보면서 현이 뇌까렸다.

"방에 있었어."

"문을 두들겼는데."

"못 들었어. 잠들었을 때였나봐."

그녀가 무심하게 대답했다. 현은 포크로 베이컨 따위를 이리저리 찔러댔다.

"벨까지 눌렀다고."

"밤에 여자 방까지 찾아왔으면서도 벨이 눈에 보였나부지?"

그녀는 포크를 내려놓고 깍지 낀 두 손을 머리 위로 길게 뻗으며 기지개를 켰다. 현이 그녀의 몸을 훑어봤다. 검은색 민소매 원피스를 입은 그녀의 겨드랑이가 온통 다 드러났다. 그때까지 올케의 밉상스런 짓을 두고 인간의 욕심이니 탐욕이니 하는 거창한 얘기를 하고 있던 그녀의 엄마가 식탁에서 웬 하품이냐며 핀잔을 줬다. 거기까지는 괜찮았는데, 현의 엄마까지 자신을 바라보자 그녀는 얼른 두 팔을 내렸다. "어찌나 철딱서니가 없는지 아직도 제가 일일이 다 신경을 써줘야만 한다니까요"라고 말한 뒤, 그녀의 엄마는 "애는 워낙 착한데"라고 덧붙였다. 그녀의 엄마는 거짓말의 달인이었다. 왜냐하면 그녀의 엄마는 한 번도 그녀에게 착한 딸이 되라고 말한 적이 없었기 때문이었다. 어린 시절부터 단 한 번도 그런 말을 들어본 적은 없었다. 그녀의 엄마는 자신의 딸이 착한 여자가 되기보다는 아름다운 여자가 되기를 원했다. 확실하게 물어본 적은 없지만, 그녀의 엄마는 자신이 착한 여자였기 때문에 인생을 실패했다고 여기는 것 같았다. 그녀는 엄마의 특이한 가정교육, 그러니까 싸지도 않은 여성적인 옷들을 사들여 그녀의 옷장에 채워넣거나, 적이 난감한 색상의 아이라이너 따위를 자기 몰래 콘솔 위에 올려두는 일들보다도 엄마의 말투나 행동거지에서 드러나는 실패의 느낌에 딸로서 더 많은 것을 배울 수 있었다. 그렇다고 그게 엄마처럼 살지 않겠다거나 엄마의 유난스런 관심이 부담스럽다는 얘기는 아니었고, 다만 그런 과정을 거쳐 그녀는 자신이 원하는 대로 아름다워질 수 있다는 사실을 알게 됐다는 뜻이다. 그게 누구든 그녀는 그들이 원하는 어떤 사람이라도 될 수 있다는 사실을 이미 깨닫고 있었다. 사람들이 그녀에게 원하는 것은 지극히 단순한 것들이었다. 더 아름다워지기를, 더 매력적이기를, 혹은 더 사랑스러워지기를.

덕분에 일찌감치 그녀는 사람들의 주목을 받는 일에 익숙해 있었다. 처음에는 자신이 다른 여자아이들보다 예뻐질 기회가 더 많았기 때문(그러니까 딸을 치장하는 일에 관심이 많은 엄마를 둔 탓에)이라고 생각했지만, 곧 그게 착각이라는 것을 알게 됐다. 그녀보다 예쁜 여자아이들은 많았고, 상대적으로 그 아이들에 비해 그녀는 치장하는 일에는 오히려 관심을 덜 가졌다. 그렇기 때문에 그녀의 엄마는 딸을 매혹적인 여성으로 키우는 데 그토록 신경을 쓴 것인지도 모른다. 그녀는 남자들은, 예를 들자면 그게 목소리든 행동이든, 혹은 아무런 뜻 없이 내뱉는 말투든, 자신이 풍기는 어떤 분위기 때문에 끌리면서도 그게 다 그녀가 아름답기 때문이라고 생각한다는 것을 이내 알게 됐다. 그녀의 비밀은, 그럼에도 자신이 누구인지 알지 못한다는 사실이었다. 그녀는 남자들이 무슨 까닭으로 자신에게서 눈을 떼지 못하는지 하나도 궁금하지 않았다. 궁금한 것은, 예컨대 전날 밤 머리 끝까지 욕조 속으로 밀어넣었을 때 들었던 밤의 소리들이었다. 환한 소리들. 그런 매혹적인 소리들이 과연 어디에서 오는지 그녀는 궁금했다. 뜨거운 욕조 안에서 숨을 참으며 버티고 있다가, 결국 더이상 참지 못하고 몸을 일으킨 뒤 그녀는 옷을 챙겨입고는 밖으로 나갔다. 인기척이 없는 복도 어디선가 희미하게 텔레비전 소리가 들려왔다. 그녀의 젖은 머리칼에서 물방울들이 카펫 위로 소리없이 떨어졌다.

호텔 로비에 서서 바깥을 내다보니 사철나무 이파리들이 바람에 온몸을 떨어대고 있었다. 회전문으로 나가니 바람이 어찌나 세차게 부는지 빗줄기들이 옆으로 출렁이고 있었다. 주위에는 온통 호텔과 콘도뿐이라 거기서 바다가 얼마나 멀리 떨어져 있는지 그녀로서는 가늠할 수 없었다. 그녀는 다시 로비로 들어와 한쪽에 서 있던 벨보이에게 거기서 바다가 얼마나 떨어져 있느냐고 물었다. 벨보이는 정원을 따라 오른쪽으로 돌아가면 해변으로 내려가는 목조 계단이 나온다고 말했다.

"우리나라에서 가장 아름다운 해변입니다. 하지만 밤에는 어두워서 알 수 없어요. 계단에 가로등을 밝혀놓았지만, 아무래도 위험하기도 하고요."

그녀의 눈을 바라보며 벨보이가 말했다.

"그래요? 정말 안 보이나요?"

"글쎄요. 잘 모르겠네요. 이런 밤에 바다를 보러 간 지가 오래되어서."

"언제 가봤나요?"

"중학교 때인가? 잘 모르겠어요. 이런 밤에 바다를 보겠다고 마음먹는 일은 쉽지 않으니까."

"그럼 지금은 바다를 보는 사람이 아무도 없겠네요."

벨보이는 대답 없이 그저 웃음을 지어 보였다. 벨보이의 말이 오히려 그녀를 자극했다. 그녀는 알겠다고 말한 뒤, 호텔 밖으로 나갔다. 그제야 그녀는 애당초 우산을 빌리러 갔던 것이라는 사실을 깨달았다. 그녀는 다시 호텔로 들어가 벨보이에게 우산을 빌려달라고 말했다. 벨보이는 뒤쪽에 있는 방으로 들어가 호텔의 이름이 씌어진 검은 우산을 들고 나왔다. 벨보이에게서 건네받은 우산을 쓰고 빗속을 걸어가는데, 우산을 든 벨보이가 그녀를 따라왔다.

"혹시 바다로 가는 길을 모를까봐서. 계단까지만 바래다줄게요."

직업적인 목소리로 벨보이가 말했다. 그녀는 고개를 끄덕였다. 아무래도 혼자 가는 것보다는 나을 것 같았다.

"여기 사람이에요?"

"예. 군 복무를 하느라 잠깐 육지에 나갔던 걸 제외하면 줄곧 여기서만 살았어요. 좀 따분한 곳이죠."

"왜 따분한 곳이에요?"

"놀랄 일이 별로 없으니까요. 이렇게 억수같이 비가 오다가 다음날이면 날이 활짝 개어요. 그래도 아무도 안 놀라요. 섬에 사니까 다들 무감각해지는 거죠. 가끔 저기 절벽에서 뛰어내려 자살을 하거나 물놀이를 하다가 익사하는 경우를 제외하면."

"사람이 죽어야 겨우 놀라는 건가요?"

"아닙니다. 그게 아니고 우리야 관광객들 때문에 살아가는 거니까, 그런 불미스런 일들이 생기지 말았으면 하는 거죠. 올 여름에는 아무도 죽은 사람이 없어요. 경찰서에서도 꽤나 신경쓰는 눈치고 마을 청년들도 이번만은 사고 없는 여름을 넘기자고 다짐하고 있으니까. 이제 시즌도 다 끝나가니까 그냥 지나가겠죠. 그건 그렇고 모레 저녁에 저기 있는 컨벤션센터에서 록밴드들의 공연이 있어요. 서울에서는 마음만 먹으면 볼 수 있는 공연이겠지만, 한번 가보세요. 따분하지 않을 테니까."

"관심 없어요. 바다는 어느 쪽이에요?"

"저기, 저쪽입니다."

벨보이가 가리키는 곳에는 가로등 불빛을 받은 소나무들이 늘어서 있었고 그 너머는 역시 어둠뿐이었다. 그녀는 바다가 있는 쪽으로 걸어갔다. 충분히 젖은 흙 위로 빗물이 떨어지는 소리, 그 빗물이 하수도로 흘러드는 소리, 바람이 젖은 침엽수를 쓰다듬으며 어둠 속으로 사라지는 소리 사이로 파도가 해변으로 밀려들었다가 다시 쓸려나가는 소리가 들렸다. 아르페지오처럼 파도는 밤의 가장 낮은 음에서 가장 높은 음을 번갈아가며 들려주고 있었다. 규칙적으로 되풀이되는 파도 소리를 들으며 그녀는 고통을 떠올렸다. 아마도 그건 감미로운 고통이라고 할 수 있을 것이었다. 그녀는 점점 고통에 매혹되고 있었기 때문에 언젠가는 엄마처럼 자신의 인생도 실패했다고 여기게 될지 모른다는 예감이 들었다. 그녀는 자신의 엄마가 착하기 때문이 아니라, 매력적이기 때문에 인생에서 실패한 것이라고 생각했다. 하지만 중요한 것은 성공이니 실패니 하는 따위의 것들이 아니었다. 그녀가 점점 고통에 끌리게 된다는 점이었다. 그 욕망은 참으로 낯설기만 했다. 엄마가 원하는 대로 현과 같은 남자와 결혼한다면, 고통 같은 것은 느끼지 않는 세계 속에서 살아갈 것이다. 현 정도라면 그녀에게 어울릴 만한 남자애였고, 실제로 그녀 역시 현에게 애틋한 감정을 느끼긴 했다. 하지만 현을 사랑하는 일에는 아무런 고통이 없었다. 그렇게 부르는 게 정확한지 알 수는 없었지만, 그녀가 원하는 것은 고통이었다. 파도 소리가 되풀이될수록 밤의 밑바닥은 점점 더 환해지기 시작했다. 그녀가 그 파도 소리가 흘러드는 쪽을 향해 한발 더 나아갔을 때, 벨보이가 그녀를 불렀다.

"제발 참아주세요. 이번 시즌이 끝날 때까지는."

그날 여름이 얼마나 눈부셨는지는, 비키니 수영복 위에 여러 가지 색깔의 줄무늬가 그려진 해변용 원피스를 입고 해수욕장으로 내려가는 계단 난간에 기대 바다를 바라보던 그녀의 눈빛으로 알 수 있었다. 대상을 구분하지 않는 여름 볕과 마찬가지로 그 눈빛은 목적하는 바가 없는 호기심으로 번뜩거렸다. 며칠간 비가 내린 끝에 날씨가 화창해지자 휴가 온 사람들이 모두 몰려들었기 때문에, 해수욕장으로 내려가는 길은 피서객들과 상인들로 북적댔다. 해변의 좋은 자리마다 파라솔과 텐트가 설치됐고 모래사장과 바다의 경계는 벌거벗은 사람들로 흐려졌다. 그녀는 아침 내내 호텔에서 설치한 대형 텐트 안에서 그간 읽지 못했던 소설책을 읽었고 현과 다른 가족들은 바다에서 나오지 않았다. 서울에 있는 친구들이 보내온 문자메시지를 읽거나 답장을 하는 동안에만 잠시 책에서 눈을 뗐을 뿐, 줄곧 독서에 열중했다. 그녀로서는 시간이 난다면 가장 하고 싶었던 일이었다. 소설에는 에로티시즘에 사로잡혀 점점 이성을 잃어가는 한 중년 여자가 등장하고 있었다. 그 여자는 왜 두려움이 자신을 점점 더 매혹시키는지 이해하지 못해 고통받고 있었다. 그 여자는 언젠가 그녀가 읽었던 시를 떠올리게 만들었다. "그리고 나는 우연히 그곳을 지나게 되었다/눈은 퍼부었고 거리는 캄캄했다"라는 문장으로 시작하는 시였다. 시인은 길을 걸어가다가 유리창 너머에서 한 공무원이 울고 있는 것을 보게 된다. 하지만 그의 울음을 멈추게 할 수 없었으므로 시인은 그가 울음을 그칠 때까지 창밖에서 떠나지 못한다. 시는 다음과 같이 끝났다. "그리고 나는 우연히 지금 그를 떠올리게 되었다 / 밤은 깊고 텅 빈 사무실 창밖으로 눈이 퍼붓는다 / 나는 그 사내를 어리석은 자라고 생각하지 않는다". 그 시가 그녀의 머릿속에 떠오른 건 마지막 구절 때문이었다. 그녀 역시 소설 속의 여자가 어리석다고 생각할 수 없었다.

태양이 점점 더 솟구쳐올라서인지, 이상하게도 그녀의 몸은 점점 뜨거워졌다. 소설을 반쯤 읽은 뒤, 그녀는 바다를 향해 달려갔다. 바닷물은 생각보다 차가웠고 수심은 깊었다. 두 손을 모으고 바닷속으로 잠수해 들어갔다가 나온 뒤, 그녀는 사람들로 북적대는 해변을 피해 바다 쪽으로 헤엄을 쳤다. 애당초 어떤 형태도 없었던 바다가 그녀의 몸을 감싸며 그녀와 함께 출렁거렸다. 조금씩 숨이 가빠왔으며 한편으로는 조금씩 몸이 나른해지기 시작했다. 그녀는 이번에는 몸을 돌려 배영으로 헤엄치기 시작했다. 그녀의 가슴 위로 정오 무렵의 뜨거운 햇살이 내리쬐고 있었다. 헤엄을 치느라 정신없이 흔들리는 태양을 바라보며 그녀는 다음해 여름을 미리 생각했는데, 그러자 아련한 슬픔이 가슴속으로 밀려들었다. 고등학교를 졸업하고 나면 다시는 저렇게 강렬한 태양을 볼 수는 없으리라고 그녀는 생각했다. 누가 시킨 것도 아니고 자신이 열망하는 것도 아닌데, 그렇게 강렬한 태양을 다시는 보지 못하게 된다면, 그렇게 해서 되는 것이 어른이라면, 자신은 어른이 되고 싶지 않다고 그녀는 생각했다. 그런 생각에 젖어 있는데 누군가 발을 건드렸고, 그녀는 중심을 잃고 물속으로 빠져들었다. 그녀는 곧 그게 자신을 쫓아온 현이라는 걸 알 수 있었다. 그녀를 따라 물속으로 들어온 현은 집요하게 두 팔로 그녀의 다리를 잡으려고 들었다. 현은 쓸데없이 힘이 넘쳤다. 그녀에게 그런 힘이 있다면 다 써버리고 말 것이다. 남겨두진 않았을 것이다. 그녀는 수면 위로 얼굴을 내밀었다. 오랫동안 수영을 한 끝인데다가 잠수까지 했기 때문에 너무나 숨이 차올랐다. 이윽고 현도 고개를 내밀었다가 그녀의 곁에 오렌지색 모터보트가 서 있는 걸 보게 됐다. 그 모터보트에는 현보다 더 체격이 좋은 이십대 청년들이 타고 있었다. 검게 그을린 그들은 그녀와 현에게 여기까지 나오면 위험하니까 해변 쪽으로 돌아가라고 말했다. 현이 몸을 돌려 헤엄치려는 순간, 그녀는 모터보트에 탄 청년들에게 손을 내밀고는 기운을 잃었으니 해변까지 태워달라고 말했다. 청년 둘이 그녀를 모터보트 위로 끌어올렸다.

현이 기진맥진해 해변까지 돌아왔을 때, 그녀는 이미 원피스를 입고 호텔로 올라가는 계단 난간에 기대 바다를 바라보고 있었다. 젖은 몸에 그대로 걸쳤기 때문에 원피스는 그녀의 몸에 쫙 달라붙어 있었고 머리에서는 아직도 물방울이 떨어졌다. 현은 그녀에게 달려가기 시작했다. 현은 한 남자를 지나쳐 목조 계단을 밟고 올라가기 시작했다. 하지만 그녀는 현에게는 조금도 눈길을 주지 않고 바다만 바라보고 있었다.

"저기 호텔 1층에 식물원 있는데, 가봤어?"

그녀가 서 있는 곳까지 올라간 현이 말했다. 그녀는 고개를 흔들었다.

"거기 가면 이 섬에서 제일 큰 악어용설란이 있어. 네게 보여주고 싶어."

현은 그녀의 손을 잡아끌었다. 막 바다에서 나온 현의 손은, 그러나 뜨거웠다. 그녀는 현이 자신에게 보여주고자 하는 것이 악어용설란이라는 괴상한 이름의 식물이 아니라 현의 안에 숨어 있는 동물이라는 것을 단번에 알 수 있었다. 그 생각만으로도 그녀의 몸이 뜨거워졌다. 그러다가 계단을 올라오던 한 남자와 그녀의 눈이 마주쳤다. 그녀는 그 남자가 누구인지 금방 알아차렸다.

"따라갈 테니까, 이 손 놔."

그녀는 현의 손을 뿌리쳤다. 하지만 현은 다시 손을 움켜잡고 그녀를 거칠게 끌어당겼다. 1층 식물원이라고 했지만, 로비 쪽에서 봤을 때는 지하 1층에 해당하는 곳이었다. 예상했던 대로 현은 열대식물에는 그다지 큰 관심이 없었다. 식물원으로 들어가자마자 현은 그녀를 파초가 있는 한쪽 구석으로 잡아끌었다. 파초 이파리 뒤에 숨어 현은 그녀를 안고 입을 맞췄다. 그녀는 현의 혀를 받아들였다. 해수욕장에서 사람들이 떠드는 소리, 어디선가 스프링클러가 돌아가는 소리, 호텔에서 설치한 스피커에서 흘러나오는 음악소리, 자신의 몸속 어딘가에서 피가 용솟음치는 소리 등이 그녀의 귓가를 맴돌았다. 현은 검은색 수영복만 입고 있었다. 과연 이게 남자의 몸인가 생각하다가 그녀는 호기심을 참지 못하고 오른손으로 현의 성기를 만져봤다. 그러자 현이 놀란 듯 입을 뗐다가 다시 이를 부딪쳐가면서 키스를 퍼부었다. 현의 손이 그녀의 가슴 쪽으로 움직였다. 그녀는 현의 손을 밀쳤다. 하지만 현의 손은 완강하게 가슴 쪽을 향했다. "나는 너와 결혼할 거야"라고 현이 말했다. 이번에는 손뿐만 아니라 현의 몸 전체를 그녀가 밀쳤다. 그녀의 몸은 단숨에 식어버렸다.

"그런데 악어용설란은 어디 있어?"

그녀가 현에게 물었다. 현은 조금 전의 무안함을 다 잊어버린 듯 밝은 표정으로 그녀에게 따라오라고 손짓했다. 그 섬에서 제일 크다는 악어용설란은 바다가 내다보이는 창 옆에 있었다. 그 창으로는 세찬, 그러나 따뜻한 바람이 불어오고 있었다. 그녀는 고개를 숙이고 동물의 긴 혀처럼 보이는 이파리를 늘어뜨린 악어용설란을 바라봤다.

"햇살을 마셔 데킬라를 만드는 놈이야."

현이 말했다.

"이게 술을 만든다고?"

"술 중에서도 아주 뜨거운 술이지."

"마셔봤어?"

"목구멍 너머로 불을 삼키는 느낌이야."

"불을 삼키면 그런 느낌이 들겠니? 그냥 타버리겠지."

"넌 몰라. 넌 하나도 몰라. 취하는 게 뭔지 하나도 몰라."

현이 손가락을 흔들며 말했다. 그때 바다 쪽에서 사이렌 소리가 길게 울려퍼졌다. 그녀는 몸을 일으켰다. 바람에 그녀의 머리카락이며 원피스가 펄럭였다. 창밖으로 고개를 내밀자, 바다에 들어갔던 사람들이 해변으로 빠져나오는 모습이 보였다. 청록색 바다 위로 구조대원들이 탄 모터보트가 하얀 포말을 일으키며 움직이고 있었다.

"아까 그 구조대원들이야. 누가 바다에 빠졌나봐."

그녀가 자신의 옆으로 와 바다를 내려다보는 현에게 말했다. 그녀가 가리키는 바다 쪽에서 맴을 돌던 모터보트가 멈추고, 구조대원들이 바다로 뛰어들었다. 소금쟁이들처럼 구조대원들이 스노클링을 하면서 물에 빠진 사람을 찾고 있었다. 둘은 각자 오른손으로 햇살을 가리며 그 광경을 지켜봤다. 머리카락이 쉬지 않고 흩날렸다.

그 여름의 일들에 대해, 에메랄드빛 바닷속으로 사라진 것들에 대해, 쉬지 않고 흩날리던 머리카락에 대해 생각할 때면 그녀에게는 늘 어떤 부끄러움 같은 게 떠올랐다. 첫 생리혈이 묻은 속옷을 물끄러미 쳐다볼 때처럼, 혹은 밋밋하던 가슴이 솟구치고 몸의 곡선이 생겨나는 걸 거울로 지켜볼 때처럼, 속수무책으로 손을 놓고 자신이 알지 못하는 어떤 존재로 변해가는 느낌. 성장도, 깨달음도, 이해도 아닌 단순한 매혹. 엄마들은 딸들의 그런 변화를 금방 알아차린다. 딸이 뭔가를 부끄러워한다는 사실을. 예컨대 말투가 더 느려진다거나, 보이거나 들리는 모든 것에 민감해지면서도 조금씩 풀어진다는 것을. 실수로 마음에 들지 않는 옷을 입고 외출했을 때처럼, 딸이 내뱉는 말이나 행동 하나하나가 점점 못마땅해진다. 하지만 그녀의 엄마는 곧 알게 될 것이다. 이제 자신이 일일이 다 신경을 써줄 수 없는 세계 속으로 그녀가 들어갔다는 사실을. 모든 딸들은 부끄러움 때문에 바뀐다는 것을, 그러나 엄마들은 이해하지 못한다. 자신들도 지나온 그 과정을 그들은 망각하고 있는 셈이다. 그날 저녁, 호텔 정원에 있는 레스토랑에서 두 집 식구가 모두 모여 바비큐를 먹는 자리에서 그녀는 엄마에게 자신은 이제 해수욕을 할 수 없다고 말했다. 그녀의 엄마는 도대체 무슨 소리냐는 듯이 그녀에게 이유를 물었다. 그녀는 생리가 시작됐다고 했다. "그래? 왜 하필이면 지금 생리를 하는 거지?" 하지만 그녀의 생리주기는 워낙 일정하지 않았던데다가 고3이라면 생리주기가 달라질 이유가 너무나 많았으므로 차라리 그 이유란 없는 것이나 마찬가지였다. 하지만 딸의 생리주기까지 고려해 휴가날짜를 잡은 그녀의 엄마로서는 상당히 미심쩍다는 표정을 지었다. 여차하면 확인이라도 해보겠다는 태도였지만, 교양 있는 중산층 부인으로서 그런 몰상식한 짓까지는 할 수 없는 일이었다. 엄마의 추궁에 그녀는 아무런 대꾸도 하지 않았는데, 그건 옳은 일이었다. 누군가가 죽은 바다에서 해수욕을 하는 일은 견딜 수 없을 정도로 부끄럽다고 말하면 그녀의 엄마로서는 도저히 이해하지 못할 테니까. 대신에 그녀의 엄마는 "너, 목이 왜 그래?"라고 물었다. 그녀는 표정 하나 바꾸지 않고 키스 마크가 생긴 목덜미를 만졌다.

"뭐가?"

"거기 말고, 왼쪽 목."

그녀의 엄마는 주위를 살폈다. 둘을 제외하고는 고기를 굽느라 정신이 없었다. 고기만 다 구워지면 아무런 문제가 없다는 듯.

"엄마가 원하는 것 아니었어? 마지막 휴가라며."

"가서 좀 씻고 와라. 엄마 방에 가면 스카프 있어. 마지막 휴가 즐기는 건 좋지만, 정도를 넘어서면 곤란해."

"내가 엄마의 펫이야?"

그 말과 함께 그녀는 자리에서 일어나 호텔 쪽으로 걸어갔다. '위선자들. 바비큐 냄새를 풍기는 삶의 사기꾼들'이라고 그녀는 생각했다. 그녀가 호텔로 들어서는데, 펑크머리의 사람들이 차에서 악기를 내리고 있었다. 벨보이가 그녀를 알아보고 아는 척을 했다.

"바다는 좋았나요?"

"밤이 더 좋았어요. 보지 않고 상상할 때가 더 좋았어요."

"그렇다면 미안하게 됐네요."

"왜 미안해요?"

"너무 기대하게 만든 게 아닌가 해서. 그래도 얼굴은 좀 탔어요. 거기 눈 밑에. 저 사람들 좀 보세요. 저런 머리는 처음 봐요. 저렇게 해야만 좋은 음악이 나올까요?"

"바보들이에요. 그건 그렇고, 데킬라 어디서 마실 수 있나요?"

"바에 가면 팔지 않을까요?"

바 쪽으로 걸어가면서 그녀는 밴드가 서 있는 곳을 한번 쳐다봤다. 염색한 머리칼들 사이에서 평범한 머리통 하나가 보였다. 말하자면 삼십대에 벌써 퇴물가수 신세가 된 남자가 그녀를 쳐다보고 있었다. 그녀는 다른 사람들이 자신을 쳐다보는 데 익숙해 있었다. 마치 유리로 만든 조각상이라도 되는 듯 눈빛들은 언제나 그녀의 외면만을 훑었다. 그럴 때마다 그녀는 기꺼이 투명한 몸이 되어 그 시선들을 즐겼다. 그런데 그의 시선에는 뭔가 다른 것, 그러니까 비열함이라고 부르면 좋을 만한 느낌이 서려 있었다. 그녀가 자신을 의식한다는 사실을 눈치채자마자, 남자는 조금도 머뭇거리지 않고 그녀 쪽으로 걸어왔다. "아까 걔가 네 남자친구니?"라고 남자가 물었다. 생각보다 질문이 퍽 시시하다고 그녀는 생각했다. 그녀가 손목시계를 들여다본 뒤, 대답했다.

"청혼받은 지 정확하게 다섯 시간 십육 분이 지났어요."

"아직은 더 즐길 나이인데, 감회가 남다르겠군."

그녀는 남자의 노인 같은 말투가 싫었다.

"그래서 수녀가 될까 생각중이에요. 그래봐야 마찬가지겠지만."

"뭐가 마찬가지라는 거지?"

"창피하긴 마찬가지라구요. 그건 그렇고 내일 공연하러 온 건가요? 텔레비전에서 아저씨를 본 적이 있어요. 아주 오래 전의 일이지만. 아까 계단에서도 봤구요."

"공연 따위는 상관없어. 사실은 어젯밤부터 쭉 너를 지켜보고 있었어. 도대체 뭘 보고 있었던 거야? 그게 궁금해서 네가 서 있던 자리까지 올라갔었어."

"당연히 바다죠."

"바다? 그게 다야? 무슨 바다를 그렇게 뚫어져라 쳐다본 거야? 몇살이야? 바다 처음 봤어?"

"아직도 노래하고 있는지 몰랐어요."

"얼렁뚱땅 딴소리하면서 넘어가려고 하지 마. 묻는 말에나 대답해. 정말 바다가 보고 싶었던 거냐고!"

그녀는 대답할 수 없었다. 남자가 그런 그녀를 빤히 쳐다봤다.

"좋아. 네가 알아야 할 게 있어. 너는 바다를 봤겠지만, 나는 다른 걸 봤다구. 알겠어?"

남자가 말했다.

"뭘 봤는데요?"

"사람이 죽는 걸. 물에 빠져서 허우적거리길래 목이 터져라 외쳤는데도 바다를 지켜보던 구조대원들은 그 사람을 보지도, 내 목소리를 듣지도 못했어. 나는 네가 그 녀석과 숨바꼭질하는 동안, 너 대신에 그걸 본 거야. 그 말을 해주려고 왔어. 너 대신에 내가 뭘 봤는지."

그리고 남자는 입을 다물었다. 그녀는 갑자기 남자에게 매달려 자기 대신에 본 것에 대해 더 자세히 말해달라고 애원하고 싶었다. 그 욕망은 느닷없으면서도 동시에 매혹적이었다. 그녀는 그런 욕망을 느끼는 자신이 괴물처럼 느껴졌다. 예컨대 거기서 얼마 떨어지지 않은 곳에서는 그녀와 현의 가족들이 바비큐를 먹으며 집값에 대해, 혹은 골프 코스에 대해, 곧 닥쳐올 대입시험에 대해 끝도 없는 얘기를 떠들어대고 있었다. 그녀는 자신이 그런 이야기 속에 등장하는 세계에서 한 발짝도 떠날 수 없다는 사실을, 그리고 더 중요하게는 자신에게 떠날 용기가 없다는 사실을 잘 알고 있었다. 그토록 바다를 바라본 것은 단지 바라볼 수 있는 것이었기 때문이었다. 하지만 그 남자 앞에서 느낀 그 매혹은 그와는 다른 것이었다. 그건 매혹이라기보다는 애원 같은 것이었다. 가족들의 세계가 싫다거나, 새로운 세계를 꿈꾼다거나 하는 것과는 전혀 다른 맥락에서 그녀는 남자에게 매달려 간청하고 싶었다. 누군가는 자신과 같은 삶을 꿈꾸리라는 것을 그녀는 분명히 알고 있었다. 모든 사람들에게는 저마다 간절히 원하는 게 하나씩 있었다. 그게 단순한 욕정에서 시작하든, 아니면 사회적인 분노에서 비롯하든. 예컨대 현은 간절히 그녀를 원하고 있었다. 지난밤에 그녀의 방문을 두들긴 것은 모두 그 때문이었으리라. 하지만 그녀에게는 그만한 열망이 전혀 없었다. 열망이 없는 것보다 더 비참한 것은 무엇보다도 부끄럽다는 점이었다.

"여기 데킬라 판다는데, 같이 드실래요?"

그녀가 바 쪽을 가리키며 남자에게 물었다.

"난 술 취하면 무서운 사람이야."

남자가 약간 비열한 목소리로 말했다.

"상관없어요. 아저씨가 취하기 전에 도망갈 테니까."

불을 삼키면 그냥 타버리는 것이지, 느낌 따위는 없다는 것을 그녀는 이미 알고 있었다. 그러므로 그 남자의 방문을 닫고 나왔을 때, 그녀는 이제 더이상 부끄럽지 않았다. 그녀는 복도를 조금 걸어가다가 그 자리에서 걸음을 멈췄다. 다시 그 남자의 방으로 돌아가고 싶었기 때문이었다. 그래서 그녀는 그 남자가 분명히 야비하고 비열한 바람둥이에 불과하다고 생각했다. "무슨 바다를 그렇게 뚫어져라 쳐다본 거야"라거나 "너 대신에 내가 뭘 봤는지 그 말을 해주려고 왔어" 따위의 그럴듯한 말로 순진한 여자애들을 꼬셔서 욕망을 채우는 저열한 인간이라고 생각했다. 그러자 그 남자가 다른 여자애들은 어떻게 대하는지 궁금해졌다. 그녀에게 말한 것처럼 그토록 부드러운 목소리로 아무도 보지 못한 일들을 얘기하는 것일까? 자신의 눈앞에서 벌어지는 일들의 의미에 대해 처음에는 전혀 몰랐다고, 그렇지만 곧 그게 자신의 삶을 완전히 바꿔놓으리라는 생각에 두려웠다고 말할까? 이제 현보다 그 남자가 자신과 더 가까운 사람이 됐다는 것만은 그녀도 부인할 수 없었다. 그녀는 당장이라도 돌아서서 그 남자에게 달려가 다시는, 그 누구에게도 그런 식으로 얘기하지 말라고 부탁하고 싶었다. 자기에게만 해달라고. 그런 얘기는 자신의 귀에만 들려달라고. 하지만 그렇게 하는 대신에 그녀는 복도를 달리기 시작했다. 더 머뭇거리다가는 정말 다시는 가족들에게 돌아갈 수 없을 것 같았기 때문이었다. 엘리베이터를 타고 1층으로 내려온 그녀는 뛰어서 호텔을 빠져나갔다. 벨보이도 이번에는 그녀에게 말을 붙일 수 없었다. 정원 레스토랑에 가족들이 없다는 것을 확인했을 때, 그녀의 두려움은 최고조에 달했다. 그녀는 허리를 숙이고 숨을 몰아쉬었다. 어쩌면 다시는 자신이 머물던 세계로 돌아가지 못할지도 모른다는, 조금은 과장된 생각에 그녀는 사로잡혔다. 하지만 이내 호텔로 올라가는 계단에서 현이 나타났으므로 그녀는 안심했다. 그녀를 보자, 현이 반색하며 계단을 달려내려왔다.

"어디 갔다가 왔어? 방에 가도 없던데?"

현이 그녀에게 다가오면서 물었다. 그녀는 조금 뒤로 물러섰다.

"멍청아. 또 방문을 두들기고 있었던 거야? 내가 맨날 방에만 있는 줄 알아?"

"너 술 마셨니? 왜 그렇게 얼굴이 빨간 거야?"

"네가 하도 자랑해서 데킬라 마셔봤다, 왜?"

"니네 엄마가 너 굉장히 찾았어."

"엄마 아빠는 어디 갔어?"

"나 따라오면 돼."

현이 그녀의 손을 잡으며 말했다. 그녀는 현의 손을 뿌리쳤다. 그러자 현은 화가 난 듯한 표정으로 앞장서서 계단을 내려가기 시작했다. 달빛의 기세에 희미해진 저녁별들 사이에서 따뜻한 바람이 불어왔다. 그녀는 현보다 서너 계단 뒤쪽에서 내려갔다. 백리향이 심어진 계단참에 이르자 현은 걸음을 멈추고 돌아서 그녀가 내려오기만을 기다리다가 다시 "나는 너와 결혼할 거야"라고 말했다. 그 말이 너무나 비현실적으로 들려서 그녀는 깜짝 놀랐다. 그녀는 자신에게 무슨 일이 일어났는지도 모르고 그런 말을 하는 현이 불쌍하다거나 현에게 미안하다는 생각이 들었다기보다는 현이 그 사실을 눈치챌지도 모른다는 두려움을 느꼈다. 그 사실을 감출 수만 있다면 현과 결혼이라도 할 수 있을 것 같다고 그녀는 생각했다. 그러므로 그녀는 애써 아무 일도 없었다는 듯한 표정으로 현에게 웃음을 지어 보였다. 그 웃음의 의미를 이해하지 못한 현은 그녀의 손을 다시 잡았다. 그러자 그녀는 더이상 견디지 못하고 계단을 뛰어내려가기 시작했다. 현을 지나쳐, 해변을 산책하고 돌아오는 가족들이나 연인들을 지나쳐, 그들이 보내는 휴가지의 안온하고 평화로운 밤을 지나쳐, 그런 밤이면 사람들이 으레 꿈꾸는 부드럽고도 달콤한 꿈을 지나쳐, 그녀는 계속 뛰어가기 시작했다. 현이 그런 그녀를 뒤쫓아왔다. 백사장으로 내려온 그녀는 이번에는 밤바다를 향해 달리기 시작했다. 바다를 건너온 바람이 그녀의 뺨을 스쳤다.

바닷가를 산책하고 있던 그녀의 엄마가 그녀를 발견하고 어디 가느냐고 소리쳤다. 그녀는 가족들을 지나쳐 바다로 뛰어들었다. "어머, 어머, 어머, 쟤가 왜 저래? 언제 철이 들려고 저래?" 그때, 현이 그녀의 뒤를 따라 바다로 뛰어들었다. 그러자 부모들은 깔깔거리며 웃음을 터뜨렸다. 그 웃음소리를 듣자, 그녀의 눈에서 왈칵 눈물이 쏟아졌다. 그제야 그녀는 겁이 난 것이었다. 자기가 어딘가 변했다는 것을 엄마가 눈치챌까봐. 하지만 달리 방법이 없었기 때문에 그녀는 눈앞에 펼쳐진 바다, 그러니까 이번에는 에메랄드빛이 아니라, 그 형태도 윤곽도 색깔도 알 수 없는 검은 바닷속으로 들어갔다. 눈과 코와 입과 귀가 모두 검은 바닷속으로 잠겨들었다. 출렁이는 바닷속에서는 전날 밤 욕조 속에서 들었던 밤

의 소리들이 들려왔다. 물속에 잠긴 그녀는 입을 벌리고 그 소리
들을 맛보았다. 입안으로 들어온 바닷물은 짜고도 압도적이었다.
순식간에 고통이 그녀의 몸으로 밀려들었다. 언제라도 그녀를 매
혹시켰던 고통이었건만 맛보는 바로 그 순간 그녀는 자신이 견딜
수 있는 고통이 아니었기에 그토록 끌렸던 것이라는 걸 깨달을 수
있었다. 하지만 이제는 몸을 일으켜야만 한다는, 그러지 않으면
다시는 자신이 알던 세계 속으로 돌아갈 수 없을 것이라는 생각이
든 뒤에도 그녀는 바닷속에 머물고 있었다. 그때 현이 그녀의 몸
을 잡아끌었다. 바다를 따라 모든 것을 지나쳐 흘러가던 그녀가
몸을 일으켰다. 그녀의 코와 입에서는 바닷물이 흘러나왔다. 현은
그런 그녀의 몸을 일으켜세웠다. 그녀를 일으켜세우느라 엉거주
춤 서로 껴안는 자세가 됐을 때, 눈물과 바닷물 너머로 방마다 불
을 밝혀놓은 호텔 건물이 그녀의 눈에 보였다. 그녀는 자신이 그
불빛 어디쯤에서 벌거벗은 몸으로 서서 밤바다를 바라봤는지 정
신없이 찾고 있었다. 모든 사람들이 보는 앞에서 물에 빠졌으니까
이제 그녀는 마음껏 울 수 있었다. 현은 그런 그녀를 안아주지도
못하고 뿌리치지도 못한 채, 어색하게 서 있을 뿐이었다.

세 계 의 끝 여 자 친 구

우리는 어리석다는 이유만으로도 당장 죽을 수 있었다. 그 사실만으로도 우리는 이 삶에
감사해야만 한다. 그건 전적으로 우리가 사랑했던 나날들이 이 세상 어딘가에서 이해되
기만을 기다리며 어리석은 우리들을 견디고 오랜 세월을 버티기 때문일지도 모른다.

뭔가를 예감하게 만드는 것들이 있다. 다음날 등산을 하기 위해 배낭을 꾸린 뒤 부푼 기대에 가득 차 올려다보는 창밖의 달무리, 두 시간이나 기다려서 들어갔건만 똥이 마려운 것인지 굳은 표정으로 앉아서 내게는 아무런 질문도 던지지 않는 면접관, 밤을 새워가며 일주일 만에 하기에는 너무나 벅찬 과제를 모두 끝마친 뒤 제일 먼저 도착해 잠시 책상에 엎드린다는 게 한 시간이나 자고 나서 깨어나 바라보게 되는 텅 빈 강의실. 둥근 달무리나 똥 마려운 얼굴, 혹은 어느덧 지나가버린 한 시간을 통해 우리는 인생이란 불가사의한 것이라고 말해서는 안 되는 이유를 발견하게 된다. 비록 형편없는 기억력 탓에 중간중간 여러 개의 톱니바퀴가 빠진 것처럼 보이긴 하겠지만, 어쨌든 인생은 서로 물고 물리는 톱니바퀴 장치와 같으니까. 모든 일에는 흔적이 남게 마련이고,

그러므로 우리는 조금 시간이 지난 뒤에야 최초의 톱니바퀴가 무엇인지 알게 된다.

결국 내가 사랑에 대해서 말하게 되기까지 첫번째 톱니바퀴의 역할을 한 건 도서관에서 근무하던 한 자원봉사자의 부지런함이었다. 항상 일거리를 찾아다니던 그 자원봉사자는 새로운 수서목록과 각종 공지사항을 붙여놓는 게시판 한쪽이 늘 비어 있다는 사실을 눈여겨보다가 사서들의 동의를 얻어 A4용지에 매주 한 편의 시를 인쇄해 압정으로 꽂아놓기 시작했다. 하지만 그 톱니바퀴 옆에 새로운 톱니바퀴가 물려서 돌아가기 시작한 것은 가을, 겨울, 봄, 이렇게 세 번의 계절이 지나간 뒤부터였다. 5월이 시작될 무렵, 그녀는 남편을 따라 지방으로 이사하기 위해서 일을 그만뒀고, 얼마간 그 자리에는 나희덕의 시가 붙어 있었다. 그러다가 누군가, 아마도 이러다가 '이 주(週)의 시'가 '이주(移住)의 시'로 읽히는 게 아닐까 염려했거나 진정한 의미의 자원봉사라는 건 바로 이것이라고 말하고 싶었던 도서관 이용자 중의 한 사람이, 신경림의 시를 그 자리에 붙여놓기 시작했다.

그러자 몇몇 사람들도 앞다퉈 이 나라에 좋은 시인들이 참 많다는 사실을 종이와 압정으로 보여주기 시작했고, 얼마 지나지 않아 게시판이 혼란스러워지자 누군가 그렇게 두서없이 시를 붙여놓을 게 아니라 마음이 맞는 사람들끼리 일주일에 한 번씩 모여서 게시판에 붙일 시를 선정해보자는 제안을 붙여놓았다. 그렇게 해

서 시 윤독 모임 '함께 시를 읽는 사람들', 그러니까 줄여서 '함시
사'가 만들어졌다는 전설 같은 이야기. 나로 말하자면, 좋아하는
시(최하림의 시였다)를 그 게시판에 붙인 세번째 사람이었다. 미
리 시를 골랐다기보다는 이런저런 시가 붙어 있는 게시판을 보고
즉흥적으로 노트에다가 만년필로 휘갈겨쓴 것이었다. "여섯일곱
살 때 바다에는 갈매기들이 날고 있었다"로 시작해서 "우리가 늙
어서도 아마 그럴 것이다. 그곳에는 저녁 그림자가 인간의 슬픔처
럼 조용히 그늘을 드리우고 있을 것이다"로 끝나는 시*였다. 그렇
긴 하지만 그 제안에 동의한 사람들이 수요일마다 정기적으로 모
여서 각자 골라온 시를 함께 읽은 뒤, 그 다음주에 게시판에 붙일
한 편의 시를 고르는 동안에도 모임에 가볼 생각 같은 건 전혀 해
보지 않았다.

그러다가 6월을 다 잡아먹을 듯 기세가 등등하던 장마도 완전
히 끝나고 뜨겁고 뜨겁고 뜨겁기만 한 여름 햇살이 작열할 무렵,
책을 빌리러 갔다가 나는 게시판에 「세계의 끝 여자친구」란 시가
붙어 있는 걸 보게 됐다. 그 시에 따르면, 시인이 걸어가는 길의 끝
에는 메타세쿼이아 한 그루가 서 있는데, 거기가 바로 세계의 끝이
며 그때 우리는 "불과 눈물이 서로 스미듯이, 혹은 달과 무지개가
그러하듯이" 나란히 메타세쿼이아 거친 둥치에 등을 기대고 앉게

---

* 최하림, 「저녁 그림자」 중에서.

될 것이었다. 그러는 동안 "사랑은 저처럼 뒤늦게 / 닿기만 하면, 닿기만 하면 / 흔적도 없이, 자욱도 없이 // 삼월의 눈처럼" 사라진다는 것이었다. 그 시와 그 시를 쓴 시인의 이름을 한참 들여다보다가 "호수를 바라보며 서 있는 메타세쿼이아 한 그루"라는 구절에 마음이 끌려 나는 도서관의 컴퓨터로 검색했고, 얼마 지나지 않아 『메타세쿼이아, 살아 있는 화석』이라는 책을 찾아냈다. 내가 열람인들의 발길이 뜸한 식물학 코너에 꽂혀 있던, 아무도 대출한 적이 없어 보이던 그 책을 빌려온 것은 어떻게 생각하면 당연한 일이었다.

"잎 지는 초저녁, 무덤들이 많은 산속을 지나왔습니다. 어느 사이 나는 고개 숙여 걷고 있습니다. 흘러들어온 하늘 일부는 맑아서 사람이 없는 산속으로 빨려듭니다. 사람이 없는 산속으로 물은 흐르고 흘러 고요의 바닥에서 나와 합류합니다. 몸이 훈훈해집니다. 아는 사람 하나 우연히 만나고 싶습니다."

중년 남자 하나가 좀 겸연쩍다는 표정으로 시를 읽기 시작했다. 장마가 완전히 끝나고 뜨거운 낮의 열기가 아직도 남아 있던 어느 수요일 저녁의 일이었다. 나는 열두어 명의 사람들이 둥글게 둘러앉은 지하 회의실에서 과연 누가 그 「세계의 끝 여자친구」를 고른 것인가 궁금해하면서 사람들의 얼굴을 하나하나 살펴보고 있었다. 그 모임에 가기 전까지만 해도 나는 함시사란 등단을 꿈꾸는 늦깎이 문학소녀들이 그런저런 문학잡지를 통해 등단한 선생님을 모시고 창작에 도움이 될 만한 좋은 시도 함께 읽고 서로 쓴 습작시도 합평하는, 그런 모임이라고 생각했다. 하지만 막상 가서 보니 함시사는 도서관에서 주관하는 일반적인 문화 프로그램과는 좀 달랐다. 나중에 알게 된 일이지만, 함시사의 회원은 모두 스물한 명이었고, 각자의 사정에 따라 수요일 모임에는 대개 열다섯 명 안팎의 사람들이 나왔다. 신도시에 사는 젊은 주부들의 숫자가 많았지만, 군인, 교사, 목수, 변호사, 간호사 등 다양한 직업을 가진 사람들에, 연령대도 중학생에서 노인에 이르기까지 고루 분포돼 있었다.

중년 남자는 "……무명씨(無名氏) / 내 땅의 말로는 / 도저히 부를 수 없는 그대……"*라고 끝까지 시를 다 읊고 난 뒤에 잠시 말을 멈추고 목청을 가다듬었다.

"며칠 전에 구청의 노점상 철거에 항의하는 시위를 벌이던 중 노점상 한 명이 자살했습니다. 그래서 어제 노점상들이 도로를 점거하고 시위를 하는 바람에 성산대교 부근에서부터 강변북로가 막혔는데, 다들 아십니까?"

앉아 있던 사람들 중 몇몇이 그의 물음에 대답했다. 맞아요. 세 시간 동안. 정말 속상했는데. 나로 말할 것 같으면, 전혀 몰랐다.

---

* 신대철, 「사람이 그리운 날 1」 중에서.

"여직원과 함께 거래처에 갔다가 돌아오는 길이었는데, 한 시간 정도 가는 둥 마는 둥 차를 몰다가 이렇게 가는 건 무의미하다는 생각이 들어서 주유소 옆에 딸린 작은 가게 앞에 차를 세웠습니다. 거기에서는 커피를 팔더군요. 그래서 둘이 차양을 설치해놓은 가게 앞에 앉아 한강 너머의 하늘을 바라보면서 커피를 마셨습니다. 그러다가 꽉 막힌 도로를 바라보는데 갑자기 지금 이 시간은 내 생애 가장 한가로운 시간이구나라는 생각이 들더라구요. 그 여직원에게 말했습니다. 지금 이 도로가 왜 막히는지 알아? 예, 라디오에서 노점상들이 시위를 벌인다고 했잖아요. 아니야, 지겨움 때문이야. 내가 말했습니다. 신문에서 그 자살한 노점상에 관한 기사를 읽었어. 마흔세 살. 내 나이와 같더군. 마흔세 살이란 이런 나이야. 반환점을 돌아서 얼마간 그 동안 그랬듯이 열심히 뛰어가다가 문득 깨닫는 거야. 이 길이 언젠가 한번 와본 길이라는 걸. 지금까지 온 만큼 다시 달려가야 이 모든 게 끝나리라는 걸. 그 사람도 그런 게 지겨워서 자살했을 거야. 그리고 말이 끊어졌어요. 한동안 둘이 가만히 있다가 누가 먼저랄 것도 없이 커피를 마셨죠. 그때, 이 시가 생각났습니다. 대학교 신입생 때 술집에서 곧잘 만나는 녀석이 있었는데, 술만 취하면 눈물을 뚝뚝 흘리며 이 시를 읊었거든요. 정체를 알 수 없는 녀석이라고 생각했는데, 알고 보니까 우리와 학번도 같고, 과도 같더군요. 세상에…… 그런 시절들도 있었죠."

"그 여직원에게 무슨 흑심을 품은 건 아니세요?"

내 또래의 여자가 키득키득 웃는 듯한 목소리로 그에게 물었다.

"내가 연필도 아니고. 게다가 마흔 지나고 나서부터는 헤어지는 게 일이니까. 그 여직원하고도 헤어졌어요."

"그럼 사귀었다는 말씀인가요?"

이번에는 머리칼이 희끗희끗한 할머니.

"뭐, 꼭 사귀어야만 헤어지나요? 만날 헤어지잖아요. 아침에 만났다가 저녁에 헤어지고. 마누라도 저녁에 만났다가 아침이면 헤어지는데……"

"되게 안타까운 얘기네요."

나도 모르게 내가 말했다. 내가 생각해도 목소리가 좀 컸기 때문인지 다들 나를 쳐다봤다.

"청년은 이 모임에 오늘 처음 나온 분이죠? 혹시 시는 가져왔나요? 지금까지 보셨으니까 우리가 이 모임을 어떻게 진행하는지는 이제 아시겠죠? 시를 하나 읽고 왜 그 시를 고르게 됐는지 설명해주시면 되는 거예요. 한번 해보시겠어요?"

약간 무뚝뚝한 목소리로 그 할머니가 내게 말했다.

말하자면, 이런 이야기였다. 그해 봄, 대학을 졸업한 나는 한 달정도 집 안에 틀어박혀 지내다가 벚꽃이 떨어지기 시작할 무렵부터 아침 열시에서 오후 네시까지 시내 쇼핑몰에 있는 커피전문점에서 서빙 아르바이트를 시작했고, 해질 무렵이면 배철수가 진행하는 음악 프로그램을 들으며 호수 주위를 달렸으며, 생각날 때마다 매번은 아니고 세 번에 한 번꼴로 난아라는 이름을 가진 여학생에게 별로 중요하지도 않은 문자메시지들을 보내곤 했다. 그녀역시 문자메시지를 받을 때마다는 아니고 세 번에 한 번꼴로 내게응답했는데, 그럴 때면 '나나'라는 이름이 내 휴대전화 액정화면에 떠올랐다. '선배관심끌려고꾀병부리는거야^^ 6/15 10:48 am 나나'. 이런 식으로. 그건 중학교에서 평교사로 은퇴했다던 할아버지가 지은 그 이름을 학창 시절 내내 탐탁하게 여기지 않았던그녀의 요청 때문이었다. 덕분에 나는 하루에 열 번도 넘게 에밀졸라가 쓴 소설을 떠올려야만 했고, 급기야 도서관 서가에서 그책을 찾아 훑어보기까지 했지만, 여주인공 나나의 성생활이 문란하다는 사실만 알게 됐을 뿐 더 젊은 언어로 새롭게 번역될 필요성이 느껴지던 그 자연주의 소설을 통독하지는 않았다. 이런 식으로. 내 스물다섯 살의 두번째 계절은 19세기 자연주의 소설의 책갈피가 넘어가듯이 지나가고 있었다.

그러다가 장마가 찾아왔고, 비가 내리는 동안에는 달리기를 할수 없었기 때문에 나는 도서관에서 빌려온 책을 읽으며 장마가 끝나기만을 기다렸다. 아마도 나나가 아니라 그녀에게, 그것도 문자메시지가 아니라 전화를 건 까닭은 어쩌면 장마 때문인지도 모르겠다. 한동안 우리는 날씨에 대해서만 얘기했다. 차라리 쏟아져 내리면 그나마 마음이라도 흡족할 것을, 내리는 둥 마는 둥 지지부진하게 이어지는 장마에 대해서, 균질하게 하늘을 가득 메운 무미건조한 회색에 대해서, 뜨겁고 뜨겁고 뜨겁기만 한 여름 햇살을 향한 본능적인 그리움에 대해서. 나는 장마가 계속 이어지는 탓에 달리기를 할 수 없다고 말했고, 그녀는 내가 달리기를 할 수 있는 사람이라고는 한 번도 생각하지 못했다고 대답했다. 그러다가 어느 결엔가 그녀가 내게 말했다. "맞아, 좋았어. 우리 참 좋았어. 그렇긴 하지만 우린 이제 다시 그 시절로 돌아갈 수 없는 거야." 그 말은 나를 행복하게 만들었고, 또 슬프게 만들었다. 우선 '맞아'라는 말 때문에, 그 다음에는 '그렇긴 하지만'이라는 접속사 때문에. 맞아. 그렇긴 하지만. 맞아. 그렇긴 하지만. 전화를 끊고 나서 얼마간 나는, 예컨대 샌드위치를 만들기 위해 주방 테이블 위에 식빵을 일렬로 쭉 늘어놓으면서, 혹은 도서관 앞 휴식공간에서 담배를 입에 물고 마치 나의 앞날처럼 불안하고 흐릿하기만 한 풍경을 바라보면서 그 말을 되뇌었다.

'맞아, 어쩌면 이 장마는 영원히 계속될지도 몰라. 그렇긴 하지만, 나는 한번 달려보겠어'라고 생각하게 된 것은 그로부터 며칠이 지나 장마가 거의 끝나갈 무렵이었다. 나는 노란색 반바지에 반소매 셔츠를 입고 가랑비가 흩뿌리는 하늘을 올려다보다가 달리기 시작했다. 내가 사는 신도시 단독주택 지구는 마침내 장마의 마지막 며칠을 보내고 있었고, 키가 고만고만한 다세대주택과 빌라 들 사이, 스물네 시간 자동차가 주차돼 있는 좁은 골목길로는 빗물들이 하수구를 찾아서 하교하는 초등학생들처럼 몰려다니고 있었다. 한때 닥나무밭이 있던 자리였다는 안내판이 세워진 작은 공원의 벚나무와 느티나무 들로는 벌써 며칠째 새들이 날아오지 않았고, 한쪽 구석에 외롭게 떨어져 서 있던 그네와 미끄럼틀은 한 계절의 분량만큼 녹슬어갔다. 그날은 아침 뉴스에서 노란색 비옷을 입은 캐스터가 손끝으로 한반도를 가로지르는 기압골을 가리키며 내일부터 무더위가 시작되리라고 예보하던 금요일이었고, 그리고 저녁이었고, 나는 호수를 향해 달려갔다. 옷 속으로 빗물이 스며드는 꼭 그만큼, 그네와 미끄럼틀로 녹이 스는 꼭 그만큼, 기압골이 이제 한반도에서 조금씩 물러나는 꼭 그만큼, 내 스물다섯의 나이도 흘러가고 있었다. 스물다섯의 고민이란 그 고민마저도 꼭 그만큼이라는 것. 원하는 만큼이 아니라 꼭 그만큼이라는 것.

한 삼십 분 정도 달렸을까, 호수 반대편까지 달려갔을 때는 온몸이 다 젖었고 운동화로는 물이 스며든 상태였지만, 그때부터 비가 그치기 시작했다. 문득 바람이 불어오는 서쪽을 향해 고개를 돌렸는데, 거기 서쪽 하늘은 환해지고 있었다. 서쪽 하늘은 검은빛이었고, 어떻게는 푸른빛이었고, 또 달리는 하얀빛이었는데, 그게 하도 인상적이어서 나는 숨을 가쁘게 몰아쉬며 가만히 서서 한

동안 그 풍경을 바라봤다. 하늘 전체를 뒤덮은 구름은 빠른 속도로 밝아지고 있었고, 지평선에서 한 뼘 정도 위쪽으로는 날이 개리라는 걸 암시하는 뭉게구름이 피어나고 있었다. 처음에는 비구름이, 그 다음에는 바람이, 그리고 저녁이, 또 계절이, 그렇게 한 시절이 지나가고 있었다. 지나가는 그 풍경 속에는 내가 상상할 수 있는 모든 감정이 다 들어 있는 것 같았으므로 오히려 나는 숨이 편안해질 때까지, 바람이 젖은 내 몸을 차갑게 만들 때까지, 나뭇잎에 매달린 빗방울들이 제 무게를 이기지 못하고 후드득 떨어져내릴 때까지, 그리하여 그 구름들 틈새로 푸르스름한 하늘이 엿보이게 될 때까지 가만히 서 있었다. 나는 그날이 바로 장마의 마지막 날이라는 걸 깨달을 수 있었다. 그 서쪽 하늘을, 그 뭉게구름을, 그리고 울퉁불퉁한 둥치와 물방울이 맺힌 나뭇잎을 지닌, 하지만 홀로 서 있는 키가 큰 메타세쿼이아 한 그루를 바라보다가.

그렇다면 다시 톱니바퀴 이야기다. 메타세쿼이아는 언제나 여러 그루가 함께 서 있다. 대개는 일렬로 줄지어서, 그렇지 않다면 숲을 이뤄서. 『메타세쿼이아, 살아 있는 화석』이라는 책을 보고서 나는 그 이유를 알았다. 1943년 여름, 중국 충칭(重慶)에서 조사차 선눙자(神農架)로 향하던 중국의 나무학자 왕잔(王戰)은 말라리아에 걸려서 완셴(萬縣) 농업학교에 들렀다가 그 학교에 근무하던 양룽씽(楊龍興)에게서 거기서 100킬로미터 정도 떨어진 모다오시(磨刀溪)에 가면 엄청나게 큰 '신의 나무(神樹)'가 있다는 이야기를 들었다. 그 이야기에 양룽씽의 안내를 받아 사흘 동안 험준한 산과 깊은 계곡을 넘어 7월 20일 마침내 모다오시에 이른 왕잔은 높이가 35미터에 달하는 나무를 마주하게 된다. 그 나무가 1941년 일본 교토대학의 미키 박사가 화석으로 발견한 메타세쿼이아라는 사실은 1946년에야 밝혀졌다. 메타세쿼이아는 백악기에 공룡과 함께 살았던 나무였으나 빙하기를 거치면서 절멸했다가 1943년에 그렇게 기적적으로 다시 발견됐다. 그뒤에 이 나무는 화분에 담겨 중국의 선물로 한국에 들어왔다가 대량번식에 성공해서 각지에 보급됐는데, 워낙 성장속도가 빠르고 형태가 아름다운 나무라 주로 가로수로 심었다. 그렇게 최근 들어서 국내에, 그것도 주로 가로수로 보급된 나무이기 때문에 한 그루의 메타세쿼이아를 보는 일은 그처럼 드물었던 것이다.

"그런데 왜 자기가 본 그 나무가 「세계의 끝 여자친구」에 나오는 메타세쿼이아라고 생각하게 된 건가요? 호수 옆에 한 그루만 달랑 있는 나무라서?"

모임이 모두 끝나고 난 뒤에, 준비한 시를 읽어보라고 말했던 그 할머니가 내게 말했다. 그때까지만 해도 그게 바로 이 톱니바퀴의 마지막이라고 생각했다. 나는 바로 일주일 전에 게시한 시를 읽었다는 이유로 함시사의 취지를 전혀 알지 못하는 사람으로 낙인찍혔는데, 그런 나를 구해준 사람이 바로 그 할머니였다. "그 시를 다시 읽은 데에는 무슨 이유가 있는 것 같군요. 나중에 저랑 이야기를 좀 하죠"라고 할머니가 말했다. 그때 나는 내 예감이 틀렸다는 걸 알 수 있었다. 맞다. 나는 연필이었고, 그래서 흑심을 품고 있었다. 혹시 그 시를 매개로 누군가를, 아마도 내 땅의 말로는 도저히 부를 수 없는 무명씨라도 만나지 않을까고 기대했던 것이다. 그 무명씨는 이제 머리가 희끗희끗하고 커다란 눈 옆에 주름이 자글자글한, 처음 보는 순간 미스 마플이라고 부르면 딱이라는 느낌이 드는 할머니로 밝혀졌다. 그렇게 해서 우리는 사람들이 모두 빠져나간 회의실에서 자판기 커피를 손에 들고 앉았다.

"그게 저도 궁금하더라구요. 메타세쿼이아라는 나무가. 그래서 도서관에서 『메타세쿼이아, 살아 있는 화석』이라는 책을 빌렸어요. 그런데 밤에 책을 읽으려고 보니까, 책등에 투명테이프로 누군가의 이름을 붙여놓았더라구요. 그러니까 할머니가……"

"희선이에요. 김희선. 그 배우만큼 예쁘다고는 할 수 없지만."

그 말에 나는 조금 당황했다.

"그러니까……, 희선 선생님께서……"

"그냥 희선씨라고 부르세요. 어쨌든."

"암튼 붙여놓으신 시에 적힌 이름이더라구요. 아니, 이게 웬 우연인가 해서 살펴봤더니 도서관을 처음 만들 때 장서가 많이 부족했던지 시민들에게 책을 기증받았더군요. 그래서 표지 안쪽에 '이 책은 ○○○님의 기증도서입니다. 감사합니다'라는 스탬프를 찍어놓은 거죠. 그분은, 그러니까 이 동네에 사신 거죠?"

희선씨가 고개를 끄덕였다.

"그래서 약간 감동하면서 책을 읽었어요. 시인이 읽었던 책이라고 하니까 감개무량하더군요. 어쩌면 그 시를 쓸 때 도움을 받은 책일지도 모르잖아요. 그러다가 한쪽 여백에 이렇게 적어놓은 걸 봤지요."

나는 가방에서 그 책을 꺼냈다. 수서할 때 겉표지를 제거했기 때문에 베이지색 하드커버만 보였는데, 그 색의 속성상 때가 많이 묻을 수밖에 없었는데도 색깔은 온전했다. 나는 시인이 뭔가 적어놓은 페이지를 찾아서 책갈피를 휘리릭 넘겼다. 그 글귀는 거기, 왕잔이 만든 모다오시의 나무 표본이 중국 현대사의 격랑을 거치며 사라졌다가 오랜 세월이 지난 뒤 118이라는 숫자와 함께 낡은 캐비닛에서 발견되기까지의 과정을 적은 '8. 마침내 미스터리가 풀리다' 부분에 있었다. 시인은 이렇게 적어놓았다.

'메타세쿼이아 한 그루. 밤 열시의 산책. 호수 건너편 도시의 불빛. 거기에 묻다.'

미스 마플, 아니 희선씨는 연필로 휘갈겨놓은 그 문장을 한참 동안 들여다봤다. 희선씨의 눈빛이 점점 더 부드러워졌다. 어쩌면 축축해지고 있는 것인지도 모른다는 생각이 들 때쯤, 내가 물었다.

"이분이 아드님이신가요?"

희선씨는 말없이 고개만 흔들었다.

"음……, 이분 돌아가신 지가 몇 해 되지 않았더라구요. 한 칠 팔 년 됐나요? 암이었죠?"

"그래요. 암이었어요. 어린 나무처럼 싱싱한 사람이었는데. 너무 젊었어요. 너무."

희선씨는 결국 눈물을 흘렸다. 나는 괜한 짓을 했는가고 생각했다.

한참 만에 희선씨가 "나이가 들어서 이렇게 작은 글씨를 보려고 하면 눈물부터 나온다우"라고 말했다. 그러더니 희선씨는 그 시인에 대해서 말하기 시작했다. 그러니까 톱니바퀴는 계속 돌아가는 것이다. 희선씨는 구 시가지에 있는 사립 고등학교의 국어선생님이었다. 함시사를 이끌어갈 수 있는 까닭도 바로 그런 이력 때문이었다. 시를 좋아하고 즐겨 습작을 해온 덕분에 희선씨가 가르친 학생들 가운데에서 등단 시인이 세 명이나 나왔는데, 그 시인도 그중 하나였다. 그 시인은 등단한 뒤에도 자신이 태어난 고향에 살면서 서울로 출퇴근했기 때문에 가끔씩 희선씨는 그 명민한 제자를 만날 수 있었다. 시인이 된 제자는 언제나 다정다감했던 고등학교 시절의 국어선생님을 선생님이라고 부르지 않고 꼭 '희선씨'라고 불렀다. 희선씨, 희선씨. 그런데도 밉지 않은 게 그의 또다른 재주랄 수 있었다.

그는 모두 두 권의 시집을 출간했다. 한 권은 살아 있을 때, 그리고 한 권은 죽고 난 뒤에. 하지만 「세계의 끝 여자친구」는 두 시집 어디에도 실리지 않았다.

"병상에 찾아갔더니 이 시를 보여주더군요. 읽고 나서 '난 이 시가 참 좋단다'라고 말했더니, '그건 희선씨한테 주려고 쓴 시가 아니니까 김칫국 마시지 마세요', 그렇게 대답하더군요. 난 연애 이야기라면 언제나 귀가 솔깃한 사람이라서 자꾸 캐물었죠. '이 시에 나오는 여자친구가 누구니?' 그랬더니, '착한 사람이에요'라고 말하더라구요. '아휴, 당연히 착하겠지. 얘기해봐. 어떻게 만났는데? 무척 사랑했던 모양이지?' 내가 물었죠. '맞아요. 그렇게요. 세상의 끝까지 데려가고 싶을 정도로요.' 그렇게 말하곤 키득키득 웃더군요. 세상에, 웃음소리가 아직도 생생하네. 그렇게 웃고 나서는 '다른 남자의 아내인데, 그날 밤에 같이 도망가자고 말하지 않은 게 정말 잘한 일이죠, 결국 이렇게 되고 말았으니까'라고 말하더군요. 그 사람, 그렇게 죽었어요. 나중에 시인의 장례식장에서도 혹시 여기에 왔을까, 왔다면 누구일까, 혼자 궁금해서 슬퍼하는 젊은 여자들의 얼굴을 하나하나 쳐다봤어요. 시인이 사랑했던 사람이 누굴까? 그런데 이 글을 보니, 정말 웃긴 일이네요. 차마 같이 도망가자는 말은 못 하고, 둘이서 가장 멀리까지 가본 게 그 메타세쿼이아까지라던데, 그럼 고작 저기 호수 건너편까지 가본 게 다잖아. 그래놓고서는 어떻게 세계의 끝이라고 말할까……"

"왜 이 시를 선택했나요?"

"아휴, 지난번에 다 얘기했는데, 여기서 또 해야 하나?"

"그러게요. 제가 신입회원인 관계로……"

희선씨가 기분 좋게 자글자글 눈웃음을 지어 보였다.

"요즘 들어서, 살아오는 동안 안 하고 넘어간 일들이 자꾸 생각
나는 거예요. 청년은 아직 이게 무슨 기분일지 모를 거야. 한 일들
은, 그게 죽이 됐든 밥이 됐든 마음에 남는 게 하나도 없는데, 안
한 일들은 해봤자였다고 생각하는데도 잊히질 않아요. 왜, 하지도
않은 일이 잊히지 않는다니까 우스워요? 그러게. 그런 일이 한두
가지가 아니지만, 그중에 하나가 바로 그 여자친구를 찾아가서 시
인이 당신을 무척 사랑했노라고 말해주지 않은 거예요. 그래서 이
시를 도서관 게시판에 붙여놓을 생각을 한 거지. 그러면 이 시를
알아보는 누군가가 나를 찾아올 것이라고 생각했던 거야. 아까 청
년이 들어올 때도 그랬고, 이 시 때문에 모임에 온 것이라고 말했
을 때도 그랬는데, 참 놀랍고 기쁘기도 했지만, 그래서 한편으로
는 실망감도 들었어요."

"사실 저도 좀 실망했습니다."

나는 얼른 덧붙였다.

"저 자신에 대해서 말이죠."

"시인이 죽는 그 순간까지도 사랑했던 사람이 청년이 아니었던
건 분명한 것이겠죠?"

"저는 시인들한테는 질투 말고는 다른 감정을 사용하지 않거든요. 게다가 그때는 중학생이어서 아직 사랑을 하기에는 좀⋯⋯"

희선씨는 고개를 끄덕였다.

"성장속도가 좀 더딘 편이었군요. 요새 애들은 안 그런데. 하지만 결국 마찬가지예요. 청년도 이 시를 알아본 셈이니까. 누군지는 끝내 알 수 없게 됐지만, 그래서 죽는 순간까지도 당신만을 생각한 사람이 있다는 사실을 영영 말해줄 수 없게 됐지만, 언젠가는 그 사람도 알게 되겠죠. 시인이 한때 이런 시를 썼다는 거. 그 메타세쿼이아가 두 사람이 갈 수 있었던 가장 먼 곳이었다는 거."

잠시 말을 끊었다가 희선씨가 말했다.

"난 다음주부터 병원에 들어가요. 나이가 들면 몸에 고장이 나지 않는 곳이 없으니까. 그래서 병원에 가기 전에 이런 이야기를 그 사람에게 들려줬으면 한 것이지요. 그나마 청년에게 이런 이야기를 다 할 수 있어서 다행이네요."

잠시 아무런 말 없이 앉아 있다가 희선씨가 먼저 일어났다. 딴 생각을 하다가 헐레벌떡 나도 자리에서 일어났다. 희선씨는 내가 회의실을 나갈 때까지 기다렸다가 불을 끄고 문을 닫았다. 그때 나는 그녀를, 우리가 함께 보낸 나날들을, 영원히 나를 후회하게 만들고 나를 괴롭힐 게 분명한 그 일들을, 우리가 함께 꿈꿨으나 결국 가지지 못했던 미래를 생각하고 있었다. 친구들은 내게 새로운 여자를 만나면 모든 일이 달라질 것이라고 말했지만, 그렇다고 해도 우리가 함께 꿈꿨던 미래를 다시 찾을 수는 없는 일이었다. 맞다. 그런 건 이제 흔적도 없이, 자국도 없이 사라진 것이다. 그렇긴 하지만……

"혹시 이렇게 생각하면 어떨까요? 그 시인은 거기에다가 뭘 물어봤을까요? 책에 '거기에 묻다'라고 써놓았잖아요."

희선씨는 낙제생을 바라보듯이 나를 쳐다봤다.

"그건 뭘 물어본 게 아니지 않겠어요? 뭘 묻었다는 뜻이지."

우리는 모두 헛똑똑이들이다. 많은 것을 안다고 생각하지만, 우리는 대부분의 사실들을 알지 못한 채 살아간다. 우리가 안다고 생각하는 것들 대부분은 '우리 쪽에서' 아는 것들이다. 다른 사람들이 아는 것들을 우리는 알지 못한다. 그런 처지인데도 우리가 오래도록 살아 노인이 되어 죽을 수 있다는 건 정말 행운이라고 말하지 않을 수 없다. 우리는 어리석다는 이유만으로도 당장 죽을 수 있었다. 그 사실만으로도 우리는 이 삶에 감사해야만 한다. 그건 전적으로 우리가 사랑했던 나날들이 이 세상 어딘가에서 이해되기만을 기다리며 어리석은 우리들을 견디고 오랜 세월을 버티기 때문일지도 모른다. 맞다, 좋고 좋고 좋기만 한 시절들도 결국에는 다 지나가게 돼 있다. 그렇기는 하지만, 그 나날들이 완전히 사라졌다고 말할 수는 없다. 우리가 노인이 될 때까지 살아야만 하는 이유는 어쩌면 우리 모두가 일생에 단 한 번은 35미터에 달하는 신의 나무를 마주한 나무학자 왕잔의 처지가 되어야만 하기 때문일지도 모른다. 공룡과 함께 살았다는, 화석으로만 남은, 하지만 우리 눈앞에서 기적처럼 살아 숨쉬는 그 나무.

그날 밤, 희선씨와 내가 보게 된 것은 불로 밀봉한 두꺼운 비닐 속에 들어 있는 편지였다. 그 편지는 호수 옆, 굵은 메타세쿼이아 둥치 근처에 묻혀 있었다. 시인이 책의 여백에 휘갈겨쓴 글귀에 대해서 얘기하다가 그렇다면 그 메타세쿼이아 밑에 시인이 뭔가를 묻어놓은 게 틀림없다고 생각해 그길로 호수 건너편까지 가서 땅을 파본 것이었는데, 그간 몇 번의 장마가 지나갔던 탓이었는지 뜻밖에도 얼마 땅을 파지도 않았는데 그 편지를 찾아낼 수 있었다. 비닐 안에는 "이 편지를 발견하신 분께 부탁드립니다. 이건 소중한 편지이니 우체통에 넣어주세요. 보시다시피, 우표값은 걱정 마세요"라고 적어놓은 쪽지가 함께 들어 있었다. 약간 허탈해진 마음에 희선씨와 나는 언젠가 시인이 겉봉의 주소란에 적힌 사람과 함께 나란히 앉아 있었을 게 분명한 그 나무 아래에 앉아 건너편 도시의 불빛들이 비치는 호수를 바라봤다. 밤의 호수는 길게 이어지는 그 불빛들의 이랑을 따라 검은 표면을 부드럽게 뒤척이고 있었다.

"우리가 너무 일찍 이 편지를 발견한 게 아닐까 모르겠네. 편지를 보낸 지가 수억만 년도 더 전의 일 같아서 그런데, 요즘 우표값이 얼마인가요?"

한동안 말이 없던 희선씨가 내게 물었다. 그 문제라면, 그나마 제대한 지 몇 년 지나지 않은 내가 대답하기 쉬웠다.

"얼마 전까지만 해도 이백오십원이었는데, 지금은 저도……"

내 말에 희선씨는 한숨을 내쉬었다.

"이 사람, 도대체 이 편지가 언제 발견될 줄 알았던 거야?"

편지의 겉봉에는 도합 이천원어치의 우표가 줄지어 붙어 있었다. 그리고 희선씨는 입을 다물었다. 건너편 호수 옆 대로로 신호를 받은 자동차들이 몰려가는 소리가 파도 소리처럼 밀려왔다가 멀어졌다.

그리하여 마지막 톱니바퀴는 겉봉에 적힌 그 이름이었다. 어처구니없게도 겉봉에 적힌 주소지는 메타세쿼이아가 있는 호수에서 걸어서 삼십 분 정도면 갈 수 있는 곳이었다. 그렇게 가까운 곳에 누군가, 이제는 더이상 이 세상 사람이 아닌 누군가 자신에게 보낸 편지가 묻혀 있었으리라고는 상상할 수 없었을 것이다. 하긴 그게 추억의 나무였다면, 어쩌면 그 사람은 몇 번씩 메타세쿼이아 아래에 앉아 있었을지도 모르지만. 우리는 편지를 우체통에 넣어달라던 시인의 마지막 부탁을 들어주지 않기로 했다. 대신에 나의 아르바이트가 끝난 뒤인 금요일 오후 다섯시에 만나서 우리는 그 편지를 수신인에게 직접 배달하기로 했다. 금요일이 될 때까지 내 하루 일과는 예전과 마찬가지였다. 서빙 아르바이트를 계속했고, 이따금 그 메타세쿼이아 쪽을 바라보면서 호수 주위를 달렸으며, 생각날 때마다 매번은 아니고 세 번에 한 번꼴로 '나나'에게 문자메시지를 보냈다. 나의 미래는 여전히 전혀 내 것이 아닌 것처럼 느껴졌다. 유일한 변화가 있다면, 결국 내가 에밀 졸라의 소설을 대출했다는 사실이었다. 자기 이름이 들어가서인지, 나나는 바로 답문자를 보내왔다. '에밀졸라?나나졸라! 7/4 2:17 pm 나나', 이런 식으로. 그렇게 여전히 내 스물다섯의 두번째 계절은 지나가고 있었다. 이따금 휴대전화로 문자메시지가 들어오고, 그중에 몇몇 문자메시지 덕분에 웃는 것처럼. 이런 식으로.

그주의 금요일은 뜨겁고 뜨겁고 뜨겁기만 한 햇살이 거리를 하얗게 표백시키고 있었다. 커피전문점으로 나를 찾아온 희선씨와 함께 그 햇살이 조금 누그러지기를 기다리며 커피를 마셨다. 이런저런 이야기를 하다가 나는 무례한 질문처럼 들리지 않도록 주의하면서 희선씨에게 무슨 일로 병원에 들어가느냐고 물었다. 희선씨의 얼굴이 약간 붉어졌다.

"새파란 청년한테 이런 말 해도 되는지 모르겠네. 가슴 한쪽을 잘라내야만 하거든."

"아, 죄송합니다."

"청년이 나한테 죄송할 일이 뭐가 있어? 내가 창피한 거지."

내가 몹시 당황하자, 희선씨가 깔깔대며 웃었다. 그렇게 웃어줘서 고마웠다. 조금 있다가 여전히 입가에 웃음기가 남은 얼굴로, 하지만 주름이 많은 두 눈만은 쓸쓸한 표정으로, 희선씨가 말했다.

"사실 나도 어떻게 될지 몰라요. 왼쪽 가슴만 잘라내면 되는 일인지, 아니면 더 많은 것들을 잘라내야만 되는 일인지. 의사도 모르고, 가족도 몰라. 아는 사람이 아무도 없어요. 그럴 때는 무척 외로워. 나 자신한테도 외롭다니까. 앞으로 한 십 년쯤, 아니, 십 년은 너무 과한 욕심이고, 당장 내년 이맘때에는 어떨까? 햇살은 여전히 이렇게 뜨거울까? 내년에도 더위에 지친 사람들은 길 밖으로 나갈 엄두도 내지 못하고 다들 저렇게들 앉아 있을까? 내년 여름에는 또 어떤 노래가 유행할까? 다음에는 어느 나라의 이름을 가진 태풍들이 찾아올까? 이 사람은……"

희선씨는 탁자 위에 올려놓은 편지를 가리켰다.

"무슨 생각으로 이런 편지를 메타세쿼이아 밑에다 묻어놓았을까? 학생 때부터도 속이 하도 깊어서 무슨 생각을 하고 사는지 알 수 없더니만…… 요즘 많이 생각나네요, 이 사람이."

나는 무슨 말도 할 수 없었다. 이럴 때 진심에서 우러나는 위로의 말 한마디 건네지 못하는, 숙맥 같은 스물다섯이라는 나이라니…… 한심하기만 했다.

"내 생각에는, 내년에 나는 아마도 활쏘기를 배우고 있을 것 같아. 이 절호의 기회를 놓칠 수는 없으니까."

희선씨가 다시 깔깔대며 말했다.

"그러면 되겠네요."

얼떨결에 바보처럼 내가 말했다. 말하고 보니 정말 바보가 된 기분이었다.

해가 건물들 뒤로 사라지는 것을 보고 우리는 가게에서 나왔다. 거기에서 겉봉에 적힌 주소지까지는 가로수들이 푸른 이파리를 팔랑거리는 길이었다.

"청년이 처음 도서관 회의실에 들어왔을 때, 깜짝 놀랐어요. 시인과 닮아서. 눈썹이며, 눈매며…… 그래서 보자마자 희선씨라고 부르라고 한 거예요."

한참 길을 걸어가는데, 희선씨가 말했다.

"그 말 듣고 저도 깜짝 놀랐습니다."

"너무 주책이었나보네요."

"아니, 그게 아니라……"

내가 말했다.

"김희선이라고 하시는 순간, 제 여자친구 얼굴이 떠올랐거든요."

"정말? 여자친구가 그렇게 예쁘단 말인가요?"

"아니요. 그 배우만큼 예쁘다고는 할 수 없지만, 이름은 같아요. 하지만 제 눈에는 그 배우만큼 예쁘게 보였죠."

"그건 내가 정말 좋아하는 이야기인데…… 얘기해봐. 어떻게 만났는데? 무척 사랑했던 모양이죠? 그 표정을 보니."

나는 생각해봤다. 맞아요. 그랬어요. 십 년은 고사하고 당장 내년 이맘때는 어떨지도 모르고. 그렇게요. 다음 여름에도 햇살이 이렇게 뜨거울지, 어떤 노래가 유행할지, 다음에는 어느 나라의 이름을 가진 태풍들이 찾아올지도 모르고. 그렇게요. 나는 우리가 걸어가는 길을 바라봤다. 호수 건너편, 메타세쿼이아가 서 있는 세계의 끝까지 갔다가 거기서 더 가지 못하고 시인과 여자친구는 다시 그 길을 걸어 집으로 돌아갔을지도 모를 일이었다. 그렇다면 두 사람은 무척 행복했고, 또 무척 슬펐을 것이다. 하지만 덕분에 그 거리에 그들의 사랑은 영원히 남게 됐다. 다시 수만 년이 흐르고, 빙하기를 지나면서 여러 나무들이 멸절하는 동안에도, 어쩌면 한 그루의 나무는 살아남을지도 모르고, 그 나무는 한 연인의 사랑을 기억하는 나무일지도 모른다.

눈을 동그랗게 뜨고 나를 바라보는 희선씨에게 내가 말했다.

"맞아요. 그러니까……, 그렇게요."

차 올려다보는 창밖의 달무리. 두 시간이나 기다려서

정으로 앉아서 내게는 아무런 질문도

너무나 벅찬 과제를 모두 끝마친 뒤 제일 먼저 도착해

자고 나서

를 통해

당신들 모두 서른 살이 됐을 때

하지만 그 시간들은 다 어디로 갔을까? 하염없이 떨어지는 벚꽃잎들을 바라보며 하루
1440개의 아름다운 일 분들에 대해서 종현이 말하던 그 봄날들은 모두 어디로 갔을까?

유화물감처럼 뻑뻑한 코발트블루의 짙은 빛을 하늘 복판까지
밀어붙이면서 동풍이 불어왔다. 저절로 눈을 감게 만드는 5월 청
명한 저녁의 바람이었다. 눈을 가늘게 뜨고 아래를 내려다보면 이
미 저녁이 내린 서울의 풍경, 그러니까 보석을 흩뿌려놓은 듯 점
점이 반짝이는 불빛들의 물결이, 그리고 고개를 들면 아직 푸르고
붉은 기운이 남아 있는 광대한 빛의 공간이 보였다. 그저 시선을
옮기는 것일 뿐인데도 마치 지구 바깥 우주 속으로 머리를 불쑥
내민 듯한 느낌이 들었다. 윤회라는 단어는 삼 년에 한 번 정도 떠
올려볼까 말까. 그런데도 '아아아, 이번 생은 이런 하늘 아래로구
나'는 탄식이 절로 나왔다. 나는 사료라도 되는 양 레드독 생맥주
를 앞에 놓고 마차가 출발하기를 기다리는 말들처럼 얌전하게 앉
아서 용산구 쪽을 내려다보는 두 남녀에게 오늘이 내 생일이라고

말했다. 남자가 잘 들리지 않는다는 듯이 테이블 저쪽에서 내 쪽으로 몸을 기울였다. 바람이 내 말의 반을 잡아채고 달아났기 때문이었다. 나는 더 큰 목소리로 외쳤다.

"오늘이 내 생일이라고."

"생일? 귀가 빠진 날 말인가?"

남자가 일본어 억양이 고스란히 묻어나는, 그렇지만 도대체 어디서 배웠는가 싶을 정도로 고급스러운 표현을 사용하며 물었다. 뜬금없이 그런 멋진 표현을 사용하긴 했지만, 남자의 한국어는 좀 건방지달까. 존댓말을 전혀 배우지 못한 사람처럼 오로지 반말로만 일관했기 때문에 처음 만난 사람이라는 이유로 얼마간 경어를 사용하던 나도 곧 말을 낮췄다. 하긴 그래도 되는 게, 따지고 보면 내가 누나니까. 아마 이 남자는 진외종조부란 말이 무슨 뜻인지 모를 것이다. 오늘 점심을 먹기 전까지만 해도 나 역시 한국어에 그런 단어가 있다는 걸 전혀 몰랐으니까. 짧은 머리에 감색 슈트를 차려입은 이 남자는 해방된 뒤에도 귀국하지 않고 오사카에 남은, 돌아가신 할머니의 오빠, 즉 진외종조부의 손자였다. 그럼 나와는 육촌 사이가 될 테지만, 사실은 남남이라고 해도 아무런 상관이 없었다.

"그래, 오늘이 이 누나의 거룩한 서른번째 생일이란다. 이렇게 인생이 또 한번 꺾어지는 거지, 뭐. 어쩐지 하얀 꽃잎이 마구마구 떨어지는 걸 보는 나무가 된 심정이야."

"한국말 참 어렵다, 누나. 그러나 생일은 축하한다. 우리 건배하자."

남자는 옆에 앉은 여자, 그의 말에 따르면 이제 막 새로운 아내가 된 여자에게 일본어로 그 말을 옮겼다. 둘이 잔을 들었다. 나도 잔을 들었다. 그날 나는 새벽 세시에야 침대에 누울 수 있었다. 팀장은 어제도 홍보는 전쟁이라는 진부한 비유를 사용했다. 마감시한이 다가오는 피 말리는 순간, 그런 진부한 표현을 듣는 일은 정말 견디기 힘들었다. 진부하나 팀장은 봐주겠다. 빌어먹을 디자이너들도 용서하겠다. 하지만 찬란한 나의 시안들에 똥물을 끼얹는 일로 밥값을 한다고 믿는 광고주 놈들만은 내 분노의 총알을 피해 갈 수 없을 것이다. 그게 진짜 전쟁이라면 말이다.

그럼에도 맥주를 한 모금 들이켜니 축하받는 건 역시 기분 좋은 일이라는 생각이 들었다. 살아오면서 단 한 번도 서른 살 생일에 남산 꼭대기에서 나오는 육촌 관계인, 진외종조부의 손자 내외에게 축하를 받으리라고는 생각해본 일이 없었다. 이미 서른 살이 지났든, 앞으로 서른 살을 지나게 되든 당신들 모두 서른 살이 됐을 때는 어디서 무엇을 하고 있었는지, 혹은 무엇을 하고 있을지 모르겠다. 나로 말하자면, 오래 전부터 내 서른번째 해의 다섯번째 달에는 자동차를 타고 북미 대륙을 횡단하고 있을 게 분명하리라고 믿어 의심치 않았다. 페터 한트케의 어떤 소설을 읽다가 그 비슷한 에피소드를 읽은 적이 있었는데, 그 이후로 나는 줄곧 그

꿈을 버리지 않았다. 그 소설의 주인공은 미국의 어느 소도시를 지나가다가 저녁 무렵 문득 깨닫게 된다. '아, 그러고 보니 오늘이 내 서른번째 생일이었네'라고. 본디 서른 살의 생일은 그렇게 보내야만 할 것 같았다. 서른 살 생일의 저녁을 위해서 돈을 모으기 시작한 건 스물일곱 살 1월부터였다. 먼저 이런저런 여행서와 인터넷 사이트를 뒤져가면서 숙박비 1300달러, 식비 600달러 등 이런 식으로 예산안을 짠 뒤, 입출금이 자유로운 통장을 하나 만들어 명목상 종현과 내가 다달이 십만원씩 돈을 넣는 걸로 계획을 세웠다. 처음에는 내 채근에 못 이겨 꼬박꼬박 종현도 입금했지만, 시간이 흐를수록 내가 아예 이십만원을 채워넣는 일이 더 많아졌다. 그런 계획을 세울 수 있었던 건 종현과 내가 서로 동기인데다 태어난 달까지 같았기 때문이었다. 나름 삼십 년 동안 열심히 살았으니까, 그해의 5월은 무조건 안식월로 삼고 노는 거야. 생각만 해도 짜릿했다.

그리하여 기다리고 기다리던 서른번째 생일을 맞이한 그날, 내가 한 일이라고는 화장을 지우기는커녕 옷도 제대로 벗지 못한 채 침대에 쓰러져 잠든 지 세 시간 만에, 일전에 일본에 여행 갔을 때 큰 신세를 진 대판 외삼촌네 조카가 신혼여행차 서울에 왔으니 섭섭하지 않게 잘 대접해달라는 아빠의 신신당부를 전화로 듣는 일이었다. 비몽사몽간에 나는 되물었다. 뭐라고요? 안 들려요. 아빠, 오늘이 딸 생일인 거는 알아요? 예, 서른번째 생일이에요. 시집 같은 소리는 그만하고요. 서울 구경이요? 뭘 볼 게 있다고 서울에 신혼여행을 오나요? 저도 못 해봤는데. 아직 남산도 못 가봤는데. 아, 세계일주라구요? 신혼여행을 일 년씩이나? 아아아…… 전화를 끊고 나니 잠이 다 깨어버렸다. 어느 날, 잠에서 깨어봤더니 아빠가 내 시안을 다 보고 나서도 아무런 반응이 없는 광고주처럼 느껴진다면 회사를 그만둬야만 할까, 아빠와 절연해야만 할까? 아무튼 그 아침에 나는 무척 슬펐다. 서른번째 생일을 그런 식으로 시작했다는 사실보다도 아침부터 생일이라는 걸 스스로 발설했으니 이제 내 인생에 멋진 남자와 근사한 저녁을 먹다가 '아, 그러고 보니 오늘이 내 서른번째 생일이었네'라고 중얼거릴 기회는 다시 오지 않을 거라는 사실이 서러워서.

계절이 두 번 바뀌기 전, 그러니까 지난해의 나뭇잎들이 아직 바람에도 단단하게 나무에 붙어 있을 무렵의 일들이 생각나 나는 씁쓰레 웃었다. 우리는 시간이 지나고 난 뒤에 우리의 꿈들이 얼마나 대단한 것인지 깨닫게 되는 것 같다. 이뤄지지 않은 소망들은 모두 그처럼 대단한 것들이었다. 미국의 엘리자베스타운 같은 곳에서 남자친구와 함께 서른번째 생일을 맞이하는 일 정도는 간단하게 이룰 줄 알았는데, 지나고 보니 그건 전혀 소박한 소원이 아니었다. 지난해, 나는 종현에게 통장에 모은 돈을 모두 송금한 뒤, 이별을 선언했다. 거의 대부분 내 돈이었지만, 어차피 여행에 가 둘이 다 써버릴 돈이었다고 생각하니 아깝지도 않았다. 그뒤로 뭔가 대단한 걸 바란 적은 없었던 것 같다. 굳이 남은 소망을 찾는다면, 서른 살 생일이 되어 이제 내가 바라는 건 진외가의 육촌과 함께 있는 동안만은 회사에서 나를 긴급하게 찾지 않기를 바라는, 뭐 그 정도? 하하핫.

"생일이라서 웃는 건가?"

맥주를 들이켜고 난 뒤, 내 얼굴을 가리키며 육촌이 말했다.

"그래, 미치도록 좋아서 웃는 거야."

갈색 머리에 얼굴빛이 투명한 육촌의 아내가 뭐라고 일본어로 얘기했다. 정말이지, 인형처럼 생긴 귀여운 여자애여서 질투가 날 정도였다. 이제 고작 스물네 살. 이 세상은 분명히 불공평했다고 죽기 전에 나는 회상하리라. 재잘재잘 떠들어대는 게 무슨 소리인지 몰라서 육촌을 쳐다봤더니 이렇게 얘기했다.

"미래를 바라봐온 십대, 현실과 싸웠던 이십대라면, 삼십대는 멈춰서 자기를 바라봐야 할 나이다. 이젠 좀 솔직해져도 괜찮은 나이다. 축하를 위해 세 잔의 맥주를 마시자. 뭐, 그런 내용."

그렇게 귀여운 표정으로 졸업식 축사 같은 그런 말을 했다는 게 도무지 믿기지 않아서 육촌을 한참 쳐다봤다. 하지만 어제부로 이십대를 막 끝냈기 때문인지 정말 그런 것인지 하나하나 따지고 싶은 생각은 들지 않았다. 하하핫. 또 웃음이 나왔다.

"축하해줘서 고마워, 얘들아. 그래 마시자, 세 잔의 맥주."

그때 육촌의 아내가 또 손뼉을 치면서 귀여운 목소리로 말했다.

"생일이니까 코를 잡고."

그녀는 아주 길게 말했는데, 육촌은 짧게 통역했다. '생일이니까'와 '코를 잡고' 사이에 그 연결고리를 설명하는 말들이 있었을 텐데, 한국말을 잘 모르기도 할 것이고 또 귀찮기도 했을 테니까 모두 생략한 것이었다.

"코를 잡고? 일본의 생일 풍습인가?"

어느 틈엔가 나도 육촌처럼 말하고 있었다. 둘은 환호하면서 잔을 부딪쳤다. 에라, 모르겠다는 심정으로 나는 벌컥벌컥 생맥주를 들이켰다. 목 안이 따끔따끔 따가우면서도 뭔가 시원하게 넘어가는 느낌이 이상야릇 좋았다. 나는 육촌이 했던 말이 생각나 왼손으로 코를 잡고 다시 남은 맥주를 마저 들이켰다. 도대체 이게 무슨 차이인 거야. 이러면 맥주가 좀더 잘 넘어간다는 뜻인가? 그런 생각이 채 가시기도 전에 코끝이 찡하면서 눈물이 맺혔다. 그 다음에는 온몸이 저절로 덜덜 떨려 나도 모르게 몸이 움츠러들었다. 신혼부부는 가만히 내 모습을 바라보다가 갑자기 박장대소 웃음을 터뜨렸다. 술기운인지 그들의 박수소리에 고무된 것인지 갑자기 '혹시 나 대단한 술꾼인 거 아니야?'라는 생각이 들었다. 이렇게 잘 마시다니. 나는 손을 번쩍 치켜들었다.

"여기요. 생맥주 오백 세 잔 더."

서른번째 생일의 저녁. 북미 대륙의 어느 소도시에서 남자친구와 근사한 저녁을 먹는 일은 절대로 일어나지 않았지만, 어쨌거나 서울에서 가장 높은 곳에서 생맥주를 마시고 있었다. 그렇게 생각하니, 그것도 나쁘지 않았다.

졸업한 뒤에는 꼭 택시 운전사가 되는 꿈을 이루겠다고 다짐하는 대학생은 많지 않을 것이다. 종현과 나는 대학 시절 광고 동아리에서 영화에 대한 애정으로 끓어넘치는 마케터와 이 세상에 대해서 말하기 위해 오직 만들고 또 만들 뿐인 영화감독을 서로 상상하며 만났다. 그 시절에 우린 아무것도 아니었지만, 바로 그 이유로 우린 세상 모든 사람인 양 행동할 수 있었다. 언젠가 종현이 말한 것처럼 우린 하루 스물네 시간을 1440개의 아름다운 일 분들로 채울 수 있을 것 같았다. 대학 입학선물로 받은 캐논 디지털 카메라를 늘 들고 다니던 종현에게 그 일 분이란 숨겨진 빛을 찾아내는 60초에서 세계를 가장 또렷하게 바라볼 수 있는 1000분의 1초 사이를 오가는, 우주만큼이나 광활한 시간이었다.

하지만 그 시간들은 다 어디로 갔을까? 하염없이 떨어지는 벚꽃잎들을 바라보며 하루 1440개의 아름다운 일 분들에 대해서 종현이 말하던 그 봄날들은 모두 어디로 갔을까? 대학을 졸업한 뒤, 나는 잠시 여행사에 취직했다가 일 년 뒤 지금의 홍보대행사로 직장을 옮겼다. 종현은 최저임금을 받으며 영화판에서 일했다. 그렇게 삼 년 정도가 지나자, 연애는 베란다에 내놓고 까먹어버린 신문지 속의 파처럼 시들해졌다. 박찬욱이나 봉준호가 되리라고 생각했던 종현은 서른이 되기 전에 새로운 인생을 찾아보겠다고 선언했고, 나중에야 그애가 찾은 새로운 인생이 택시 운전사라는 얘기를, 그것도 몇 다리 건너서 전해듣고는 실망감을 참지 못하고 함께 모았던 돈을 모두 송금하고 난 뒤에 전화를 걸어 싸늘하게 이별을 통고했다. 난 불안한 건 참을 수 있어도 진부한 건 도저히 못 참아. 꿈과 돈 사이에서 갈등하는 청춘이라는 건 너무 진부해. 나한테는 정말 안 어울려. 나로서는 다시는 돌아보지 않을 결심으로 심한 욕을 한 셈이었는데, 종현은 돈을 돌려준다거나 최소한 자기 몫만 챙기는 등의 반응도 없었다. 나는 정말 너무 진부하다고 생각했다.

종현이 택시를 운전하면서 서울 시내 곳곳을 돌아다니던 2008년 여름, 도심은 미국산 소고기 수입에 반대하는 시위대의 도로 점거로 늘 막혀 있었다. 나도 회사 동료들과 함께 5월 31일과 6월 10일, 이렇게 두 번 촛불집회에 나갔다. 두 번 다 시위대가 광화문 일대를 점거했기 때문에 늦은 밤이 될 때까지도 교통통제가 풀리지 않았다. 그날은 6월 10일로 기억되는데, 세종로에 이른바 '명박산성'이 등장하고 시청 앞 광장에 몇십만 명의 사람들이 모여서 발 디딜 틈이 없었다. 행진이 시작돼 프레스센터에서 세종로 네거리까지 가는 데 한 시간이 걸릴 정도였다. 걷다가 멈췄다가 앉았다가 섰다가, 종아리가 퉁퉁 부어올라 도저히 버티지 못하고 일행과 헤어져 혼자서 서대문까지 걸어가고 있었다. 걸어가는 내내 나는 핸드폰을 만지작거렸다. 그날이, 헤어지고 나서 종현을 가장 그리워한 날이었다. 이상한 일이기도 하지, 그렇게 많은 사람들 틈에 있었는데 그리움이라니. 내가 전화하면 종현이 바로 나타날 것이라는 확신이 들었다. 내가 끝내 종현에게 전화하지 않은 건 바로 그 확신 때문이었다. 지금 생각해보면 멍청한 확신이었지만. 어쩌면 그날 모였던 몇십만 명의 사람들에게도 그런 멍청한 확신이 있었는지도 모르겠다. 어쨌든 그날 이후, 좋았던 한 시절은 모두 끝났다.

그러다 지난 1월, 한 시사월간지를 읽던 중 2009년 5월 서른 살 생일을 기념해서 함께 여행하려고 모은 돈을 종현이 어디다가 썼는지 알게 됐다. 잡지에 실린 기사에 따르면, 서울 시내를 오가는 택시는 모두 70,000대로 내가 운수가 나빠서 우연히 '이종현씨 (29)'의 택시에 탈 확률은 70,000분의 1이었다. 서로 분위기가 좀 어색해져 당장 그 택시에서 내린 내가 손을 들고 잡아탄 택시가 다시 그가 운전하는 택시일 가능성은 역시 70,000분의 1. 순수한 수학의 세계라면 내가 옛날 애인의 택시를 연속 두 번 탈 확률은 두 경우의 수를 서로 곱한 것, 즉 49억분의 1, 그러니까 하루에 한 번씩 그런 일이 일어난다면, 1천 342만 4658년에 한 번 정도 돌아오는, 그런 확률. 그때만 해도 그 어마어마한 숫자를 보니 마음이 아련해졌다. 헤어진다고 하면 그저 멀리 떨어져 지낸다는 걸 뜻할 뿐, 그래도 같은 하늘 아래에 사는 게 아니겠느냐던 안이한 생각이 일순간 사라지고 사람과 사람이 만나고 헤어지는 일의 엄중함이랄까, 그런 삶의 무게를 새삼 느꼈다고나 할까.

그러나 '나'만 아니라면, 가능성의 시간을 퍽 줄일 수 있었다. 그의 택시에 같은 사람이 두 번 탈 확률을 계산하는 것이라면, 어쨌든 그는 하루에 스물다섯 번 손님들을 태운다는 사실에 주목해야만 할 것이다. 그 손님들의 경우만 생각하자면, 그들이 '이종현씨(29)'의 택시를 다시 탈 확률은 70,000분의 1로 현저히 낮아진다. 하지만 이 경우에도 역시 하루에 한 번 그런 실험을 한다고 할 때, 그 가능성은 192년에 한 번이었다. 요컨대 서울에서 같은 택시를 두 번 타는 일은 평생 한 번도 일어나지 않을 가능성이 많다. 인생이라는 것도 이런 확률처럼 돌아가면 얼마나 좋겠는가. 노력하면 대학생 때 꾸었던 꿈쯤은 쉽게 이뤄지고, 우리가 원했던 바로 그 인생을 살 수 있다면. 하지만 아시다시피 인생은 제멋대로다. '이종현씨(29)'는 택시 운전을 시작하고 며칠 지나지 않아 그 사실을 깨달았다. 밤 열한시가 지났을 무렵, 아현동에서 한 여자 손님이 뒷좌석에 올라탔는데, 자신을 째려보는 시선이 느껴져 뒤통수가 따갑더란다. 때마침 비도 추적추적 내리고 바람도 불던 날이어서 으스스한 기분마저 들었는데, 오히려 그 여자가 더 큰소리를 치더란다.

"아저씨, 스토커예요?"

"무슨 말씀인지? 하루 벌어 하루 먹고사는 주제에 무슨 여유가 있어서 스토커 짓을 하겠어요?"

"그게 아니라면 왜 자꾸 저를 따라다니세요? 오늘 이게 세번째예요. 제가 아저씨 택시를 탄 게."

'이종현씨(29)'에게는 정말 아무런 기억이 없었다. 그게 지금의 여자친구를 만나게 된 계기였다. 그 일이 있고 나서 그는 자비를 들여 택시 트렁크에 와이브로가 장착된 컴퓨터를 넣고, 택시 안에 은은하나 촬영이 가능할 정도의 밝기를 지닌 조명과 핸들에 달린 리모컨으로 조종이 가능한 카메라를 설치해, 한 인터넷 동영상 사이트를 통해 일하는 동안 자신의 차 안에서 벌어지는 일들을 모두 생중계하기 시작했다. '이종현씨(29)'는 이 프로젝트에 '우연의 밤'이라는 제목을 붙였다. 서울시의 지원까지 받아서 진행되는 이 프로젝트는 거대한 도시 서울과 한 택시 운전사 사이의 피할 수 없는 숙명의 게임이 그 주제였다. 게임의 규칙은 간단했다. 한번 탑승한 승객이 다시 한번 그의 택시에 승차하면 게임은 끝난다. 그러면 오직 약육강식의 확률로만 움직이는 거대하고 비정한 도시 서울에 맞서 이런 인생에도 의미는 분명히 존재하리라는 그의 희망 프로젝트가 승리를 거두는 셈이 될 것이었다. 하지만 결과는 희망적이지 않았다. 여자친구를 만난 이후, 지금까지는 쭉 메트로 서울의 승리였다. 그의 택시에는 다시는 만나고 싶지 않은, 갖은 체액들을 다 쏟아내는 취객들로 북적댔고, 희망이고 나발이고 그런 엽기적인 승객들의 모습을 볼 수 있다는 사실 때문에 그의 인터넷 생중계는 네티즌들 사이에 큰 인기를 끌었다.

2008년 겨울은 얼마나 추웠는지. 난방도 잘 들어오지 않는 사무실에서 며칠 밤을 꼬박 새우다시피 일한 뒤, 졸려서 더이상 참지 못하고 기어들어간 회사 자료실에서 우연히 그 기사를 발견하곤 혹시 누가 나를 볼까봐 걱정될 정도로 시뻘겋게 얼굴이 달아올랐었다. 나는 배신감에 부들부들 떨었다. '자비를 들여'라는 부분이 제일 웃겼다. 어쨌거나 여윳돈이 있어서 그걸로 택시에 카메라 따위를 설치했다면, 그 돈이란 결국 헤어지기 전에 내가 송금한 돈임에 틀림없었다. 자신은 이제 완전히 지쳤으며 이제는 돈만 벌 생각이니 더이상 괴롭히지 말아줬으면 좋겠다던 그 인간에게 측은한 마음 반, 먹고 떨어지라는 심정 반으로 보낸, 하지만 내 피 같은 돈. 그런데 기막힌 우연으로 새로운 여자친구를 사귀게 되고 삶의 희망도 발견했으니 이제 그 돈을 종잣돈 삼아 다시 영화의 길에서 재기하시겠다고? 당장이라도 관음병 환자들을 위한 24시간 서비스를 제공하는 그 사악한 택시를 찾아가서 거기 설치된 장비들을 압수하고 싶은 마음이 굴뚝같았지만, 한편으로는 그 인간이 택시를 운전하면서 끔찍한 범죄를 저지르거나 교통사고로 크게 다쳐서 신문에 나온 게 아니라서 얼마나 다행이냐는 생각도 들었다. 나와 헤어져서 그런 인생을 살아간다면, 그 얼마나 찜찜하겠는가.

세 잔의 맥주에 취해버린 내가 주절주절 서울 시내를 내려다보며 그런 이야기를 떠들어대자, 일본에서 온 이 신혼부부는 대단한 이야기라면서 호들갑을 떨었다.

"그건 그 남자의 말이 맞아, 누나. 이 세상을 지배하는 건 우연이야. 시골이라면 자연이겠지만, 도시에서는 우연이야."

가깝다면 가깝고, 멀다면 남이랄 수 있는, 따져보면 육촌이 말했다.

"하긴 우리가 이렇게 만나서 떠들어대는 것도 말하자면 우연의 힘이랄 수 있는 거지. 오늘 아침이 되기 전까지만 해도 너란 사람이 살고 있다는 사실조차 몰랐으니까. 그렇게 치면 옆에 앉은 네 아내를 만난 건 정말 대단한 일이 아닐 수 없어. 같은 택시에 두 번 탈 확률을 생각해봐."

"그러니까 우리가 만날 때는 서로 만나기로 약속한 사람처럼 만난다. 인연에는 우연이 없다."

육촌이 그렇게 주장할 수 있는 까닭은 옆에 앉은 그 여자가 그 증거이기 때문이었다. 남자들은 얼마나 단순하고도 순진한 걸까? 결혼할 때가 되면 다들 골방에 틀어박혀서 그렇게 기도하는 모양이었다. 이런 여자를 만날 수 있게 해주셔서 감사합니다. 하긴 그런 대단한 착각이 있으니 그 못된 남자들도 제 발로 예식장에 걸어 들어가는 것이겠지. 육촌의 이야기를 옮기자면, 다음과 같았다. 대학병원에서 레지던트로 일하는 그에게는 둘도 없이 친한 선배가 있었다. 두 사람은 기호나 성격이 비슷했다. 입이 심심해서 과

자나 아이스크림 같은 걸 사와 선배에게도 하나 건네면 '딱 그걸 먹고 싶었는데……'라는 대답이 돌아올 정도로. 그 선배가 어느 날 아침 출근길에 넋이 빠진 채 한 여인을 쳐다보다가 그만 네거리에서 접촉사고를 일으켰다. 심각한 사고는 아니어서 보험사에 연락하고 경찰의 조사를 받는 등 절차를 밟은 뒤 택시를 탔는데 이번에는 그 택시가 다른 차와 추돌사고를 일으켰다. 얼떨결에 택시에서 내려 어디를 어떻게 부딪쳤는가 살펴보는데 앞차에서 너무나 아름다운 여인이 내렸다. 이로써 두번째 만남. 이 두 번의 우연을 심상치 않게 여긴 선배는 약간의 흑심을 품은 채 그녀에게 접근했고, 마침내 며칠 뒤 근사한 호텔의 레스토랑에서 함께 식사하기로 약속했다. 그런데 둘이 만나면 좀 어색할 것만 같아서 자신이 사고로 지각하던 날 응급실에서 연장근무를 해야 했던 절친한 후배, 즉 육촌도 함께 불렀다. 그리하여 결국 이 년이 지난 뒤, 그 여자는 여기 코발트블루의 빛이 이제는 완전히 사라지고 역청과도 같은 어둠만이 남은 서울의 밤하늘 아래에 앉아 있게 됐다는 얘기였다.

"그러니까 그 남자와의 일이 아직 다 끝난 게 아니다. 어떻게 될지 모르는 인생이다. 연락을 해봐라. 우리는 지금 좋은 운을 가지고 세계를 여행하고 있다. 누나에게도 좋을 것이다."

육촌이 말했다. 육촌의 아내도 나를 향해 "제발, 한번 더 용기를 내보세요"라고 말했다. 이런 일에 용기? 술에 취해서일까, 오른손이 허전해서 나는 자꾸 핸드폰만 만지작거리고 있었다. 아닌 게 아니라, 기사를 보고 나서 연락하려고 생각하지 않은 게 아니었다. 우선 나는 기사에서 생중계한다는 인터넷 사이트의 주소가 있는 부분을 찢어내서 수첩에 넣었다. 그 사이트에 들어가본 건 그로부터 이틀이 지난 뒤였다. 난방이 들어오지 않아, 절대로 사용하면 안 된다던 개인 전열기를 틀어놓고 철야작업을 하고 있었다. 여럿이 함께 야참을 먹고 깜빡 잠이 들었다가 깼는데, 다들 어딜 갔는지 한쪽에 불이 꺼져서 어둠침침한 사무실에 혼자 있었다. 책상 위의 작은 거울을 보니 엎드려 잠을 자느라 얼굴 한쪽에 머리카락들이 붙어 있었다. 귀신 꼴이 따로 없었다. 그런데도 사무실에 혼자 있다고 생각하니, 겁이 났다. 일어나서 공연히 창가로 가서 밖을 내다보거나 사무실 문을 열고 복도 쪽을 기웃거리다가 종현이 생각나 수첩에 넣어둔 기사를 꺼냈다. 인터넷 사이트에 접속하니 새벽시간인데도 불구하고 마흔 명 남짓한 사람들이 종현의 생중계에 접속해 있었다. 택시 안의 풍경을 상상했는데, 뜻밖에도 작은 사각형 안으로 보이는 것은 불길과 함께 시커먼 연기가 타오르는 어느 건물의 옥상이었다. 그 불길을 향해 여러 군데에서 물줄기가 솟구치고 있었다. 마이크는 꺼져 있는지 아무런 소리도 들리지 않았다. 잘못 들어왔나 싶어서 나가려는데, 동영상 화면 옆에 '택시기사 이종현의 우연의 밤 프로젝트'라는 설명이 붙어 있었다. 그렇다면 얼굴이라도 좀 비춰봐. 화면을 보면서 그렇게 생각했지만, 그날 새벽 종현의 얼굴은 화면에 나오지 않았다. 편의점에 가서 커피를 마시고 온 동료들이 다시 사무실로 들어오는 걸 보고 내가 화면을 끌 때까지, 거기에는 타오르는 불꽃과 시커먼 연기와 아래에서 솟구치는 물줄기가 침묵의 공간에서 흘러나오고 있었다. 그날 새벽, 거기서 여섯 명의 사람들이 불에 타 죽었다는 건 며칠이 지나서야 알았다. 그 며칠 동안, 나는 원했던 대로 통신회사의 새로운 광고 프로젝트를 수주하는 데 성공했다. 종현에게 연락하지 않고 그 일을 해냈다는 데 나름 자부심을 느꼈다. 그런데 왜 그게 자부심을 느낄 만한 일이었을까? 전화기를 들어 번호를 검색하는데 그때 일이 생각났다. 나는 고개를 치켜들고 내가 보낸 신호가 남산타워의 가장 높은 곳을 거쳐 신호음이 한 번 울릴 때마다 도넛 같은 원 모양의 파장이 하나씩 서울 전역으로 흩어지는 광경을 상상했다.

이렇게 거대한 도시에 사는 한, 하루에 두 번씩 평생 택시를 탄다고 해도 우리는 죽을 때까지 같은 택시를 탈 수 없는데, 그런데도 때로 우리는 원래 만나기로 한 것처럼 누군가를 만나고 또 사랑에 빠지고, 코발트블루에서 역청빛으로 시시각각 어두워지는 광활한 밤하늘 속으로 머리를 불쑥 밀어넣는 것과 같은 황홀한 순간을 맞이하게 된다면, 그 이유는 이 도시와 청춘의 우리가 너무나 닮아 있기 때문이리라. 도저히 빠져나올 수 없을 것만 같은 극한의 절망과 다른 선택을 전혀 고려하지 않는 완강하고도 그만큼 멍청한 확신 사이를 한없이 오가면서 그 무엇도 아닌 존재에서 이 세상 그 누구라도 될 수 있는 어떤 사람들. 시시각각 변하는, 그러므로 이루 말할 수 없이 많은 얼굴을 지녔지만, 결국 단 하나일 수밖에 없는 얼굴들. 그와 비슷하게 이 도시에서는 깊은 밤의 퇴근길 한강을 따라가면서 지친 얼굴로 바라보는 밤의 또렷한 풍경과 멀리 내몽고의 사막에서 날아온 모래먼지로 뿌옇게 뒤덮인 낮의 풍경이 서로 다르지 않았다. 이 도시에서 맞이하는 하루 1440개의 순간들은 모두 똑같이 아름다웠다. 60초든, 1,000분의 1초든, 모든 풍경은 하루에도 몇 번씩 마음이 변하는 청춘의 우리와 크게 다르지 않았다. 그리하여 그날 나는 이제 다시 내 인생에서 한 번도 경험하지 못할, 완전히 새로운 스무 시간하고도 십육 분, 그럼에도 지금까지의 서른 해에 이어지는 스무 시간하고도 십육 분을 보낸 셈이었다.

"음, 오늘은 내 서른번째 생일이고 이분들은 나를 대신해서 세계여행중인 내 친척들이야. 이 남자는 가만히 있어도 미녀가 굴러들어오는 억세게 운이 좋은 행운아이고, 이 미녀는 나타나는 곳마다 교통사고를 유발하는 것으로 유명한 분인데, 두 사람은 이제 결혼한 지 사흘째야. 인사해, 이분 역시 같은 택시를 두 번 타기도 힘든 이 거대한 도시에서 단번에 새 여자친구를 알아본 엄청난 행운아, 이종현 괄호 열고 이십구 괄호 닫고 씨."

국립극장 주차장에서 종현을 만난 나는 약간 들떠 있었다. 이 래도 되는 거야? 그런 생각이 절로 들었다. 일 년 이 개월 만에 다시 만난 종현은 예상과 달리 더 말라 있었고, 그래서인지 더 건강해 보였다. 옛 애인이라면 평생 연애운이라고는 없거나 바가지나 긁어대는 악처를 만나거나 인생무상을 느끼고 종교에 귀의하기만을 바라는 게 인지상정이 아니겠느냐마는 건강한 모습의 종현을 보니 반갑고 또 고맙고 안심이 되는 걸 보니 이번 생에서 나는 사람이 되기 힘든 모양이었다.

"남산타워에서 얘기 많이 들었다. 누나가 반짝이는 불빛들을 가리키며 당신이 어떤 길을 거쳐서 올 것인지 손으로 가리키며 말했다. 우리 누나, 예쁘다."

말끔하게 생긴, 자기보다 나이가 적어 보이는 육촌이 느닷없이 반말을 하자, 종현은 당황한 기색으로 나를 한 번 쳐다봤다.

"나에 대해서 좋은 얘기를 했을 리가 없을 텐데……요. 그나저나 나도 오면서 계속 남산타워 올려다봤는데, 그랬었구나."

환하게 웃으며, 나를 향해서는 반말을 쓰면서도 처음 본 육촌을 향해서는 같이 말을 놓는 것도 그렇다고 확실하게 존댓말을 쓰는 것도 아닌, 끝을 대충 얼버무리는 그 우유부단함, 혹은 수줍음도 오랜만이어서 그런지 새롭게 느껴졌다. 멈춰서 자기를 바라봐야 할 나이, 이젠 좀 솔직해져도 괜찮은 나이, 서른 살이 된다는 건 정말 그런 의미인 것일까? 우리는 종현의 택시에 올라탔다. 나는 조수석에, 신혼부부는 뒷좌석에. 잡지에서 본 것처럼 앞부분에 내시경을 닮은 조그만 카메라가 붙어 있었다. 육촌은 신기하다는 듯이 그 카메라를 쳐다봤다.

"저거 지금도 되는 건가?"

육촌이 물었다.

"물론이지요. 얼굴이 찍히는 게 싫다면 말하세요. 돌려놓으면 되니까."

"괜찮아. 우린 잘생겼으니까 카메라에 찍혀도 괜찮아."

육촌이 다시 깔깔거리고 웃으며 아내를 바라봤다. 술에 취했으므로 우리는 차창을 다 열어놓았다. 어디선가 탁탁탁 규칙적으로 뭔가가 부딪히는 소리가 들렸다. 내 머리카락이 자꾸만 열어놓은 창문 바깥으로 흩날렸다. 종현의 택시는 한남동을 지나 소월길로 접어들었다. 종현이 틀어놓은 라디오에서 바흐의 칸타타 〈양들은 평화롭게 풀을 뜯고〉가 흘러나왔다. 그 노래를 들으며 어두운 도로를 바라보다가 내가 "종현아"라고 그의 이름을 불렀다. "종현아"라고 한번 더 불렀다. 그리고 나는 그만 눈물을 흘리고 말았다. 내가 눈물을 흘리자, 종현은 전방의 도로와 나를 번갈아가면서 바라보다가 오른손을 내밀어 내 손을 잡았다. 나는 종현의 손을 뿌리쳤다. 종현이 다시 내 손을 잡았다. 나는 얼굴을 창밖으로 내밀고 길옆으로 지나가는 나무들을 바라봤다. 내가 우는 줄도 모르고, 육촌은 껄껄대며 일본어로 무슨 얘기인가를 아내에게 늘어놓고 있

110

었다.

불타버린 남대문에서 시청 앞 광장을 지나 광화문 네거리까지 갔다가 다시 종로를 거쳐 원래 출발했던 지점에서 멀지 않은 육촌 부부의 숙소 타워호텔까지, 우리는 남산을 한 바퀴 돌았다. 그 동안 종현은 남산타워에 얽힌 자신의 추억을 늘어놓았다. 언젠가 아버지와 함께 친척의 결혼식에 참석하느라고 서울에 왔다가 시간이 남아서 남산타워를 구경하러 간 일이 있었다고 했다. 팔각정에 도착할 무렵, 두 사람이 탄 택시의 라디오에서 갑자기 사이렌이 울리더니 서해상에서 미확인 비행물체가 접근하고 있으므로 전국 일원에 비상경계경보를 발령한다는 뉴스가 나왔다. 그 바람에 남산타워에 올라갈 엄두도 내지 못하고 두 사람은 팔각정에 앉아서 경보가 해제될 때까지 기다렸다고 한다. 그때 기다리면서 아버지가 그에게 이렇게 말했다고 한다. 만약 이렇게 해서 전쟁이 나고, 또 우리가 서로 이산가족이 된다면, 나중을 대비해서 서로 만났을 때, 확인할 수 있는 비밀 같은 건 있어야 할 것이다. 너부터 말해봐라. 몇십 년이 흐른 뒤에 만나도 단번에 너라는 걸 확인해줄 수 있는, 너만의 비밀은 무엇이냐? 종현은 자신에게 무슨 비밀이 있는지 생각했다. 허벅지 안쪽의 점 같은 것, 두번째 손가락과 두번째 발가락이 제일 길다는 것. 머리에는 가마가 두 개라는 것. 그리고 또……

그러는 사이에 택시는 호텔에 도착했다. 육촌은 내게 작은 양철상자 하나를 내밀었다.

"이게 뭐니?"

"이번에 결혼하느라 집을 대청소하고, 버릴 물건들을 정리하다가 발견한 것이야. 누나 할머니가 소학교 시절에 보물들을 모아놓은 상자다. 할머니는 이제 없으니 누나가 가져라."

군데군데 벗겨지기는 했으나, 양철상자에는 정말 우연찮게도 평화롭게 풀을 뜯어먹는 양떼와 목자의 그림이 그려져 있었다. 한쪽에 교회 이름이 새겨진 것으로 봐서 교인들에게 선물로 나눠준 상자인 모양이었다. 뚜껑을 열어서 안에 든 물건을 확인하려는데, 육촌이 내 어깨를 치면서 자기들은 내일 아침 일찍 한국을 떠나니 이젠 들어가봐야겠다고 말했다.

"내일 아침에? 어디로 가니?"

"인천에서 배를 타고 톈진으로 간다. 거기에 중국인 친구가 산다. 누나, 나는 중국어도 할 줄 알아. 조금."

나는 양철상자를 핸드백에 넣고 택시에서 내린 육촌 부부를 향해 손을 흔들었다. 둘도 환하게 웃으며 손을 흔들었다. 종현도 손을 흔들었다. 두 사람이 돌아서 걸어가는 걸 보다가 내가 종현에게 물었다.

"중국어에도 반말이 있니?"

"아니, 없지. 이제 어디로 갈 거야?"

종현이 핸드브레이크를 풀며 물었다.

"집으로."

"여전히 거기?"

"응."

나는 의자에 몸을 깊숙이 기대고 창밖을 내다봤다. 종현은 바로 출발하지 않고 카메라를 만졌다. 내 쪽으로 돌려놓는가 싶어서 지켜봤다.

"뭐 하는 거야?"

"응, 카메라 끄는 거야."

"왜 꺼?"

"웃기잖아. 너하고 나하고. 둘이 있는데, 또 네가 울면. 아는 사람이라도 보면 어떻게 해."

"그게 웃기냐? 난 모르겠다. 네 마음대로 해라."

한참 창밖을 내다보다가 내가 자세를 바로 하고 소리쳤다.

"그러니까 네 새 애인이 볼까봐 그러는구나."

"아니야."

"너 참 보기보단 주도면밀한 애구나."

"아니라니까."

종현은 아니라고 했지만…… 집으로 돌아가는 동안 나는 아까 소월길에서 들었던 소프라노의 목소리에 대해서 얘기했다. 그 아름다운 목소리가 어떻게 내 영혼에 생긴 상처를 어루만졌는지, 그 아리아를 들으며 멀리 보이던 도시의 불빛들이 아름답다고 생각하던 순간, 어떻게 갑자기 지난 일 년 동안의 외로움이 물밀듯이 내게 밀려왔는지, 이별의 기억이 얼마나 오랫동안 내 안에 머물러 있었는지, 그 아리아가 끝날 때까지, 그리고 그 아리아가 끝나고 난 뒤에도 얼마나 오랫동안 내가 얼굴로 불어오는 바람을 고스란히 맞았는지에 대해서. 그리고 그렇게 바람을 맞으며 내가 떠올린, 그날 새벽의 타오르던 붉은 불꽃과 시커멓게 피어나던 검은 연기와 아래에서 솟구치는 하얀 물줄기들에 대해서, 그로부터 얼마 지나지 않아 우연히 읽게 된 편지의 구절들에 대해서. "아버지와 아빠에게"라는 구절로 시작해서 "아빠, 나는 아빠가 보고 싶어. 지금은 이 마음 하나뿐이야. 아빠가 너무 보고 싶어. 꿈속에서라도 한번 나와줘. 나는 아빠를 힘껏 끌어안고 놔주지 않을 거야. 떠나지 못하게 절대 놔주지 않을 거야. 그리고 아빠한테 말할 거야. '아버지 사랑합니다'라고"*로 끝나는. 아까 내가 울었던 건 그 편지의 구절들이 생각났기 때문이라는 사실에 대해서 나는 얘기했다. 그 다음에는 종현이 얘기했다. 택시를 운전하기 시작하면서 자신을 얼마나 하찮은 존재로 여겼는지, 그럼에도 이 세상에는 또 얼마나 많은 사람들이 살고 있는지 확인하는 일이 어떻게 자신을 위로했는지, 또 옆좌석이나 뒷좌석에 앉아 있는 동안 그 사람들이 얼마나 많은 혼잣말을 중얼거리는지, 어떤 경우에도 앞만 바라보

---

* 2009년 1월 용산참사로 숨진 윤용헌씨의 장남 윤현구군이 쓴 편지 중에서.

면서 그저 냄새만으로 그 사람들이 먹은 식사와 그 사람들의 경제적인 상황과 그 사람들의 직업을 짐작하는 일이 얼마나 고독한 것인지, 그러다가 어느 날 새벽에 본 그 불길은 얼마나 무시무시했는지, 얼마나 참혹했는지, 또 자신의 미래는 얼마나 어두운지에 대해서. 나는 그의 이야기를 주의 깊게 들었다. 한마디도 빼놓지 않고 들으려고 무척 귀를 기울이며. 또 그의 두려움을 이해하려고 애쓰며. 한편으로는 집에까지 가는 길을 세세하게 설명할 필요가 없는 택시가 서울에 한 대 정도는 있어서 다행이라고, 또 집에 가면 당장 그 양철상자 속에 든, 소학교 시절 할머니의 보물이 무엇인지 열어봐야겠다고 생각하며.

그 울려다보는 창밖의 달무리, 두 시간이나 기다려서 들어간 강의실의 가벼운 첫인사
성으로 앉아서 내게는 아무런 질문도 던지지 않을 선생님, 방학에서 일주일 만에
너무나 벅찬 과제를 모두 끝마친 뒤 제일 먼저 도착해 자리에 앉아 기댄다는 게 허
자고나서 가 쳐다보게 되는 텅빈 강의실 둥근 담무늬를 쳐다보고 있...

· · · · · ·

· · · · · · · · ·

모 두 에 게 복 된 새 해

—레이먼드 카버에게

· · · · · · · · · · · · ·

그렇게, 말할 수 있는 한 우리는 얘기했고, 더이상 말할 수 없을 때 우리는 서로 사랑했
다. 이른 아침에도, 햇살이 힘없이 늘어지는 오후에도, 눈 그친 깊은 밤에도 우리는 서로
사랑했다.

· · · · · · · · · ·

· · · · · · · ·

아내의 대화 상대인 이 외국인 친구, 사트비르 싱이라는 이름의 인도인이 집으로 찾아온다는 얘기를 미리 전해들었음에도 막상 문을 열고 이 친구가 서 있는 모습을 보게 되자 당황스러웠다. 하루 종일 낮은 구름들이 잔뜩 하늘로 몰려다닌 한 해의 마지막 날이었다. 이 친구의 고향은 펀잡이라는데, 지금껏 나는 펀잡 사람은커녕 인도 사람도 만나본 일이 없었다. 사실 펀잡이 인도의 어느 쪽에 붙어 있는 지방인지조차 감을 잡을 수 없었다. 그렇게 턱수염이 덥수룩한 얼굴을 쳐다본 일도, 그렇게 땀으로 축축하게 젖은 손을 잡아본 일도 내게는 그게 처음이었다.

하지만 무엇보다 황당하고도 약간 실망스러웠던 일은 이 친구의 한국어가 형편없었다는 점이었다. 물론 돈을 벌려고 한국까지 찾아온 인도인이 우리처럼 유창하게 한국어를 구사하리라고 예상해서는 안 될 것이다. 그렇기는 해도 어느 정도 깊이 있는 대화 정도는 나눌 수 있으리라고 생각했지, 이렇게까지 어눌할 줄이야 미처 눈치채지 못했다. 그래서 어찌할 바를 모르고 가만히 서서 이 펀잡 친구를, 이 야한 빛깔의 핑크빛 터번을, 이 까맣게 젖은 두 개의 눈망울을, 얼굴의 절반을 뒤덮고 있는 턱수염을 바라보고 있는데, 이 친구가 "저는 매일 터번 쓰지 못하겠어요. 한국 사람들 안 좋아합니다. 공장에서 한 시간 버스 타야 합니다. 버스에서 술 취한 사람들, 알 카에다 말합니다. 버스에서 개새끼들 있습니다. 그치? 오늘은 명절, 터번 쓰겠습니다"라고 말했다.

그 말에 나는 좀 놀랐다. 명절이기 때문에 터번을 썼다는 말에 그런 게 아니라, 버스에서 개새끼들 있다는 말에 그런 게 아니라, '그치?'라는, 그 여성스럽고 다정한, 상대방에게 긍정의 답변을 은근히 요구하는 표현방식에. 그래서 나는 안으로 들어오라는 말도, 만나서 반갑다는 말도 하지 못하고 한동안 문고리를 잡고 서 있다가 왜 한국어를 그렇게밖에 하지 못하는지 캐물었다. 영어와 한국어를 섞어가면서 이 친구가 내게 설명하기를, 하지만 그는 한국어에, 나는 영어에 익숙하지 않았기 때문에 약간 석연찮게 이해한 이야기에 따르면, 이 친구에게는 대부분 시크 교도인 열두 명의 펀잡 동료들이 있으며, 이 열두 명의 펀잡 동료들은 가구공장에 딸린 컨테이너에서 함께 생활하면서 번갈아 펀잡 식으로 음식을 만들어 먹기 때문에 한국어를 모른다고 해도 '노 프라블럼'이지만, 어떤 모종의 일 때문에 이 친구만은 한국어를 배우겠다고 결심하고 이주노동자를 위한 한국어 강좌에 다니기 시작했는데, 그게 오 개월 전의 일이라는 것이었다.

오 개월이라는 기간이 낯선 말을 배우는 데 있어서 긴 시간인지, 짧은 시간인지는 알 수 없었지만, 편잡 사람이 한국어를 배우는 데는 무척 짧은 시간이라는 사실을 문 앞에 서서 이 친구와 얘기해본 뒤에야 나는 알게 됐다. 그 오 개월 동안, 이 친구가 아내와 친해졌다는 건 나도 알고 있었지만, 도대체 왜 이 친구와 아내가 친해져야만 했는지는 알지 못했는데, 막상 이 친구와 얘기해보니까 문제는 '왜?'가 아니라 '어떻게?'라는 것임에 분명했다. 그래서 내가 어떻게 아내와 친구가 됐느냐고 물었을 때, 이 친구는 다시 한국어 강좌에 나가게 된 경위를 설명했는데, 그건 앞에서 들었던 것과 마찬가지로, 어느 날 한국어가 연기처럼 자욱하게 떠다니는 광장의 한가운데 혼자 서 있다가 숨이 막혀서 죽을 뻔한 일이 있었기 때문이라는, 요령부득의 설명이었다.

하는 수 없이 나는 웃음을 터뜨렸고, 그러자 이 친구도 나를 향해 웃었다. 우리는 서로 마주 보면서 바보처럼 웃었다. 왜 이 친구가 한국어를 배워야만 했는지, 어떻게 아내의 친구가 됐는지 내가 알 도리는 없었지만, 왜, 그리고 어떻게 이 친구가 나를 찾아왔는지는 알고 있었다. 이 친구는 거실에 놓인 저 피아노를 조율하겠답시고 장장 한 시간에 걸쳐서 버스를 타고 온 것이었다. 그러니

까 알 카에다라고 놀림받을 것을 각오한 채 머리에 핑크빛 터번을
두른 채. 이렇게 한 해가 저물어가는 밤에. 그래서 나는 웃음을 그
치고 안으로 들어오는 게 어떻겠느냐고 말했다. "어떻겠느냐?"라
고 내 말을 한번 따라 하더니 이 친구는 고개를 갸우뚱거렸다. 바
로 이런 친구가 내 아내의 새로운 대화 상대라고 했다.

   눈이, 그것도 잘하면 폭설 같은 것이 내릴 만한, 조용한 밤이었
다. 낮 동안 구름을 몰고 다녔던 회색 바람도 어둠 속으로 잦아들
었다. 이 친구는 피아노 앞에 무릎을 꿇고 앉아서 이따금 내가 가
져온 녹차를 홀짝이며 피아노를 조율하기 시작했다. 제 음(音)을
찾아가야만 하는, 아직은 아무런 의미도 없는 소리들이 집을 울렸
다. 나는 TV라도 볼 생각으로 소파에 앉았다. TV에서는 가수들이
번갈아 나와서 내가 잘 모르는 노래를 부르고 있었다. 자세히 살
펴보면 새로운 가수들이 끼어 있기는 하지만, 그밖에 다른 점은
찾기 어려운, 매년 한결같이 되풀이되는 그런 화면이었다.
   댄스음악이 흘러나오는 거실에서 이 친구가 심각한 표정으로
건반을 두들길 때, 모임에 나가면서 자신과는 "말하자면 친구"인
인도인이 저녁에 피아노를 조율하러 올 텐데 잘 대접하라고 아내
가 말한 게 떠올랐다. 내가 할 수 있는 대접이라고는 이 친구가 건
반을 두들길 때마다 눈치채지 않게 리모컨으로 TV 소리를 조금
씩 낮추는 일이었다. 이내 나는 TV에 흥미를 잃고 창밖을 내다봤

다. 나는 그런 생각을 했다. 눈 생각. 엄청나게 쏟아지는 눈 생각. 펀잡에서 온 이 친구는 눈에 대해서 아는 바가 많지 않을 것이다. 어쨌든 펀잡이라면 더운 곳일 테니까. 터번을 보면 알 수 있다. 눈 같은 건 절대로 내리지 않을 것이다.

한 십여 년 전. 우리의 꿈은 소박했다. 우리의 소망은 전셋집이라도 좋으니 반지하방이 아닌 번듯한 집 한 채만 있으면 좋겠다는 것이었다. 대학교를 졸업하고 막 사회에 나올 무렵이라 지금보다는 훨씬 더 가난한 시절이었다. 그즈음, 우리는 눈이 잔뜩 내린 홋카이도로 여행을 갔었다. 여행갈 처지가 전혀 아니었지만, 마이너스 통장으로 돈을 대출받아서까지 떠난, 우리 나름대로는 꽤나 특별한, 말하자면 이별여행이었다. 우리는 전철을 타고 오타루라는, 바닷가 옆의 작은 도시를 찾아갔다. 가방을 끌며 역 바깥으로 나가니 우리 입김 너머로 사람 키 높이만큼 눈이 쌓인 도로와, 그 도로의 끝에서부터 시작되는 바다가 눈에 들어왔다.

오타루에서 2박 3일 동안 머물면서 우리는 원없이 떨어지는 눈송이들을 바라봤다. 2월의 눈은 무척이나 가벼워, 내리다가는 다시 하늘로 솟구쳤고 나뭇가지에 쌓였다가도 바람에 날렸다. 그런 눈이 내리는 동안, 낮은 더욱 낮답게 환했고 밤은 더욱 밤답게 어두웠다. 거기 오타루에서 내리던 눈은 이미 내린 눈 위에 착하게 쌓여만 갔으므로 이제쯤 돌이켜보면 오타루의 겨울은 단 한 톨의 눈송이도 버리지 않을 정도로 검소했다고 말할 수 있겠다. 지붕을 따라 꼬마전구를 밝혀놓은 운하 옆 여관으로 들어갈 때면 우리는 발을 굴려서 신발에 달라붙은 눈을 털어냈다. 우리가 딛고 선 땅은 북극의 빙산만큼이나 단단했다.

왜, 눈이 내리는 밤에는 개들도 짖지 않잖아. 그치? 왜 그럴까?

달이 보이지 않으니까 그런 게 아닐까?

그게 아니지. 다시 생각해봐.

개들에게는 눈에 해당하는 단어가 없어서 입을 다무는 것이다?

아니야.

개들에게는 눈 내리는 풍경이 말할 수 없을 정도로 아름다운 것이어서?

재미없어.

그렇게, 말할 수 있는 한 우리는 얘기했고, 더이상 말할 수 없을 때 우리는 서로 사랑했다. 이른 아침에도, 햇살이 힘없이 늘어지는 오후에도, 눈 그친 깊은 밤에도 우리는 서로 사랑했다. 그녀의 질은 뜨겁다기보다는 따뜻했고, 그 안에서 오래도록 머물면서 나는 창문 바깥의 하얀 오타루에 있는 차가운 물들을 떠올렸다. 차가운 바다. 차가운 운하. 차가운 웅덩이. 그렇게 차가운 물에 둘러싸인 나는, 또한 따뜻한 그녀 안에 머물던 나는, 이상한 일이기도 하지, 그때 나는 용서라는 말을 떠올렸다. 먼 훗날의 누군가를, 혹은 나 자신을 지금의 내가 용서하는 일이 가능할까? 그렇다면 지금의 나의 경우는 어떨까? 먼 훗날의 나라면 지금의 나를 용서할 것인가? 그리고 많은 생각들이 떠올랐다가 사라졌다. 그중에는 반드시 기억해야만 하는 것들도 있었으나, 기억하지 않아도 좋을 것들이 더 많았다. 그 여행에서 우리가 새롭게 배운 유일한 사실, 즉 아이누들에게는 수사가 모두 일곱 개밖에 없다는 사실처럼 내가 마음에 둬야만 하는 것들은 그다지 많지 않았다. 바다로 향하던 길에 들른 작은 문학관에서 우리는 아이누란 사람을 뜻한다는 걸, 그러니까 사람에게 아주 많다는 것은 아무런 의미도 없다는 사실을 이해했다. 그렇게 겨울 바다에 이르렀을 때, 우리는 또한 바닷물도 강물처럼 끊임없이 길을 따라 흘러가리라는 사실을 납득했다. 사랑을 나누다가 잠든 밤에도 우리가 저마다 꾸는 꿈처럼, 알지 못했던 곳에서 다시 알지 못하는 곳으로, 쉬지 않고 출렁이며.

피아노를 배운 적이 있다고 했지? 어디까지 배웠어? 베토벤? 모차르트?

글쎄, 체르니 40번까지 들어가긴 했는데……

들어가긴 했다니, 그럼 아직도 거기서 못 나왔다는 말이야?

거기서 끝난 거지, 뭐.

잘은 모르지만, 체르니 40번이라면 그래도 대단한 거 아니야?

그렇지 않아. 대단하지 않아. 체르니 40번은 봉우리가 아니라 오르막길 같은 거야. 거기서 길이 끝나는 게 아니야. 피아노를 치겠다면 거기서 끝나서는 안 돼. 조금 더 가야지. 그나마 나는 11번

쯤까지 치다가 관뒀으니까 더 할 말도 없어.

그런데 왜 거기서 끝난 거야?

고통스러웠으니까.

체르니 40번이 그렇게 고통스러운 건가?

응. 플랫과 샵이. 체르니 40번을 친다는 건 고통 없이 플랫과 샵이 네 개 이상 달린 악보를 읽는다는 뜻이거든.

고통이라고 말하니까, 좀 이상하게 들린다. 그건 힘들다고 말해야 하는 거 아닌가?

글쎄, 힘든 건 마음이 힘든 거고, 고통은 몸이 고통스러운 거 아닐까? 그렇다면 그건 분명히 고통이었겠지. 그치? 손가락이 아파서 건반을 두들길 수가 없었으니까. 근데 그건 왜 물어?

그냥. 어릴 때부터 그런 생각 많이 했거든. 일 마치고 집에 돌아가 대문을 열라치면 창문 너머로 피아노 소리가 흘러나오는, 그런 풍경. 그런데 피아노 치는 게 그렇게 고통스러운 건지는 미처 몰랐어.

내 말이 끝나고도 한참 동안이나 대꾸가 없던 그녀는 코를 훌쩍이는가 싶더니 울음을 터뜨렸고, 그 소리는 점점 커졌다. 고개를 숙이고 아기처럼 엉엉 우는 그녀를 바라보자니, 내 눈에서도 조금 눈물이 나왔다. 그때 우리는 말하자면 같은 생각을 하고 있었던 것이다. 아기 생각. 엄청나게 쏟아지는 눈 생각. 앞으로 언제라도 쏟아지는 눈을 볼 때면 오타루가 떠오르겠다는 생각. 그런 생각들.

"이 피아노, 어떻게, 이렇게 왔습니다."

이 친구가 내게 말했다.

"이 피아노, 어떻게, 이렇게 왔습니다."

내가 그 말을 그대로 따라 했다. 그러자 이 친구는 잽싸게 "왔습니까?"라고 말을 고쳤다. 저 피아노가 어떻게 우리집까지 오게 됐는지는 나도 잘 모르겠다.

"외롭기 때문입니다."

"이 피아노 외롭습니다."

"아니, 그런 이야기가 아니라, 피아노가 아니라, 그렇다고 내가 아니라……"

우리가 외롭다는 말을 해야만 하는데, 그걸 설명할 방법이 없어 잠시 망설이는 사이, 이 친구는 피아노 의자에 앉아 건반을 하나 눌렀다. 낮은 파였다. 퉁명한 소리가 들렸고, 건반은 다시 위로 올라오지 않았다. 그 건반이 그런 꼴이라는 건 나도 알고 있었다. 하지만 몇 번 피아노를 두들겨본 이 친구는 내가 모르고 있었던 건반 두 개를 더 찾아낸 모양이었다. 모두 세 개의 건반이 아래로 내려갔다가 그중 두 개가 서서히 위로 올라왔다. 말하자면 3할 3푼 3리.

"이 피아노, 긴 시간 안 노래했습니다. 그치?"

그제야 나는 이 친구가 궁금하게 여기는 게 뭔지 알 수 있었다.

"맞아요. 나한테 이 피아노를 준 사람도 그렇게 말했어요. 딸이 열한 살 때 치던 피아노라고."

"안 노래하면 안 삽니다."

"그래서 공짜로 얻었습니다."

"공짜는 없습니다."

내 말에 이 친구가 단호하게 얘기했다.

"벼룩시장 잘 보면 공짜 있습니다."

나도 그만큼 강한 어조로 말했다. 그러자 이 친구는 어딘지 모르게 화가 잔뜩 난 사람처럼 나를 쏘아봤다. 이렇게 얘기해봐야 아무런 소용도 없는, 참으로 한심한 일이라고 생각하면서도 나는 이 친구에게 저 피아노를 구하게 된 경위를 설명할 방법을 생각했다. 하지만 좀체 입이 떨어지지 않았다. 이제 한국에 온 지 삼 년이 넘었다는, 그리고 본격적으로 한국어를 배운 지는 오 개월이 지났을 뿐이라는 이 친구에게 한국어로 우리의 외로움을 설명할 방법을 찾지 못한데다가, 어쩌면 우리가 어떻게 결혼하게 됐는지, 그리고 피아노는 왜 저기에 놓이게 됐는지 이 친구가 다 알고 물어보는 것인지도 모른다는 의심이 들었기 때문이었다. 그도 그럴 것이 요즘 이 친구, 펀잡에서 온 시크 교도 사트비르 싱은, 아내의 말을 그대로 옮기자면, 아내가 외국인 노동자를 위한 한국어 교실에 강사로 나가면서 사귀게 된, "말하자면 친구"였으니까.

"말하자면 친구"라니, 나로서는 그게 무슨 소리인지, 더구나 이 친구가 남자라는 사실을 알고 난 뒤부터는, 더욱 알아듣기 어려웠다. 다 큰 남자와 여자가 서로 친구가 될 수 있다고는 믿지 않는다는 식의 문제가 아니라 도대체 한국에 돈을 벌려고 온 외국인 노동자와 내 아내가 친구가 될 수 있다는 가능성 그 자체가 좀체 믿기지 않았으므로 그에 대한 내 반응은 "그래서 날더러 어쩌라고?"였다. 내 말에 아내는 "당신더러 어쩌라고 하는 소리가 아니라는 건 잘 알잖아, 그치? 내게도 말하자면 친구가 생겼다는 사실을 얘기하려는 것뿐이지"라고 대답했다. 어떻게 해서 두 사람이 친구가 될 수 있느냐는 내 물음에 아내는 이야기를 통해서라고 대답했다. 이야기를 통해서. 거참 괴상한 일이기는 했지만, 어쨌든 지난가을부터 치자면 지구상에서 아내와 가장 많은 이야기를 주고받은 사람은 남편인 내가 아닌 바로 이 친구였다.

그리하여 아내는 이 이상하게 생긴 외국인에게 우리 이야기를 포함해 온갖 이야기를 다 털어놓았으리라는 게 내 결론이었는데, 곰곰이 생각해보니 여기에는 문제가 하나 있었다. 이 친구가 이렇게 한국어를 못하는 한에는 아내가 아무리 많은 이야기를 들려준다고 하더라도 이 친구가 그 속 깊은 이야기를 이해할 방법이 없지 않겠는가. 그런데도 아내는 이야기를 통해 두 사람이 친구가 됐다고 말하니 알 수 없는 일이었다. 어쩌면 아내는 한국어를 전혀 알아듣지 못하는, 하지만 한국어를 배우고자 하는 욕망은 강한 이 친구의 처지를 이용해서 자기 넋두리를 늘어놓은 것인지도 모를 일이었다. 때로 아내와 얘기하다보면 그 이야기를 알아듣든, 알아듣지 못하든, 아내는 그저 잠자코 자기 이야기를 들어줄 사람을 원하는 게 아닐까는 생각이 들기도 했었으니까. 그렇게 지난 가을부터 이 친구로서는 하나도 알아들을 수 없는 이야기들, 예컨대 인생의 고비마다 느꼈던 절망이나 여전히 가지고 있는 꿈들, 그런 게 아니라면 하다못해 좋아하는 색깔과 감명 깊게 읽은 책 따위의 이야기를 쉬지 않고 중얼중얼 들려준 것인지도, 또 그런 걸 가리켜서 "말하자면 친구" 사이라고 한 것인지도.

나는 이 친구가 잘 알아들을 수 있도록 또박또박 끊어서 "이 피아노의 주인은 노인이었습니다"라고 말했다.

"나이 많은 사람. 노인은 병들었습니다. 노인은 곧 죽습니다. 자기가 죽으면 이 피아노도 없어질까봐 걱정했습니다. 그래서 이 피아노를 내게 줬습니다. 무슨 말인지 알겠습니까?"

나는 이 친구의 눈망울을 들여다보면서 말했다. 그러자 이 친구가 말했다.

"제 말을 잘 들어주세요. 이 피아노, 어떻게, 이렇게까지 왔습니까?"

그 말에 당황한 나는 그 노인에 대한 이야기를 장황하게 늘어놓았다. 집에 있는 낡은 야마하 피아노를 그냥 주겠다는 내용의 광고를 무가지에서 읽고 전화했을 때, 노인은 병원에 있었다. 광고를 보고 전화했다고 말하니, 노인은 다 죽어가는 목소리로 피아노를 칠 사람은 누구냐고 내게 물었다. 그 목소리를 듣자마자 나는 전화한 일을 후회했지만, 어쩔 수 없는 일이라고 생각하고는 아내에게 선물할 계획인데, 아내는 초등학교 시절에 체르니 40번까지 쳤었다고 대답했다. 그러자 노인은 매우 기뻐하며 병원에 오면 집 열쇠를 주겠노라고 말했다. 병실로 찾아가보니 생각했던 것만큼은 나이가 많지 않은 노인과 부인이 있었다. 노인은 힘없는 목소리로 그 피아노가 자신의 인생에서 얼마나 중요한지 한참 떠들어댄 뒤에야 내게 열쇠를 건넸는데, 그러는 동안 부인은 문을 열고 밖으로 나가 내가 병실을 떠날 때까지 다시 돌아오지 않았다. 아무도 없는 집에 혼자 가는 게 영 마뜩잖았지만, 괜찮다고, 그 피아노는 자신에게 정말 소중한 것이라고, 그게 남은 유일한 것이라고, 그러니 괜찮다고 눈물까지 글썽이며 어서 집에 가서 피아노를 가져가라고 떠미는 노인 때문에 엉거주춤 병실 밖으로 나오게 됐다.

　노인의 집은 신도시 한가운데 있는 구 시가지의 낡은 단독주택이었다. 차라리 변두리에 있었더라면 신도시가 건설될 때 보상이라도 받아 아파트로 들어갔을 텐데, 철근을 넣은 거푸집에 콘크리트를 쏟아부어서 지었을 그 이층집은 1980년대 초반의 양식 그대로 거기 있었다. 새시로 만든 현관문을 열자, 저 피아노가 바로 눈에 들어왔다. 그때 나는 피아노를 전문적으로 옮겨준다는 사람과 함께 갔었는데, 그는 이 친구와 마찬가지로 피아노를 조율할 줄 아는 사람이었다. 그는 저 피아노의 건반을 몇 번 두들겨보더니 혀를 끌끌 차면서 피아노 구실을 제대로 하려면 조정과 조율을 서너 번은 거쳐야만 하는데, 할 것이냐고 내게 물었다.

내가 그 말을 무시하고 그냥 피아노만 옮겨달라고 퉁명스럽게 대답한 데에는 몇 가지 이유가 있었는데, 우선 그 피아노에는 잊을 수 없는 추억이 담겼다고 한 노인의 말 때문에 내 마음대로 피아노를 손보는 게 옳은 것인가는 생각이 든데다가 조정과 조율에 드는 비용이 생각보다 비쌌다는 점 때문이기도 했지만, 가장 중요한 이유는 그 사람의 말을 제대로 이해하지 못했기 때문이었다. 그때까지만 해도 나는 조정과 조율이라는 게 뭔지 알지 못했다. 그래서 나는 "딸이 떠나고 나서는 한 번도 두들기지 않았던 피아노라니까 괜찮을 거예요. 그냥 옮겨주세요"라고 말했는데, 그 사람은 곧 후회할 것이라는 정확한 예측으로 내 말을 받아쳤다. 나중에 열쇠를 돌려주려고 병원에 갔다가 나는 왜 노인의 부인이 피아노를 거저 가져간다는데도 무덤덤한 반응뿐이었는지 알게 됐다. 그 피아노는 노인의 딸, 그러니까 전처와의 사이에서 낳은 딸이 치던 피아노였다. 노인과 전처가 이혼한 뒤, 아마도 내 또래였을 그 딸은 엄마를 따라 새로운 인생을 찾아 미국으로 이민을 떠나고 그 피아노만 달랑 남은 것이었다.

여기까지 얘기했을 때, 이 친구는 그제야 저 피아노가 어떻게

'이렇게까지' 왔는지 이해한다는 듯이 고개를 끄덕였다. 물론 긴 시간 얘기했지만, 정작 내가 왜 저 피아노를 우리집으로 가져와야만 했는지에 대해서는 한마디도 하지 않았는데도 그렇게 알겠다는 듯이 고개를 끄덕이는 이 친구를 보고는, 어이가 없었다기보다는 아내가 이미 그 이야기를 모두 이 친구에게 들려준 것이라고 나는 확신하게 됐다. 그러자 나는 문득 아내가 어떤 식으로 이 친구에게 설명했을지 궁금했다. 아내는 내가 왜 저 피아노를 여기까지 가져와야만 했는지 이해했을까? 완전히 이해한 것이라면, 어떻게 내게 저건 아무런 쓸모도 없는 피아노라는, 그런 냉소적인 반응을 보였던 것일까?

아내에게나 이 친구에게나 하지 않은 이야기가 더 있다. 그건 미국으로 이민 간 딸이 그 노인에게 보낸 편지의 내용이었다. 그 편지는 피아노와 함께 가져온 의자 속에 들어 있었다. 나는 여러 번 그 편지를 꺼내서 읽어봤다. 미국으로 떠난 지 여러 해가 지난 뒤, 그러니까 그 딸이 십대 후반이 된 뒤에 보낸 것으로 보이는 그 편지에는, 그럼에도 초등학교 5학년 어린이가 쓴 것처럼 비뚤비뚤한 글자가 씌어 있었다. 편지는 "아빠, 잘 지내?"라고 시작해서 "걱정 많이 하지 마. 병나지 말고, 튼튼해요. Anna가"로 끝났다. 그 아이의 한국어는 미국으로 떠날 당시의 그 상태 그대로 멈춰 있었던 게 분명했다. 그럼에도 노인은 언젠가 딸이 돌아왔을 때 피아노를 칠 수 있도록 새로 결혼한 부인에게 매일 피아노를 깨끗하게 닦으라고 명령했다. 그러니까 그게 아직까지는 노인이 튼튼했을 시절의 일들이었다. 하지만 오늘 우리집에 와서 건반을 두들겨본 이 친구가 알고 있듯이, 나와 함께 피아노를 가지러 노인의 집을 찾아갔던 그 사람이 알고 있듯이, 그리고 15, 16세의 소녀가 쓴 것으로는 보이지 않는 저 비뚤비뚤한 글자체의 편지가 말해주듯이 그러는 동안에도 저 피아노는 서서히 죽어가고 있었다.

한 해가 흐르고 또 한 해가 지나는 동안, 음정은 틀려지고 건반은 망가진다. 그 아이의 한국어가 이미 죽은 한국어인 것처럼, 그 아이가 돌아와 피아노를 친다고 해도 그때 그 시절의 음률을 노인이 듣는 일은 없을 것이었다. 모든 것은 그렇게 바뀔 뿐이었다. 아내는 내게 자신이 저 피아노를 치는 일은 없을 것이라고 선언한 뒤, 외국인 노동자들에게 생존에 필요한 최소한의 한국어를 가르치는 일에만 몰두했다. 내가 퇴근할 무렵이면 아내는 외국인 노동자를 위한 단체에서 운영하는 한국어 교실에서 '제게는 다섯 명의 가족이 있습니다. 아버지, 어머니, 형, 누나, 동생이 있습니다. 저는 아버지를 사랑합니다. 저는 어머니를 사랑합니다. 저는 형을 사랑합니다. 저는 누나를 사랑합니다. 저는 동생을 사랑합니다' 따위의 문장을 가르쳤다. 그런 저녁, 아무도 없는 집에서 음정이 틀린 건반을 두들겨보다가 한번은 병원에 전화를 걸었다. 노인의 휴대전화는 꺼져 있었다. 음성메시지를 남기려고 번호까지 눌렀다가 그냥 전화를 꺼버렸다. 죽어가는, 혹은 이미 죽었을지도 모르는 노인의 음성사서함에 남길 만큼 중요한 의문은 아닌 것 같았다. 그러니까 딸이 돌아오면 저 피아노를 칠 것이라고 믿었느냐는 물음 말이다. 정말 그럴 것이라고 믿었던 것이냐는 물음.

지금 집으로 돌아가고 있는 중이지만, 눈이 내리고 있어 거리가 혼잡하니 귀가시간이 좀더 늦어질 수 있겠다는 아내의 전화를 받고 나서야 나는 창밖에 눈이 내린다는 사실을 알아차렸다. "안 노래하면 안 삽니다"라는, 이 친구의 말은 음정이 틀리면 누구도 피아노를 사지 않는다는 뜻이 아니라 연주하지 않는 피아노는 결국 죽게 된다는 뜻이라는 사실도 나중에야 알아차렸다. 그렇다고 해서 피아노를 살릴 수 있는 길이 아예 없는 것은 아니어서 서너 번 더 한 시간씩 버스를 타고 찾아와 손을 보게 되면 다시 살아날 수도 있다는 게 이 친구의 설명이었다. 자기가 도착할 때까지 이 친구를 보내지 말라고 아내가 신신당부했으므로 조율을 마친 이 친구와 나는 거실에 가만히 앉아서 송년 프로그램을 멀뚱멀뚱 바라보고 있었다. 당근이나 오이 따위로 차려입은 개그맨들이 나와 익살스러운 말들을 주고받았는데, 방청석의 사람들이 손뼉을 치며 웃음을 터뜨리는 동안에도 이 친구는 당연히 무표정한 얼굴이었다. 어른이 됐다고 생각한 뒤로는 단 한 번도 개그맨들의 이야기가 웃기다고 생각해본 일이 없었음에도 나 역시 정말 재미있는 이야기가 오간다는 듯이 웃음을 터뜨렸다. 그렇게 한참 웃고 나니 개그맨들은 사라지고 다시 가수들의 노래가 시작됐다.

나는 TV 소리를 줄이고 부엌의 냉장고에서 맥주 두 캔을 꺼내와 이 친구에게 하나를 권했다. 시크 교도들이 술을 마시는지 어떤지 알 수 없었지만, 지금까지의 내 상식으로 봐서는 안 마실 게 분명했지만, 오히려 그렇기 때문에 나는 몇 번이고 마다하는 이 친구에게 맥주를 권했다. 어쨌든 오늘은 한 해의 마지막 밤인데다가 서로 좀 취하게 되면 이 서먹서먹한 분위기가 좀 나아지지 않겠는가는 생각이 들었기 때문이었다. 결국 이 친구는 어쩔 수 없다는 듯 체념한 표정으로 캔을 땄다. 우리는 캔으로 서로 건배한 뒤, 한 모금 들이켰다. 나는 이 친구가 오른손으로 수염을 한번 쓰다듬는 동안에도 캔에서 입을 떼지 않았다. 나는 한번 더 건배하자고 캔을 내밀었고 우리는 맥주를 들이켰다. 캔 하나는 금방 동이 났고, 나는 냉장고로 가서 맥주 두 캔을 더 꺼냈다. 캔을 내려놓으며 나는 아내와 이 친구가 만나면 도대체 무슨 이야기를 하는지 궁금하다고 말했다. 물론 아내는 말이 많은 사람이니까 시간이야 금방 가겠지만, 내가 궁금하게 여기는 건 과연 이 친구 정도의 한국어 실력으로 그 많은 이야기를 다 이해하겠느냐는 점이었다. 만약 한국어를 이해하지도 못한다고 한다면, 이 친구를 만난다고 나가서 보낸 그 많은 시간들은 무엇을 위한 시간들이었을까? 이상한 상상을 하는 것은 아니었다. 다만 궁금할 뿐이었다.

그러자 이 친구는 뜻밖의 말을 꺼냈다.

"혜진은 한국말 안 합니다. 혜진은 영어 말합니다."

"영어? 혜진이 왜 영어로 말해?"

무슨 소리인지 몰라서 내가 되물었다.

"혜진은 영어 말합니다. 저는 한국말 말합니다."

"혜진은 영어를 잘 못하는데?"

"저는 영어 잘합니다. 서로서로 배웁니다. 서로서로 고쳐줍니다."

그제야 나는 "말하자면 친구"라는 게 어떤 것인지 알 것 같았다. 그건 내가 은근히 걱정한 것처럼 심각한 게 아니라 아무런 대가 없이 서로에게 한국어와 영어를 가르쳐주는 관계였던 것이다. 이 친구는 더듬더듬 한국어로 말하고, 마찬가지로 아내도 더듬더듬 영어로 말하는 사이. 말 그대로, "말하자면 친구"인 사이. 나는 마음이 좀 풀어져서 맥주를 쭉 들이켜고는 이 친구에게도 마시라고 강권했다.

"영어로 혜진은 무슨 이야기를 합니까?"

"이야기 많이 합니다. 날씨, 음식, 음악, 책 말합니다. I like Zorba the Greek, 이렇게 이야기들입니다."

"맞아요. 혜진은 『그리스인 조르바』란 책을 좋아합니다. 그럼 당신은 무슨 이야기를 합니까?"

"저도 말합니다. 날씨, 음식, 음악, 책 말합니다. 저는 라흐마니노프 좋아합니다."

"나는 당신이 피아노를 조율하리라고도, 라흐마니노프를 좋아하리라고도 생각하지 못했어요."

뭐, 내가 예상하지 못했던 게 그것뿐이었겠는가. 그가 시크 교를 믿는 편잡 사람이라는 걸, 그래서 수염을 덥수룩하게 길러야만 한다는 사실을, 그러므로 또한 컨테이너에서 함께 생활하는 열두 명의 친구들 역시 그와 마찬가지로 턱수염을 길렀으리라는 걸 내가 무슨 수로 짐작할 수 있었겠는가.

"혜진은 영어를 잘 못하고, 당신은 한국말을 잘 못합니다. 그래서 고작 I like Zorba the Greek이나 저는 라흐마니노프 좋아합니다 따위의 말밖에는 못합니다. 그래가지고서는 서로 마음에 있는 이야기를 나누지는 못합니다. 그치? 이 말도 잘 알겠네요. 말하자면 혜진의 언어습관 같은 거니까. '그치?'라는 말, 많이 들었겠지요, 그치?"

"예, 많이 들었습니다. 그치?"

나는 마음이 흡족해 크게 웃음을 터뜨렸다. 내가 웃자, 이 친구도 따라 웃었다. 우리는 함께 웃었다.

"또 무슨 얘기를 했습니까? 혜진이 내 이야기 같은 것도 했습니까?"

웃음을 그치고 내가 말했다.

"당신 이야기 같은 것은 안 했습니다. 코끼리 보고 혼자를 했습니다."

"코끼리? 혼자? 환자?"

무슨 이야기인지 몰라서 내가 되물었다.

"코끼리 그림 보고 혼자를 했습니다. 하나. 혼자라고 말했습니다."

"아아, 혼자. 그런데 뭐가 혼자라고 말했습니까?"

"혜진의 마음, 혼자입니다."

나는 이 친구의 말을 도무지 알아들을 수 없었다. 그게 아내의 심장이 하나라고 말하는 것인지, 아내가 스스로 혼자라고 생각한다는 것인지. 그러자 이 친구는 맥주 캔을 내려놓고 종이와 펜을 달라고 하더니 그림을 그리기 시작했다. 제일 먼저 숲이 만들어졌다. 그 숲은 우리가 흔히 보는 소나무숲 같은 게 아니라 밀림 같은 것이었는데, 그 숲 안에서 아이가 두 눈을 감은 채 누워 있었다.

"이것은 숲이었습니다. 저는 아기였습니다. 저는 혼자였습니다. 저는 잠자고 있었습니다."

그러더니 이 친구는 아기의 두 눈을 그리더니 얼굴 양옆으로 물방울을 그리기 시작했다. 그러자 그림 속의 아이는 눈물을 흘리기 시작했다.

"저는 깨었습니다. 저는 울었습니다."

나는 그림 속의 아이를 한참 들여다봤다. 종이에서 시선을 떼고 내가 그의 얼굴을 바라보자, 이 친구는 다시 종이에다가 그림을 그리기 시작했다. 먼저 기나긴 코를 그리고, 그 다음으로 파초

잎처럼 큰 귀를 그렸다. 코와 귀에 비하자면 그 눈은 자그마했지만, 네 다리만은 사원의 기둥처럼 늠름했다. 그리하여 잠이 깨어서 혼자인 것을 알고는 엉엉 울어버린 아이의 옆으로 키가 큰 코끼리 한 마리가 나타났다. 숲과 우는 아이와 코끼리가 모두 그려지자, 이 친구는 아이의 두 눈 옆으로 그려놓은 눈물방울을 지우고 아이의 두 눈을 초승달처럼 바꿔놓았다. 아이는 웃고 있었다. 나도 모르게 탄성이 나왔다.

"정말 어릴 때 코끼리를 본 적이 있단 말입니까?"

"코끼리입니다. 아주 큰 코끼리입니다. 저는 깨었고, 울었고, 코끼리는 있습니다."

나는 이 친구에게서 그 종이를 빼앗아들고 실제로 아이였던 시절, 숲에서 혼자 깨어서 우는 이 친구의 곁으로 아주 큰 코끼리가 나타난 광경을 쳐다보듯이 그 그림을 뚫어져라 바라봤다. 그러는 동안에도 이 친구는 계속 얘기했다.

"그리고 혜진 영어 말합니다. Always I wanted a baby. I want to be the elephant like this. I am alone. I feel lonely. 혜진 영어 잘 못합니다. 맞습니다. 저도 한국말 잘 못합니다. 혜진 영어 말하면 저는 한국말 합니다. 서로서로 틀린 부분을 고쳐줍니다. 항상 저는 아기 원하겠습니다. 저는 이 코끼리 되기를 원하겠습니다. 저는 혼자입니다. 저는……"

그리고 이 친구는 더이상 말을 잇지 못했다. 'lonely'라는 게 무엇인지는 알고 있지만, 다만 한국어로 어떻게 말하는 것인지 알지 못해서. 하지만 그게 무슨 상관이겠는가. 그게 무슨 상관이겠는가. 나는 가만히 우리가 흔히 볼 수 없는 숲과 잠에서 깬 아이와 사원의 기둥처럼 늠름한 다리를 가진 코끼리를 바라보고 있다가 혼자 중얼거린다. 저는 외롭습니다. 그게 아니라면, 저는 고독합니다. 그것도 아니라면 저는 쓸쓸합니다. 그것도 아니라면 마치 눈이 내리는 밤에 짖지 않는 개와 마찬가지로 저는……

두 눈을 감고 가만히 들어본다. 신호등의 불빛이 바뀔 때마다 자동차들이 일제히 도로를 질주하는 소리가 흘러든다. 조금 열어 둔 창문 틈으로. 그 소리가 파도 소리를 닮아, 내 귀가 자꾸만 여위어간다. 두 눈을 감고 가만히 들어보면, 수천만 번의 겨울을 보내고 다시 또 한 번의 겨울을 맞이하는 해변에 혼자 서 있는 듯한 느낌이 들므로. 그게 그 해변의 제일 마지막 겨울이라서 파도 소리를 듣는 일이 그토록 외로운 것이라고. 그렇게 두 눈을 감고 나는 가만히 들어본다. 지금은 그간 여러 해가 흘러갔듯이 그렇게 또 한 해가 흘러가는 12월의 마지막 밤이고, 그 자동차 소리를 배경으로 내 앞에 앉아 있는 이 친구는 막 다시 살아나기 시작한, 하지만 아직까지는 음정이 불안정한 피아노를 연주하며 먼 나라의 말로 노래를 흥얼거리기 시작한다. 그러니까 앞을 보지 못하는 사람처럼 두 눈을 감고 앉아 나는 코끼리에 대한 노래라는 것 외에 그 내용을 짐작할 수 없는 노래를 듣고 있는 중이다. 이 노래는, 이 친구의 말을 그대로 옮기자면, "코끼리, 아기처럼"에 대한 노래다. 그러므로 나는 두 눈을 감고 "코끼리, 아기처럼"에 대해 생각한다. 당연하게도 나는 "코끼리, 아기처럼"에 대해서 생각하는 일이 너무나 가슴이 아프므로 이 친구의 낯선 발음에, 그리고 또한 거기에도 내가 알아낼 수 있는 것은 하나도 없으므로 다시 나는 어딘가 불안하게 들리는 피아노 소리에, 또다시 나는 그 뒤에서 들리는 자동차들의 소리에 차례로 마음을 빼앗긴다. 거기, 한 해가 그런 식으로 지나가고 있다. 아무래도 나는 그 생각을 해야만 할 것 같다. 이 친구가 이 노래, "코끼리, 아기처럼"에 대한 노래를 모두 그칠 때까지. 아내가 문을 열고 들어올 때까지. 그리고 마침내 우리 모두에게 새로운 해가 찾아올 때까지.

내 겐 휴 가 가 필 요 해

어이없게도 삶은 단 한 번만 이뤄질 뿐이며, 지나간 순간은 두 번 다시 되풀이되지 않는
다고, 그 도서관에 있는 모든 책들은 말하고 있었다. 도서관에는 그처럼 많은 책이 있으
니, 그중에는 단 한 권이라도 자기 같은 인생도 이 세상에 필요했다고 말해주는 책이 있
을 것 같았다.

그날 자료실 열람시간이 모두 끝난 뒤, 직원들은 3층 문화교실 강의실에 따로 모여 다음날부터 시작되는 여름독서교실을 준비했다. 해마다 관내 초등학교 5학년생을 대상으로 닷새간 실시하는 여름독서교실이 성공적으로 끝나야 직원들도 홀가분한 마음으로 여름휴가를 떠날 수 있었다. 올해는 도서관장이 낮은 직급의 직원부터 먼저 휴가기간을 정해서 보고하라고 지시한 까닭에 여름휴가를 둘러싸고 직원들이 약간 소란스러웠다. 남쪽 바다를 바라보고 언덕배기에 서 있는 3층짜리 도서관에 항상 사람이 지키고 있어야만 하는 자료실은 일반자료실, 어린이자료실, 디지털자료실 등 모두 세 곳이었다. 그런데 직원은 사서직 네 명, 행정직 한 명, 기능직 세 명 등 모두 여덟 명이었다. 7월 28일에 여름독서교실이 끝나고 그 다음주부터 일주일에 두 사람씩, 그것도 낮은 직급순으로 휴가를 떠난다면, 나이 많은 직원들은 8월 말이나 되어야지 휴가를 떠날 수 있다는 얘기였다. 고참 직원들일수록 아이들의 방학기간에 맞춰 휴가를 잡아야만 하는데, 도서관장은 그런 사정을 이해하지 않았다. 일이 이렇게 돌아간다면 미혼인 직원들이 자진해서 휴가일정을 조금 늦게 잡아주면 좋으련만, 그들 쪽에서도 저마다 사정이 있는지 서로 눈치만 살필 뿐 가타부타 말이 없어 하는 수 없이 도서관의 살림꾼인 사서 7급 최가 총대를 멨다. 최는 기능 10급 강 등 미혼 직원들을 문화교실 강의실에 모아놓고 합리적으로 휴가기간을 선택하라고 잘 타일렀다. 하지만 최의 말투가 워낙 공격적이어서 최의 말이 끝나기도 전에 직원들의 얼굴이 사정없이 굳어졌다.

이런 연유로 삼삼오오 근처 식당에서 저녁을 먹는 내내 서로 이야기가 겉도는 등 직원들 사이에 미묘한 감정의 흐름이 느껴졌다. 분위기가 좀 어색했는지 독서교실 강의실로 돌아오던 중 며칠 동안 모습이 보이지 않아 도서관 직원들 사이에서 궁금증을 자아냈던 그 노인이 시에서 차로 십여 분 거리에 있는 관광단지 옆 해변에서 사체로 발견됐다는 뉴스가 화제로 떠올랐다. 그 소식은 이내 강의실에서 다음날 여름독서교실에 찾아올 아이들에게 나눠줄 유인물과 책자를 정리하던 강에게도 전해졌다. 핏기가 사라진 얼굴로 강은 프린터로 뽑은 유인물을 세 장씩 모아 스테이플러로 천천히 찍었다. 도서관에 첫 출근하던 날부터 강은 노인에 대한 이야기를 들었다. 노인은 도서관의 전설과도 같은 사람이었다. 그 노인이 처음 도서관에 나타난 것은 십여 년 전의 일이라고 했다. 그때는 바코드 프린터도, 스캐너도 없었기 때문에 폐가식 관내 대출로만 자료실을 운영했다. 서명, 저자명이 가나다순으로 배치된 목록카드함을 뒤져가며 도서카드를 찾아내 대출신청서에 청구기호를 적어 대출대에 제출하면 직원들이 그 책을 찾아오는 식이었다. 언제부터인가 그 노인은 도서관을 찾는 사람들 중에서 가장 먼저 대출신청서를 내미는 사람이 됐다. 아, 그때는 아직 머리칼도 하얗게 세기 전이었으니까, 노인이라고 부를 수는 없으니 그라고 해야겠다. 어쨌든 자료실 직원들이 그의 존재를 알기 시작한 뒤로 그는 휴관일을 제외하고 단 하루도 빠지지 않고 도서관을 찾아와 책을 읽었다. 한때는 그가 무슨 책을 청구했는지가 직원들 사이에 화제였던 때도 있었다. 그는 청구기호상 300번대와 900번대의 책들을 주로 대출했다. 한국십진분류법에 따르면, 300번은 사회과학서를, 900번은 역사서를 뜻했다.

그가 도서관을 찾기 시작하던 초기에는 그의 얼굴을 텔레비전에서 본 적이 있다는 직원도 있었다. 그 직원은 그가 몇 년 전 현실에 대한 절망감에 양심선언을 하고 교수직에서 물러나 세간에 화제를 불러일으킨 고려대학교 전직 교수라고 우겼다. 하지만 다른 직원이 이내 서가에서 그 전직 교수의 책을 찾아왔고, 다 함께 책에 실린 저자 사진과 열람실에 앉아 있는 그의 얼굴을 직접 대조해본 뒤에야 그 직원은 두 사람의 닮은 곳이라고는 머리를 짧게 깎았다는 사실뿐이라고 인정했다. 그렇긴 해도 그가 서울에서 내려온 교수나 학자이리라는 점만은 직원들 사이에 공통된 추측이었다. 자세한 사정을 알 수는 없지만, 아마도 그 고려대학교 교수처럼 정치적인 문제로 학교에서 물러난 뒤, 바닷가에 자리잡은 그 한적한 도서관에서 연구서를 집필하는 것이라고 다들 생각했다. 하지만 그 생각도 틀렸다. 일 년이 지나고, 이 년이 지나도록 그는 서울로 돌아가지 않고 계속 도서관에 나왔다. 아마도 노태우 정권이 끝날 때까지는 서울로 돌아가지 못할지도 모른다고 생각했지만, 김영삼과 김대중이 차례로 대통령이 되는 동안에도 그는 여전히 아침이면 도서관을 찾아와 300번대와 900번대의 책을 읽었다. 그러면서 도서관 직원들과 조금씩 안면이 트이고 대화가 이뤄지면서 그가 왜 날마다 도서관에 나와서 책을 읽는지 그 이유가 밝혀졌다.

직원들이 그와 나눈 이야기를 종합해보니 그는 학자도, 교수도 아니었다. 그는 전직 형사였다. 늘 머리를 짧게 깎고 다닌 이유도 형사 시절의 습관이 남아서였다. 마흔다섯 살이 될 때까지 경찰청에서 근무한 그는 수배자를 검거하기 위해 전라남도 완도군 신지도에 출장을 나섰다가 그만 무인도에 고립되고 말았다. 낚시꾼으로 변장하고 도시에서 온 다른 낚시꾼들과 함께 배를 한 척 빌려 신지도 인근 무인도로 들어갔다가 벌어진 일이었다. 그들 중에는 자신이 찾는 수배자가 없다는 사실을 확인한 그는 그들과 함께 소주를 나눠 마신 뒤, 요의를 느끼고 바위 뒤로 돌아갔다. 파도가 밀려왔다가 밀려갔다. 오줌을 다 눈 뒤, 그는 잠시 바위에 앉아서 파도를 바라봤다. 그러다가 스르르 잠이 들었는데, 눈을 떠보니 수없이 많은 별들이 찬란하게 자신을 비추고 있었다. 기지개를 켜면서 몸을 일으킨 뒤에야 그는 어제의 파도가 어제의 바다로 돌아갔다는 사실을 깨달았다. 술에 취한 낚시꾼들은 마찬가지로 술에 취한 선주가 운전하는 배를 타고 신지도로 모두 돌아가버린 뒤였다. 그렇게 그는 고인 물을 마시며 무인도에서 혼자 이틀을 보냈다. 그 이틀 동안 그는 이렇게 생각했다. 죽는 건 하나도 두렵지 않으나 이렇게 죽자고 여기까지 온 것은 아니다. 내가 살아온 삶도 나름대로 정의로운 삶이었다. 그 사실을 알아주는 사람이 하나도 없는 상태에서 죽는다는 것, 그게 무엇보다 슬픈 일이다.

이틀이 지난 뒤, 연일 마신 술이 그제야 서서히 깨면서 아무래도 자신이 뭔가 잘못한 일이 있는 것 같다고 생각한 선주가 반신반의하며 그를 찾아 배를 몰고 왔을 때, 그는 이제 더이상 형사가 아니었다. 신지도에서 다시 배를 타고 완도까지 나온 그는 일신상의 이유로 사직한다는 편지를 경찰청에 보낸 뒤, 친한 동료에게 전화를 걸어 퇴직금이 나오면 절반은 가족에게 전해주고 절반은 자신의 계좌로 넣어달라고 부탁했다. 다행히 그에게는 그 외에도 업무의 특성상 자세히 밝힐 수 없는 경로로 가족 몰래 모아놓은 돈이 꽤 있었다. 그는 그 돈으로 남해안의 여러 도시들을 전전하다가 퇴직금이 계좌로 들어오자 그 도시에 자리를 잡았다. 그는 우선 도서관에서 걸어서 십 분 정도 떨어진, 바다가 보이는 언덕배기에 전셋집을 구한 뒤, 은행에 차명계좌를 만들어 남은 돈을 모두 집어넣었다. 처음 한 달 동안은 실험의 시기였다. 그는 술도 마시지 않고 담배도 끊어버렸다. 아침과 저녁, 하루에 두 끼만 먹었고 일주일에 한 번씩 고기를 구워 먹었다. 저녁 아홉시에는 잠자리에 들었고 새벽 네시에는 깨어나 도서관 뒤 공원에서 운동했다. 그렇게 한 달을 살아본 뒤, 생활비를 뽑아낸 그는 그 액수로 은행에 넣어둔 원금을 나눠보았다. 계산대로라면 적어도 십 년 동안은 원금을 빼먹으면서 살아갈 수 있을 것 같았다. 그러나 실제로는 그 원금에 다달이 이자가 붙으니 그 기간은 더 늘어날 것이었다. 그 정도 기간이면 자신이 계획한 일을 모두 끝마칠 수 있으리라. 모든 계산을 마친 그는 그때부터 도서관에 나가 책을 읽기 시작했다.

자살한 노인에 대한 이야기가 나오면서 강의실에 모인 직원들은 여름휴가를 둘러싼 미묘한 신경전은 잊어버리고 저마다 그 노인과 얽힌 이야기를 떠들어대기 시작했다. 오래 전부터 그를 지켜본 최는 이렇게 되면 결국 자신은 9월이 다 되어서야 여름휴가를 떠날지도 모른다는 사실은 완전히 까먹은 채, 강의실에 둘러앉은 직원들에게 자신이 그를 처음 만났을 때가 얼마나 오래 전이었는지를 상기시키며 경력을 과시하려고 들었다. 최가 그 도서관으로 직장을 옮긴 건 그가 도서관에 나오기 시작한 지 일 년 정도가 지났을 때였다. 출근해서 이런저런 일들을 익히고 있는 최에게 그가 찾아와 말했다.

"세상에서 가장 오래된 이야기를 읽고 싶습니다."

그 말에 사서로서 최는 잠시 생각해봤다.

"글쎄요. 성경인가? 아니면 불경? 그리스 로마 신화? 이솝우화? 도대체 뭐가 세상에서 가장 오래된 이야기인지 저도 모르겠는걸요."

"내 말은 그게 아니라 세상에서 가장 오래된 이야기를 대출하고 싶다는 뜻입니다."

"글쎄, 그게 뭔지 알아야지 대출을 해드릴 게 아닙니까? 제가 좀 확인해보고 알려드리겠습니다."

그러자 그가 대출카드를 내밀었다. 거기에는 '서명, 세상에서 가장 오래된 이야기. 청구기호, 388.3-가57ㅅ'이라고 적혀 있었다. 역시 300번대. 풍속, 민속학.

무척 겸연쩍게 된 최가 말했다.

"아니, 이런 책을 어디다 쓰시려고 읽으세요?"

"거기 혹시 죽은 사람이 다시 살아났다는 이야기가 있는지 알고 싶어서 그럽니다."

최의 말에 강의실에 모였던 직원들이 웃음을 터뜨렸다. 덕분에 다들 어색했던 분위기를 잊고 마음껏 웃을 수 있었다. 직원들 중 가장 막내였던 강만 빼놓고. 그때 사서 8급 박이 화기애애한 분위기를 이어가려고 의문을 제기했다. 그는 자살한 것일까, 아니면 타살된 것일까? 박의 문제제기에 직원들은 저마다 상상력을 발휘했다. 그가 체포한 살인범이 그에게 복수하기 위해 지난 십 년간 와신상담 모범적으로 수인생활을 마치고 가출옥한 뒤 그를 찾아와 물속으로 던져버린 게 아닐까? 지난 십 년 동안 도서관에서 그가 조사한 것은 경찰 내부의 비리 문제였는데, 이제 그 사실을 폭로하려 한다는 것을 알고 경찰 수뇌부가 바닷물로 그의 입을 영영 막아버린 게 아닐까? 혹시 자신이 체포해 사형당한 용의자가 진범이 아니라는 사실이 밝혀진 뒤, 참회하는 심정으로 십 년 동안 숨어살다가 스스로 목숨을 끊은 것은 아닐까? 가장 재미있는 추측은 문제를 제기한 박에게서 나왔다. 박은 몇 해 전부터 금리가 바닥을 기는 바람에 원금을 다 까먹고 굶어죽을 형편이 되자, 그도 이제 바다 바닥을 기는 신세가 되어버린 게 틀림없다고 주장했다.

그때, 사람들이 저마다 떠드는데도 혼자 생각에 잠겨 멍하니 유인물만 만지작거리고 있던 강이 갑자기 눈물을 흘리기 시작했다. 다들 느닷없는 강의 눈물에 당황했다.

"어라, 너 우니? 니가 왜 우는 거니?"

강의 얼굴을 보자마자 다시 휴가 건이 떠올라 기분이 불쾌해진 최가 쏘아붙였다. 한번 눈물을 주르르 흘린 강은 이제 코를 훌쩍일 뿐, 아무런 대꾸도 없었다. 순식간에 마스카라가 번진 강의 얼굴은 보기 흉했다. 둘 사이에 흐르는 긴장감으로 와자지껄하던 분위기는 다시 어색해지기 시작했다.

"말을 해봐, 애. 니가 지금 왜 우는 거니? 왜? 억울하니?"

최가 싸늘한 목소리로 다시 물었다. 그러자 다시 울먹울먹 강이 말했다.

"저는 좀 쉬어야겠어요. 쉬어야겠다구요."

그 말과 함께 다시 울음이 터진 강은 자리에서 벌떡 일어나 강의실 밖으로 뛰쳐나갔다. 최는 벌린 입을 다물 수 없었다. 세상에. 오 마이 갓! 빌어먹을 놈의 여름휴가.

다음날 도서관으로 그의 아들이라는 남자가 찾아왔다. 십여 년째 행방불명이던 아버지가 남해안의 해변에서 사체로 발견됐다는 소식을 전해들은 아들은 망설임 끝에 그래도 유품은 정리해야겠다는 생각으로 그 도시를 찾았을 뿐, 애당초 자신과 어머니를 버리고 비겁하게 사라진 아버지의 진실 따위는 알고 싶지 않았다. 하지만 아버지가 살던 집에서 하룻밤을 보낸 뒤, 아들의 생각은 바뀌었다. 그 이유는 이웃들에게 아버지가 십 년 동안 휴관일을 제외하고는 하루도 빼먹지 않고 도서관을 찾아가 책을 읽었다는 말을 전해들었기 때문이기도 했지만, 한편으로는 그 집에서 본 점퍼 때문이기도 했다.

그 집은 한국전쟁 당시 북쪽에서 밀려내려온 피난민들이 임시로 지은 바라크 집들 사이로 자연스럽게 형성된 골목 옆 축대 위에 앉아 있었다. 세월이 흐르면서 그때의 바라크 집들은 기와집이나 함석집, 혹은 양철집으로 바뀌었지만 골목의 형태만은 그대로 남아 있었다. 여러 번 시멘트를 덧씌운 흔적이 남아 있는 계단을 밟고 올라가 군데군데 군청색 페인트칠이 벗겨진 철제 대문을 열고 들어가면 바깥에서 볼 때와 달리 의외로 나지막한 담장을 따라 해바라기, 파초 등 관상용 식물을 심어놓은 손바닥만한 화단이, 시멘트를 발라놓은 마당 한쪽에 자리잡고 있었다. 푸른색 함석지붕 아래 널빤지로 조악하게 짜맞춘 마루에 앉아 낮은 담장 너머를 굽어보면 섬들 사이로 남쪽 바다가 보였다. 그 아름다운 남쪽 바다는 창문을 통해 방안에서도 내다볼 수 있었다.

그가 살던 방은 그 아름다운 창문 쪽으로 들여놓은 앉은뱅이책상과 방석, 그리고 한쪽에다 잘 개켜놓은 침구와 여행가방 하나를 제외하면 텅 비어 있다시피 했다. 수행자의 방이라고 해도 그보다는 정감이 넘칠 것 같았다. 마음만 먹는다면 자다가도 당장 떠날 수 있도록 모든 준비를 마쳐놓은, 그런 방이었다. 그 베이지색 점퍼는 벽에 박힌 못에 걸려 있었다. 고무줄이 들어간 소매 부분이 너무나 길어 이제는 유행이 지나도 한참 지났다는 사실을 누구라도 눈치챌 수 있는 1990년대풍의 촌스런 점퍼. 그 집을 찾아갈 때까지만 해도 아들은 그가 스스로 자신의 삶에서 완전히 빠져나간 것처럼 자신 역시 이제 그를 깨끗하게 잊었다고 생각했다. 하지만 벽에 걸린 그 베이지색 점퍼를 보는 순간, 그건 불가능한 일이라는 걸 깨달을 수 있었다. 어머니와 자신이 살던 곳에서 자동차로 불과 다섯 시간 남짓 떨어진 도시의 어느 방에 그 베이지색 점퍼가 걸려 있다는 사실이 아들을 괴롭혔다. 아들에게 그는 결코 자랑스러울 게 없는 아버지였다. 그가 무슨 생각으로 가족을 버리고 그 도시까지 흘러가게 됐는지 알고 싶은 마음은 하나도 없었다. 그러나 밤새도록 벽에 걸린 그 베이지색 점퍼를 바라보면서 아들은 여행가방 하나만 달랑 남겨놓고 떠난 아버지가 지난 십 년 동안 뭘 했는지 알고 싶다고 생각했다.

아들이 도서관을 찾아간 까닭은 그 때문이었다. 지난 십 년 동안 그가 한 일이라고는 하루도 빼먹지 않고 도서관을 찾아가 책을 읽은 일이라고들 말했으니까. 그러나 이미 말한 대로 그날은 여름 독서교실이 시작되는 날이어서 도서관 직원들은 아들을 상대할 여유가 없었다. 게다가 절대로 휴가기간을 양보할 수 없다는 듯 그 전날 강의실에서 뛰쳐나간 것만으로도 모자라 아침까지도 강이 도서관에 나오지 않은 탓에 손이 모자랐다. 강 때문에 아침부터 기분이 너무나 나빠진 최는 그가 매일 도서관을 찾아와 책을 읽었다는 사실을 제외하고는 해줄 수 있는 말이 하나도 없다고 무뚝뚝하게 대꾸했다. 그 순간에도 3층 쪽에서는 아이들이 뛰어다니는 소리가 요란하게 울렸다. 최는 그가 왜 매일 도서관에 나와 책을 읽었는지, 또 무슨 글 같은 것을 쓰기는 했지만 그게 무슨 내용이었는지는 당연히 모른다고 아들에게 말하고는 3층에 전화를 걸어 신경질적인 목소리로 박에게 아이들을 제대로 통제하라고 지시했다. 아들에게 최가 들려줄 수 있는 유일한 정보는, 그러니까 그가 『세상에서 가장 오래된 이야기』를 읽은 것만은 분명하다는 것이었다. 이번에는 최가 아들에게 그가 어떤 사람인지 물었다. 아들은 별다른 부끄러움도 없이 아버지의 전력에 대해 들려줬다. 최의 귀가 솔깃해졌다. 아들의 이야기가 끝나갈 즈음, 강이 최에게 전화를 걸어와 몸이 아파서 도저히 출근할 수 없으니 하루 쉬겠다고 말했다. 그 전화에 최의 분노가 마침내 폭발했다.

최가 시뻘겋게 달아오른 얼굴로 수화기에 대고 소리를 고래고래 지르는 걸 보고 있던 아들은 슬그머니 일어나 사무실을 빠져나갔다. 아들은 일반자료실을 찾아갔다. 아들은 최가 말한 원탁 쪽으로 갔다. 혹시 아버지의 흔적이 남아 있지나 않나 자세히 살펴보려는 것처럼 아들은 원탁 주위의 의자를 뚫어져라 쳐다봤다. 매일 아침 아홉시부터 저녁 여섯시까지 앉아 있기에 그 고동색 나무 의자들은 너무나 딱딱해 보였다. 아들은 그중 한 의자에 앉아서 멍하니 서가 쪽을 바라봤다. 한동안 원탁을 쓰다듬어보기도 하고, 고개를 돌려 창밖의 풍경을 바라보기도 하던 아들은 의자에서 일어났다. 아들은 먼저 300번대의 서가를, 그리고 열람석을 비치한 가운데 통로를 두고 대각선으로 서 있는 900번대 서가를 훑어봤다. 아침 아홉시부터 저녁 여섯시까지 하루도 쉬지 않고 읽는다면, 십 년이면 충분히 읽고도 남을 분량의 책들이 꽂혀 있었다. 아들에게 그런 시간이 허락됐다면 문학서를 뜻하는 800번대를 읽었을 것이다. 그랬다면 십 년이 지날 때까지도 다 읽지 못했을 것이다. 또 그랬다면 아버지는 여전히 원탁 앞에 앉아서 책을 읽고 있을 지도 모른다. 그런 망상 끝에 더이상 자신의 아버지에 대해서 알아낼 게 없다고 생각한 아들은 도서관을 떠나버렸다.

그날 퇴근하는 직원들에게 최는 아침에 도서관을 찾아온 그의 아들에게서 정말 흥미진진한 이야기를 들었으니 듣고 싶은 사람은 길 건너 호프집으로 오라고 말했다. 여름독서교실 준비 때문에 전날도 늦도록 야근했기 때문에 직원들은 이야기를 듣고 싶지도, 술을 마시고 싶지도 않았지만 휴가 문제로 신경전을 벌이다가 결국 결근한 강 때문에 하루 종일 최의 심기가 불편했다는 사실을 알고 있었으므로 울며 겨자 먹기가 아니라 울며 맥주 마시기를 해야만 했다. 십 년이 지나도록 제 아버지가 어디서 무엇을 하는지 알지 못했던 아들에게서 들을 만한 이야기가 있겠냐마는 핑계 없는 무덤이 없다더니 아들에게 최가 들은 이야기는 길기도 길어 도무지 술자리가 끝날 기미가 보이지 않았다. 젠장, 빌어먹을 놈의 여름휴가.

그러니까 아들이 고등학교 2학년이던 해 가을에 그는 증발해버렸다. 먼저 흘러간 그해의 다른 나날들과 하나도 다를 바 없는 평범한 아침이었다. 상 앞에 앉아 신문을 읽으며 아침을 먹은 뒤, 아내가 새로 사준 베이지색 점퍼 차림으로 그는 대문을 나섰다. 나지막이 가을비가 떨어지기 시작한 그날 밤, 그는 끝내 돌아오지 않았다. 그가 집으로 전화를 걸어온 것은 다음날 새벽이었다. 그는 잠에서 덜 깬 아내에게 갑작스레 며칠 출장을 가게 됐다고 설명했다. 아내는 그가 속옷도 챙기지 못한 채 출장을 떠나게 된 것을 안타까워했을 뿐, 행선지도 일정도 묻지 않았다. 몇 년 전 도경찰청 대공과로 전근하기 전에도 그런 갑작스런 출장은 여러 차례 있었기 때문이었다. 그렇긴 해도 출장중에 집에 전화하는 일은 빼먹지 않던 사람이라 큰 걱정은 없었다. 물론 전화의 내용이라는 건 간단했다. 집에는 별일이 없느냐? 별일이 없다. 나는 잘 있다. 밥을 꼭 챙겨먹어라. 하지만 이번에는 그런 전화가 없었다. 대신에 신문기자라며 그를 찾는 전화가 서너 번 걸려왔을 뿐이었다. 그가 출장을 떠난 지 사흘이 지나자, 아내는 불길한 예감에 사로잡혔다. 아내는 도경찰청으로 전화를 걸었다.

　몇 번의 연결을 거쳐서 전화를 받은 남자는 도경찰청에는 그런 사람이 없으니 다른 곳으로 전화하라고 말했다. 아내로서는 어안이 벙벙할 따름이었다. 아내는 어쩌면 전화를 받은 사람은 남편이 자신과 같은 곳에서 근무한다는 사실을 모를 수도 있을 거라 생각했다. 아내의 생각은 반쯤은 맞고 반쯤은 틀렸다. 그가 도경찰청에서 근무하는 것은 사실이었으나, 좌익사범을 담당하는 대공4과는 분실의 형태로 청사 외부에 나가 있었다. 전화상으로 신분을 확인하는 등 몇 가지 절차를 거쳐 아내는 간신히 양정물산이라는 회사의 전화번호를 얻게 됐다. 양정물산이 그의 실제 근무처였다. 전화로 연결된, 그의 직속상관이라는 김상무는 그를 고형사라고도, 고경위라고도 부르지 않고 다만 고부장이라고 호칭했다.

김상무는 벌써 일주일이 넘도록 그가 무단결근중이라서 회사에서도 다들 걱정하던 참이었다고 말하더니 무단결근이 계속되면 인사상의 불이익을 받을 수밖에 없음을 암시했다. 본능적으로 남편에게 심각한 문제가 발생했다는 사실을 눈치챈 아내는 부하직원이 일주일이 넘게 무단결근을 해 걱정하던 참이었다면 왜 단 한 번도 집으로 연락해보지 않았느냐고 따져 물었다. 김상무는 양정물산이 특수조직이라는 점을 유념해달라고 대답했다. 귀로 스멀스멀 다리 많은 벌레가 기어들어가는 듯한 느낌의 음색으로. 그 목소리 덕분에 자신의 불길한 예감이 단순한 징후에 그치지 않는다는 사실을 확신하게 된 아내는, 자신의 남편을 걱정하기로는 양정물산이라는 유령회사 직원들보다 신문기자들이 더하다는 사실을 넌지시 뚱겨줬다.

다음날, 약속시간을 두 시간이나 넘겨서야 영등포구 시장 골목의 지하 다방에 나타난 김상무는 마흔 줄에 들어서자마자 일찌감치 양쪽 귀밑으로 새치가 생겨나기 시작한 그에 비해 십 년은 젊어 보였다. 김상무는 한층 격렬해지는 학생시위 때문에 회사의 업무량이 폭주해 시간을 내기가 아주 어렵다며 구차하게 변명하더니 혹시 최근 들어 그가 이상한 행동을 하지 않았느냐고 그의 아내에게 물었다. 그의 아내는 학생시위 때문에 바쁘다니 양정물산이 최루탄을 만드는 회사인지, 뭣 하는 회사인지는 모르겠지만 그 회사에 다니기 시작하면서부터 남편이 조금 달라진 것은 사실이라고 말했다. 그러자 김상무는 바로 그 점이 문제였다고 지적하며 남편이 서투르게 일하는 바람에 지금 회사가 큰 위기에 몰렸는데, 그 때문에 남편이 책임을 회피하려고 잠적한 것으로 보인다고 말했다. 남편이 저지른 잘못이 뭐냐고 그의 아내가 물었지만, 김상무는 불독처럼 얼굴만 잔뜩 찌푸릴 뿐 대답이 없었다.

"사모님, 이 세상에는 세 종류의 파리가 있는데"라며, 입을 다물고 있던 김상무가 느릿느릿 말했다. "하나는 더러운 날파리, 그다음으로는 더 더러운 똥파리, 하지만 그중에서도 제일 더러운 파리는 신문기자 새끼들이지요. 지금 댁의 바깥양반께서 싸질러놓은 똥덩어리로 그 파리 새끼들이 지들도 한 주둥아리 들이밀자고 꼬여들고 있는 중입니다. 그 파리 새끼들을 만나면 가능한 한 똥 본 듯이 피해다니세요. 그러면 바깥양반은 곧 돌아옵니다. 안 그러면……" 김상무는 말을 끊었다. 아내는 남편의 생사여탈이 김상무의 그 입에 달려 있는 양 바라봤다. "똥 싼 게 다 드러나잖아요. 온 세상에 말입니다. 생각해보세요. 사모님도 그걸 바라는 건 아니지 않습니까. 저희가 다 알아서 할 테니까 일단은 집으로 돌아가세요. 고부장은 지금 무단결근중이에요. 그 파리 새끼들이 어디 갔느냐고 물어보면 바람나서 도망쳤다고 그러세요. 뭐, 어때요? 차라리 그랬다면 얼마나 좋겠습니까? 그런 일로 도망갔다면 내가 그 입에 뽀뽀를 하라고 해도 골백번은 했을 겁니다."

그가 도대체 얼마나 큰 똥을 싼 것인지는 모르지만, 집으로 돌아가자마자 김상무의 말처럼 신문기자들은 쉴새없이 전화를 걸어와 그의 행방을 물었다. 그 어떤 전화에도 아내가 완강하게 입을 열지 않자, 신문기자들이 그녀를 다그쳤다. 이렇게 숨겨둔다고 해서 모든 일이 해결되는 게 아니에요. 댁의 남편이 양정물산의 핵심인물이 아니라는 걸 우리는 다 알고 있습니다. 지금 나라가 뒤집어지려고 하는데, 양정물산에서는 상대적으로 얼굴이 덜 알려진 댁의 남편에게 그 모든 똥물을 다 뒤집어씌우려고 하는 중이라구요. 아니, 집에 텔레비전도 없습니까? 양정물산에 들어갔던 학생 하나가 죽어서 나왔단 말입니다. 남편이 어디 있는지만 말해주면 우리가 보호해줄 수 있습니다. 그러니까 부세요. 아니, 바람을 불라는 게 아니구요! 뭐라구요? 누구랑 바람이 났다구요? 김상무? 김상무가 누구예요? 아니, 이 아줌마가! 정말 남편 죽는 꼴 보고 싶어서 환장을 한 거야, 뭐야!

그제야 김상무가 말한 똥이며, 신문기자들이 말한 똥물이 무엇을 뜻하는지 확실하게 알게 된 그의 아내는 전화코드를 뽑아버리고 텔레비전을 내다버린 뒤, 어떤 사람이 찾아와도 문을 열어주지 않았다. 그 대문 밖에서는 학생을 물고문한 경찰관은 단 한 명으로 그의 단독 범행임이 밝혀졌으나 사건 발생 직후에 잠적해 전국에 수배령을 내렸다는 경찰 특별조사단의 대단히 특별한 발표를 다들 비웃느라 정신이 없었지만, 그의 아내는 그런저런 세상사에 아무런 관심이 없었다. 밤낮으로 그의 아내가 생각한 것은 오직 남편이 입고 나간 점퍼의 색깔뿐이었다. 그 색깔이 도통 기억나지 않았다. 그건 너무나 평범한 베이지색이어서 남편이 그 점퍼를 입고 십 미터 앞에 서 있다고 하더라도 그녀로서는 알아볼 재간이 없을 것만 같았다. 게다가 그 홑겹 점퍼로 이제 다가올 겨울을 어떻게 넘긴단 말인가. 아무리 생각해도 다가올 겨울이 걱정돼 견딜 수 없었던 그의 아내는 김상무를 수소문했다. 몇 번의 시도 끝에 그녀는 가까스로 김상무와 통화할 수 있었다. 그의 아내가 뭐라고 말하기도 전에 김상무는 며칠 전에 그의 사직서가 도착해 이미 수리됐으니 더이상 회사로는 전화하지 말라고 했다. 그 말에 그의 아내가 통곡을 시작하자, 김상무가 짜증 섞인 목소리로 중얼거렸다.

여기까지 말했을 때, 최의 핸드폰이 울렸다. 최는 통화버튼을 누른 채, 직원들에게 김상무가 한 말을 흉내내어 말했다. 직원들은 모두 깔깔거리고 웃음을 터뜨렸다. 최가 핸드폰을 귀에 갖다댔을 때, 전화는 끊어져 있었다. 강이었다. 이게 정말, 사람을 가지고 노네. 휴가와 결근 문제로 다시 기분이 언짢아진 최가 강에게 전화를 걸었지만, 강은 더이상 전화를 받지 않았다.

그날 아침이었다. 눈을 떴다가 몸도 좋지 않고 출근할 기분도 아니어서 이불 속에서 미적거리던 강은 결국 정오가 가까워서야 도서관에 전화를 걸어 결근을 알렸다. 그래서 강이 얻은 것이라고는 어쨌든 그날만은 아들의 이야기를 듣지 않을 수 있었다는 것뿐이었다. 최와의 전화통화는 두 번 다시 생각하기 싫을 만큼 끔찍스러웠다. 하필이면 여름독서교실 첫날, 자신이 결근했으니 이런저런 잡무를 처리할 사람이 없어서 곤란하겠다는 사실은 잘 알겠지만, 아무리 그래도 그렇지 어떻게 아프다는 동료에게 그럴 수가 있을까? 늘 이기적으로 굴면서 동료들을 힘들게 한다고? 좋다. 정신은 어디다가 놓고 다니는지 뭐 하나 제대로 하는 일 없이 문제만 일으킨다고? 그것도 좋다. 하지만 아직 결혼도 하지 않은 여자에게 남자만 보면 실실거리며 꼬리를 흔들어대는 주제라니. 이번에는 또 어떤 놈팽이가 걸려들었는지 모르지만, 한여름에 휴가 가려는 그 음흉한 속을 다 아니 똑바로 처신하라니. 이럴 줄 알았다면 몸이 힘들더라도 도서관에 나갈걸, 괜히 하루 쉬겠다고 말하는 바람에 강은 속만 더 아프게 됐다고 생각했다. 강은 혼자 이불을 뒤집어쓰고 한참 울었다. 그렇게 자다가 깨다가 울다가 자다가 저녁 무렵에 깨어난 강은 천근만근 무거운 몸을 일으켜 밥을 지어먹었다. 따뜻한 밥이 들어가니 조금 기운이 났다. 그러자 최가 그렇게 나쁜 사람만은 아닐 거라는 생각도 들었고, 모든 일을 사실대로 말하면 그녀도 자신을 이해할 것이라는 생각도 들었다. 왜 전날, 자신이 울면서 강의실을 박차고 나갈 수밖에 없었는지, 또 왜 그날 출근도 못 할 정도로 아팠는지. 강은 핸드폰 전화부에서 최의 번호를 검색한 뒤, 통화 버튼을 눌렀다. 전화벨이 울리기 시작했다.

모든 건 강에게만 일이 몰렸기 때문이었다. 신규 대출증을 발급하는 일에서부터 대출과 반납을 접수하고 연체도서를 관리하는 일은 물론이고 비치 희망도서 목록을 정리하고 신착자료 목록을 게시판에 붙이는 등의 일까지, 일반자료실의 대출과 관련한 온갖 잡일은 모두 강의 담당이었다. 도서관에서 일한다면 최처럼 커피나 홀짝이며 읽고 싶은 책이나 읽는 줄 알았지, 하루 종일 대출대 앞에서 꼼짝도 못 하고 앉아서는 사람들을 올려다보며 앵무새처럼 "반납일은 다음달 6일까지입니다"라고 되뇌고 있을 줄이야 누가 상상이나 했겠는가? 도서관 입구의 무인반납함에서 간밤에 반납된 도서들을 들고 올라와 다시 서가에 꽂는 일은 책도 많지 않고 그래도 아침이라 좀 느긋한 마음으로 할 수 있었지만, 폐관이 가까워올 무렵 낮 동안 반납된 도서와 열람석 여기저기 흩어진 도서를 다시 서가에 꽂는 일은 늘 조급하기만 했다. 저녁에 약속이라도 있는 날에는 저자기호까지 맞춰서 책을 꽂는 게 너무 힘들어 대충 분류기호에 맞게만 꽂아둔 적도 많았다. 웬만한 사서들도 저자기호까지 완벽하게 맞춰서 책을 꽂는 일은 드물지만, 그래도 저자의 이름 두번째 글자를 기호화한, 가운데 숫자 부분까지는 맞춰놓는다. 그런데 강은 저자기호를 무시하고 그냥 분류기호만으로 꽂아뒀으니 일반인들은 잘 모르겠지만 서가에 대해서 좀 아는 사람이 본다면 보기 흉하다고 말할 정도로 엉망이 돼버렸다.

서가가 점점 엉망이 되어간다는 사실을 가장 먼저 알아차린 사람이 바로 그였다. 비록 분류기호나 저자기호 같은 것은 제대로 알지 못했지만, 그는 그 도서관의 서가에 꽂힌 책의 위치는 다 알고 있었다. 게다가 그는 다가오는 휴관일이 전 직원이 나서서 서가를 정리하는 정기 세부 배가작업일이라는 사실도 알고 있었다. 그날, 강은 늦도록 뒤죽박죽이 된 저자기호를 제대로 맞추느라 끙끙대야만 했다. 아마도 그가 아니었다면 그날 강은 집에 돌아갈 수도 없었을 것이다. 그는 전적으로 기억에 의존해 책들을 제자리에 꽂았는데, 청구기호를 따져가며 확인해보면 과연 정확한 자리여서 강으로서는 감탄을 금할 수 없었다. 그렇게 해서 강은 그와 함께 책을 정리하면서 많은 이야기를 나눌 수 있었다. 처음에는 책에 대한 이야기부터 시작됐다. 그는 책에서 읽은 것들을 꼭 자신이 겪은 일처럼 들려주는 데 비상한 재주를 지녔다. 도서관 직원들은 그가 300번대와 900번대의 책만 읽는다고 생각했지만, 사실은 800번대의 문학서나 600번대의 예술서는 물론 100번대의 철학서나 400번대의 과학서, 심지어는 500번대의 기술서까지도 섭렵하고 있었다. 따라서 동서고금의 문학과 예술과 과학과 철학을 다룬 책들의 주옥같은 내용들이 그의 입에서 흘러나왔다.

"저도 선생님처럼 그렇게 하루 종일 책만 읽는 게 소원이에요.

선생님처럼 살면 얼마나 행복할까요?"

서가 정리를 마치고 도서관에서 내려오는 길에 강이 그에게 말했다. 강의 말에 그는 씁쓸하게 웃으며 대답했다.

"맞아요. 십 년 동안 하루도 빼먹지 않고 저는 그렇게 책만 읽었습니다. 이제는 이 도서관에 있는 책은 거의 다 읽은 것 같습니다. 이제 떠날 때가 됐죠. 그런데 이상한 일입니다. 처음에는 그렇지 않는데, 책을 읽으면 읽을수록 제 인생은 오히려 더 불행해졌습니다. 지금 생각하면 차라리 책을 읽지 말 것을 그랬습니다."

"선생님처럼 돈이나 가족 걱정하지 않고 하루 종일 마음껏 책만 읽는데 왜 불행해져요?"

"하하하, 말하자면 긴 이야기인데 어디 가서 맥주나 마시면서 얘기할까요?"

두 사람은 택시를 타고 도서관에서 십여 분 정도 떨어진 관광단지의 호텔 바로 갔다. 피아노 연주가 울려퍼지는 바에 앉아 있으니 밤바다가 보였다. 검은 밤 안에서 검은 물결이 출렁거렸다. 서로 감명 깊게 읽은 책에 대해서 맞장구를 치면서 얘기하는 동안, 테이블 위의 술병은 늘어만 갔다. 점점 말수가 줄어든 그가 출렁거리는 검은 물결을 바라보는 일이 잦아졌다. 밤바다를 바라보며 그는 자신의 인생에도 한 번쯤은 진실된 순간이 있어야 하지 않겠는가고 생각했다. 그는 천천히 입을 열어 자신이 강력반 형사로 일하던 시절의 에피소드를 강에게 들려주기 시작했다. 예컨대 요즘은 많이 달라졌겠지만, 자신이 강력반에서 근무하던 70,80년대까지만 해도 살인사건의 피해자들이 죽어가는 순간에 마지막으로 보게 되는 얼굴은 거의 대부분 자신이 잘 알던 사람의 얼굴이라는 둥, 살인자가 피해자보다 훨씬 힘이 센 경우에는 외상이 잘 보이지 않지만 살인자가 피해자보다 힘이 약할 경우에는 오히려 끔찍할 정도로 난자하는 경우가 많은데 이는 힘이 센 피해자가 다시 살아날까봐 두려워하기 때문이라는 둥, 교살 즉 목이 졸려 질식사한 사체는 대부분 월등하게 힘이 센 상대에게 당한 경우라는 둥, 강으로서는 처음 들어보는 이야기들이 많았다. 교살을 설명하면서 그는 두 손으로 강의 목덜미를 만지기까지 했는데도, 강은 그 손길에 별다른 반감을 보이지 않았다. 그때쯤에는 강도 어느 정도 취해버렸기 때문이었다.

그는 형사로 생활하다가 겪은 것 중에 지금도 잊히지 않는 눈빛이 하나 있는데, 사실은 신지도 근처의 무인도에서 이틀 밤을 보내며 경찰을 그만두고 도서관에서 책을 읽으며 지내야겠다고 결심한 까닭도 그 눈빛 때문이라고 털어놓았다. 서로 한 번도 만나본 일이 없고 또 앞으로도 만날 일이 없었던 그 눈빛. 하지만 이제 그 눈빛을 자신의 눈에서 털어낼 수 없게 된 그와 마찬가지로 무덤까지 그의 모습을 가져갔을 그 눈동자.

"그게 누구의 눈빛이었는데요?"

강의 물음에 어느새 옆자리로 와 그녀의 손을 매만지던 그가 화들짝 놀랐다.

"그러니까, 대학생이었습니다."

"미모의 여대생?"

그가 대답하지 않자, 강이 팔꿈치로 그의 가슴을 툭 쳤다.

"맞구나? 그러니까 그 여대생하고 사랑에 빠져서 가족을 버리고 여기까지 도망쳐온 거군요. 그 여대생은 어떻게 됐나요? 죽었나요?"

"저는 그 눈빛을 잊기 위해 도서관에서 책을 읽기 시작했습니다. 처음에는 자료를 모아서 책을 쓸 작정이었어요. 올바른 가치관을 담아서 우리나라의 역사를 제대로 한번 써보자는 생각이었습니다. 이 나라를 지키기 위해 피와 땀을 흘린 사람들의 역사를. 그때는 모든 게 잘못됐다고 생각했습니다. 이 나라가 어떻게 유지되고 발전돼왔는지 모르니까 젊은이들이 자꾸만 그릇된 가치관으로 매몰된다고 생각했습니다. 그런데 그게 잘 안 되더군요."

"잊으려고 해도 자꾸 그 눈빛이 생각났겠죠. 그러게 소설을 쓰시지, 왜 하필이면 역사책을 쓰려고 하셨을까?"

"그러게 말입니다. 왜 하필이면…… 왜 하필이면 그 눈동자가 마지막으로 본 사람이 나였어야만 했는지, 아직도 고통스러울 따름입니다. 그때까지 우리는 서로 한 번도 만나본 적도 없었는데 말입니다."

그는 한숨을 내쉬었다. 도피생활중에 자신의 행위에 대한 정당

성을 밝히는 책을 쓴 뒤 당당히 검찰에 출두하겠다던 계획은 도서
관에 틀어박힌 지 일 년 만에 수포로 돌아갔다. 서가를 가득 메운
책들과, 마음만 먹는다면 그 책들을 다 읽을 수 있을 만큼 많았던
시간 때문이었다. 책들 속에는 참으로 다양한 인생의 행로를 겪은
수많은 사람들의 이야기가 나왔다. 인생의 굴곡을 거칠 때마다 그
들의 내부에서는 거품처럼 여러 감정들이 일어났고, 그 감정들로
인해 삶은 다시 예측하지 못하는 곳으로 흘러갔지만, 그래도 그들
이 죽지 않은 까닭은 단순한 문장들 때문이었다. 그가 책에서 발
견한 것과 같은, '내게는 꿈이 있습니다'라든가 '우리는 행복하게
살아갈 권리가 있다' 등의. 그게 역사서든, 과학서든, 철학서든,
일 년 동안 닥치는 대로 책을 읽은 뒤 그가 알게 된 진리는 그처럼
단순했다. 그 동안에는 정신없이 살아가느라 그걸 몰랐을 뿐이었
다. 그럴 때면 어김없이 그 대학생의 눈빛이 떠올랐다. 그 눈빛에
게도 꿈이 있었을 것이고, 행복하게 살아갈 권리가 있었을 것이
다. 그의 말이 옳았다. 책을 읽는 게 아니었다.

　그는 도경찰청 대공4과로 전근가면서부터 자신의 인생이 잘못
되기 시작했다는 사실을 서서히 깨달았다. 일 년이 지난 뒤부터는
오직 고통, 순수한 고통만이 존재했다. 그 고통을 망각하기 위해
그는 다른 책을, 더 많은 책을 펼쳐 읽었다. 하지만 읽으면 읽을수
록 고통은 커져만 갔다. 도서관에 있는 그 어떤 책을 들춰봐도 거
기 죽은 자가 다시 살아났다는 이야기는 없었다. 또 노인이 다시

젊어져 새로운 인생을 살아갔다는 이야기도 나오지 않았다. 어이 없게도 삶은 단 한 번만 이뤄질 뿐이며, 지나간 순간은 두 번 다시 되풀이되지 않는다고, 그 도서관에 있는 모든 책들은 말하고 있었다. 이제 죽는 그날까지 그 눈빛을 잊는 건 불가능하다는 게 명백해지면서 그는 절망의 파도에 휩쓸리기 시작했다. 그는 지푸라기라도 잡겠다는 심정으로 안간힘을 쓰면서 필사적으로 책을 읽었다. 도서관에는 그처럼 많은 책이 있으니, 그중에는 단 한 권이라도 자기 같은 인생도 이 세상에 필요했다고 말해주는 책이 있을 것 같았다.

그가 술을 다시 입에 대기 시작한 것은 그 도서관에 무슨 책이 어디에 꽂혀 있는지 다 알게 됐을 즈음이었다. 도서관이 문을 닫으면 귀신이나 살 만한 그 방으로 돌아가는 대신에 혼자서 술집을 전전했다. 술에 취하면 그는 바닷가로 내려가 출렁거리는 그 검은 물결을 하염없이 바라봤다. 자신은 그 검은 물결 속으로 익사하기 위해 지난 십 년 동안 매일 도서관을 찾아 책을 읽은 것이라는 생각이 들었다. 그 십 년 동안, 혈액의 농도보다 염분 농도가 높은 바닷물이 그의 몸속으로 들어오기만을 기다리며, 그리하여 그의 몸 안에 있던 모든 수분이 폐의 혈관으로 집중되고 마침내 폐 속의 모세혈관들이 압력을 이기지 못해 터져날 때까지, 또한 마침내 폐에서 생긴 점액질이 입과 콧구멍 주변으로 빠져나오는 그 순간을 상상하며. 그의 몸은 얼굴을 아래로 하고 팔다리를 드리운 채로 떠돌게 될 것이다. 물 위를 떠도는 대부분의 사체가 그렇듯이. 얼굴과 몸통 상체와 손과 팔뚝과 장딴지와 발에는 이제 더이상 심장으로 돌아갈 수 없는 피들이 고일 것이다.

지난 십 년 동안 자신은 절망의 바다 속에서 그렇게 익사해온 것이라고 믿으면서도 그는 마지막 순간에는 스스로 목을 조를 수 있기를 간절하게 소망했다. 그리하여 어느 아침, 해변에서 발견된 자신의 사체를 부검했을 때, 눈썹 주위나 입안에서 질식으로 인한 일혈점을 발견할 수 있도록. 또한 그는 입을 벌리고 더 많은 물을, 가능한 한 많은 물을 폐 속으로 받아들일 수 있기를 원했다. 죽은 자신의 폐 속에, 그리고 혈액 속에 수많은 플랑크톤이 들어갔다는 사실을 세상 모든 사람들이 알 수 있도록. 그러니까 십여 년 전, 그가 욕조에 머리를 밀어넣어서 죽인 그 학생의 몸에서 사람들이 발견한 흔적과 똑같이. 오오, 그때는 부디 저를 용서해주십시오. 부디.

밤바다를 바라보던 그가 눈물을 흘리며 중얼거렸다. 강은 그의 손을 움켜잡았다. 이처럼 간절하게 참회한다면 그 학생도 그를 용서해주지 않겠느냐고 강이 위로했다. 강은 그를 안았다. 그의 눈물이 강의 셔츠를 흥건하게 적셨다. 강은 두려움에 벌벌 떠는 그의 머리를 어루만지면서 중얼거렸다. 너무 괴로워하지 마세요, 선생님. 그 학생은 죽는 그 순간까지도 선생님을 사랑했을 거예요. 선생님과 함께 보낸 시간이 행복했었다고 생각했을 거예요. 태어나서 선생님 같은 분을 만난 것만은 행운이었다고 생각했을 거예요. 사랑은 어떤 순간에도 미워하지 않으니까요. 그러니 너무 괴로워하지 마세요. 선생님을 원망하거나 미워하지는 않았을 테니까요. 그러자 그가 부끄러운 줄도 모르고 소리내어 엉엉 울어버렸다. 괜찮아요, 선생님. 선생님은 어쩔 수 없었던 거예요. 그 학생은 벌써 선생님을 용서했을 거예요. 하지만 심야 호텔 바에서 느닷없이 울려퍼진 통곡 소리는 좀체 멈출 줄을 몰랐다.

그래서였다. 그래서 강은 그가 해변에서 사체로 발견됐다는 소식을 듣고 몸과 마음이 아파온 것이었다. 이렇게까지 설명하는데 어느 누가 강을 이해하지 못하겠는가. 제아무리 여름휴가가 중요하다고 하더라도. 그러나 강의 전화를 받자마자 최는 그 정나미 떨어지는 매정한 목소리로 다짜고짜 고함을 질렀다.

"아줌마, 퇴직금은 조만간 월급통장으로 입금될 테니 앞으로 이렇게 전화 걸어서 닦달하지 마시오, 잉."

어디에 있는 것인지 최의 그 말에 사람들이 박수까지 치면서 떠들썩하게 웃음을 터뜨리는 소리가 들렸다. 울상이 된 강은 전화를 끊고 핸드폰을 방 한쪽으로 집어던졌다. 방 한구석에 처박힌 핸드폰이 저 혼자서 부르르 떠는 동안, 강은 결심했다. 여름독서교실이 끝나는 즉시 휴가를 가겠다고. 최의 말에 기분이 상해서 그런 게 아니라고. 지금 자신에게는 휴가가 필요하다고.

네가 누구든, 얼마나 외롭든

우리가 그 세계를 증언할 수 없다는 것은, 그러니까 그 모든 것을 기억할 수 없다는 것은
너무나 분명했다. 하지만 또한 우리는 그 모든 것을 망각할 수도 없었다. 그가 적은 사진
들 속에서 친구와 가족 들은 하나둘 늙어가고 병들어가고 또 죽어갔다.

그가 왜 예정에 없이 이즈미로 가게 됐는지 알 수는 없으나, 거기서 찍은 흑두루미 사진은 그의 작품 중에서 가장 독특한 것들로 여겨진다. 그간 늘 친구와 가족 들만 찍어온 그의 이력을 생각하면 독특하다기보다는 예외적인 작품들이라고 말하는 게 옳겠지만, 단순히 소재상의 차이만으로 그 작품들을 구별지어선 안 된다는 생각이 든다. 사람들을 대상으로 사진을 찍을 때, 그는 노출이나 초점 따위는 신경쓰지 않았기에 그 흔적이 인화된 사진에 그대로 남아 있다. 언뜻 보기에는 폴라로이드 사진기로 찍은 사진처럼 느껴지기도 한다. 워낙 급하게 찍은 탓인지 흔들린 사진도 태반이었다. 하지만 거기에는 분명히 뭔가가 들어 있다. 이즈미에서 찍은 흑두루미 사진도 예외는 아니었다. 나는 이미 오래 전부터, 그러니까 최근 그가 죽었다는 소식과 함께 평전을 써보지 않겠느냐는 부탁을 어느 출판사로부터 받기 훨씬 전부터 그의 사진을 알고 있었다. 그렇긴 해도 그를 개인적으로 알지는 못한 상태였다. 좀 우스운 에피소드지만, 대학 시절에 우리가 만날 기회가 있었다는 것을 나중에야 알게 되긴 했지만. 그럼에도 나는 선뜻 책을 쓰겠노라고 대답했다.

그 일이 있고 얼마 지나지 않아서였는데, 남편이 술에 취해서 들어와 그 사람에 대한 책을 왜 내가 써야만 하는 것인지 물어본 적이 있었다. 반 정도 읽다가 팽개친, 아주 두껍고 재미없는 이론서처럼, 나만의 것이라고 말할 수 있는 것이라고는 그것뿐인데도 어쩐지 이만하면 내 인생에 대해 알 만큼 알 것 같다는 생각이 들던 때였다. 그때 뭐라고 대답했는지 기억나지 않는다. "그 사람의 사진에는 뭔가가 있어", 그런 식으로 진지하게 대꾸하지는 않았을 것이다. 아마도 "당신이 쓰지 말라고 하면 지금이라도 그만둘 거야"라고 대답했을 것이다. 그 당시 내 인생이란 '읽어도 그만, 읽지 않아도 그만'인 책이나 마찬가지였으니까. 하지만 남편은 내게 쓰지 말라고 말하는 대신에 자신을 사랑하냐고 물었다. 지금 생각하면 너무나 무서운 밤이었다. 나는 남편이 도대체 무슨 생각으로 그런 질문을 던졌는지 이해할 수 없었다. 그 밤에 남편이 내게 던진 질문은 두 가지뿐이었다. 그 사람에 대한 책을 왜 내가 써야만 하느냐, 자신을 사랑하느냐. 남편의 질문은 결국 남자란 동물은 대단히 부적절한 순간에 사랑을 확인하려 든다는 사실만을 내게 알려준 채, 어떤 대꾸도 듣지 못했다.

　어쩌면 내 책상 앞에 붙어 있는 그의 사진들이 남편의 눈에 거슬렸던 것인지도 모른다. 언제 그 사진들을 거기다 붙였는지는 정확하게 기억나지 않는다. 다만 내가 그의 사진집에서 몇 장의 사진을 오려내 책상 앞에 붙이게 된 것은 친정엄마가 죽던 날의 노을 때문이라는 사실만은 분명했다. 엄마는 고통 속에서 죽어갔다. 말할 수 없을 정도로 고통스럽다고 했다. 삶의 마지막 순간까지 엄마와 고통을 함께한 것은 주기적으로 엄마의 몸속으로 들어가던 진통제뿐이었다. 고통 앞에서는 평생 가졌던 신앙마저도 진통제가 먼저 몸속으로 들어가기를 기다려야만 했다. 나는 엄마 덕분에 삶과 죽음 사이에는 고통이 있다는 걸 알게 됐다. 전적으로 개인적인 고통. 엄마가 죽던 그 순간까지 나는 정신을 잃은 엄마의 손을 어루만지며 침이 마르도록 사랑한다고 말했으나, 그 마지막 순간까지도 나는 엄마의 고통만은 이해할 수 없었다. 고통보다는 죽음이 더 이해하기 쉬운 모양인지, 막상 엄마가 숨을 거둔 뒤에는 그간 병상에 누워 있던 엄마와의 거리감이 느껴지지 않았다. 함께 느끼지 못한다는 점에서 고통은 분명히 엄마와 나 사이를 가로막았지만, 죽음은 그 정도는 아니었다. 그날, 엄마의 몸이 병실에서 차가운 영안실로 옮겨지는 동안, 나는 그 노을을 봤다. 아니, 그 노을을 봤다기보다는 그 노을이 보였다.

　그날은 내가 사랑하는 한 사람이 이 세상에서 영영 사라진 날이었다. 당연하게도 엄마는 내게 수많은 기억들을 남겨두고 갔다. 고통 속에서 몸부림치는 엄마를 바라볼 때, 그 기억들은 나를 웃게 만들기도 하고, 느닷없이 통곡하게 만들기도 했으나, 그때만 해도 아직 엄마는 살아 있었다. 하지만 상실감 앞에서 기억 따위는 아무런 소용도 없었다. 영혼이 떠난 엄마의 육신이 점점 식어가는 동안, 덧대어놓은 몇 겹의 붉은 천들이 바람에 흔들리듯 너울너울 굽이치던 그날 오후의 노을만이 내 눈앞에 펼쳐져 있을 뿐이었다. 구름이 낮게 깔린 하늘로 붉은 노을이 드리워진, 아주 특이한 날이었다. 나는 노을을 가리키며 근처에서 담배를 피우고 있던 남편과 오빠에게 "이상한 노을이다, 그치?"라고 소리쳤다. 두 사람은 내가 가리키는 쪽을 바라봤으나, 내가 무엇을 봤는지는 알아차리지 못했다. 그 순간만은 그 누구라도 내가 바라본 노을을, 그러니까 엄마가 죽던 날의 노을을 바라볼 수는 없었을 것이다. 엄마의 고통을 오직 진통제만이 이해했듯이 내 슬픔은 그 노을만이 이해했다고 말할 수 있다. 고통과 마찬가지로 다른 사람과 슬픔을 함께할 수 없다는 사실은 나를 절망적으로 만들었다.

그러나 깊은 절망일수록 그것을 경험한 사람의 눈에는 금방 들어오게 마련이다. 내 눈앞에서 잡힐 듯 너울거리던 그 붉은빛들은 우연하게도 그가 찍은 '흑두루미와 함께한 날의 노을' 시리즈에 들어 있었다. 생의 막바지에 이르러 고통스러워하던 엄마의 모습 대신에 나의 기억 속에서 영원히 환하게 웃고 있는 엄마의 모습이 더 익숙해질 무렵, 나는 신문을 들춰보다가 그 사진을 보게 됐다. 처음 사진을 봤을 때는 엄마가 얼마나 괴로워하다가 죽어갔는지가 떠올라 힘들었지만, 곧 나는 삶의 어느 특정한 순간에 나만이 느꼈다고 생각했던 뭔가를 또다른 누군가도 봤으리라고 짐작하게 되는 일이 얼마나 기이하면서도 따뜻한 경험인지 깨닫게 됐다. 그 사진이 내게 고통만을 불러일으켰다면 그 즉시 시내의 서점에 나가 그의 사진집을 구입하고, 또 그 책 속의 사진들을 조심스럽게 오려 책상 앞에 붙여놓는 일은 하지 않았을 것이다. 물론 그간 그가 친구와 가족 들만 찍어온 탓에 '흑두루미와 함께한 날의 노을' 시리즈가 그의 작품 중에서도 가장 독특한 사진들에 해당한다는 것은 나중에 평전을 쓰리라 마음먹고 그의 사진을 모두 찾아본 뒤의 일이었다. 그러므로 그 사진들에서 느낀 내 예술적 감흥은 아무런 선입견이 없는 순수한 것이었다. 평전을 쓰기 위해 그의 삶을 조금씩 알아가면서 나는 그의 다른 작품들도 즐기게 됐다. 그러나 노을이 담긴 그 사진들만큼 순수한 향유는 아니었다.

지금 생각해보면, 내가 그의 사진집에서 '흑두루미와 함께한 날의 노을' 시리즈를 오려내 책상 앞에 붙인 일에는 예술적 감흥 이상의 은밀한 내통의 기미도 없지 않았던 것 같다. 깊은 밤, 곤히 잠든 아내를 깨워 자신을 사랑하느냐고 묻는 한 남자의 행동에 그 어떤 동정심도 느끼지 못한 까닭도 바로 거기에 있을 것이다. 그런데 거기에는 어떤 죄책감이나 미안함 같은 것도 존재하지 않았다. 살아오는 동안 가장 인상적인 노을을 하나 꼽으라면 나는 엄마가 죽던 날의 노을을 떠올릴 수밖에 없다. 그 노을이 그토록 인상적이었던 것은 이 세상 그 누구도 내가 본 것과 같은 노을을 볼 수 없다는 점 때문이었다. 그 누구도. 남편도, 아이도, 오빠도, 여동생도. 끝내 그 고통을 이해하지 못하고 엄마를 떠나보낸 내게 그 사실은 얼마나 위안이 됐는지 모른다. 위안이라고는 말했지만, 그건 이해하기 어려운 삶의 순간들, 예컨대 엄마의 죽음과 같은 특정한 순간들을 그 상태 그대로 받아들이게 만드는 체념과도 비슷한 것이었다. 그런 탓에 누군가 내가 본 것과 같은 노을을 봤다는 사실을 알게 되는 건 온 존재가 떨릴 만큼 놀라운 일이었다. 그 사진들은 내게 "쉽게 위안받을 생각하지 말고 삶을 끝까지 쫓아가란 말이야!"라고 말하는 것 같았다. 그 강렬한 경험에 비하자면, 남편의 느닷없는 질문은 내 눈썹 한 올도 흔들지 못할 만큼 시시했다.

남편의 느닷없는 질문이 내 머릿속에 떠오른 것은 그에 관한 자료조사를 끝낸 뒤, 이제 초고를 써야겠다고 마음먹고는 도입부에 대해 고민할 때쯤이었다. 그즈음에 이르러서야 나는 한 사람의 삶에 관해 이러쿵저러쿵 글을 쓴다는 게 얼마나 어려운 일인지 깨닫기 시작하고 있었다. 그는 언젠가 어느 사진잡지와 가진 인터뷰에서 "인간에게 망각은 불완전한 기능입니다. 완전히 망각할 수 있는 능력이 없기에 인간은 불완전해졌습니다. 저는 많은 것을 기억하기 위해서가 아니라, 많은 것을 망각하기 위해서 사진을 찍습니다"라고 말한 바 있다. 이 말이 그가 찍은, 그 하나하나의 사진마다 매 순간 변해가는 모습을 담은 수많은 인물사진들을 설명하는 데 과연 적당한지 따져보는 것은 아마도 내 능력을 벗어나는 일일 것이다. 나는 다만 그가 망각의 도구로 사진기를 이용했다고 말하는 데 주목했다. 이어지는 대답과 연결지어 생각할 때, 그의 이 말은 친구와 가족 들을 끊임없이 잊어버리기 위해, 혹은 끊임없이 그들을 떠나보내기 위해 사진을 찍는다는 의미가 될 듯했다. 그러고 나니 내가 조사한 자료들, 혹은 수없이 바라봤던 그의 사진들은 결국 그가 살아가는 동안 잊어버리려고 했던 것들의 목록일 뿐이며, 그가 마음속에 담아두려고 했던 것들은 결국 그가 찍지 않은 것이 아닐까는 의심이 들기 시작했다. 나는 그의 사진에 대한 평론집을 쓰는 게 아니니까 사진이야 어쨌든 상관없었다. 다만 인간으로서 그가 망각하지 않으려고 애썼던 것들이 무엇인지 알고자 하는 강한 열망만이 생겼다. 평전은 그 열망에서 시작해야만 했다.

그러다가 한밤중에 잠자는 나를 깨워 자신을 사랑하느냐고 묻던 남편의 목소리가 떠올랐고, 그 생각은 자유롭게 '흑두루미와 함께한 날의 노을' 시리즈로 옮겨갔다. 평소 같았으면 그 다음에는 엄마가 죽던 날의 그 노을과 함께 엄마에 대한 추억을 생각했을 텐데, 그날은 거기서 생각이 멈췄다. 그는 줄곧 친구와 가족에 대해서만 찍어온 사람이었는데, 왜 갑자기 흑두루미 따위를 찍을 생각을 했을까? 내가 모은 평론이나 기사 들은 그 시리즈를 '가장 독특한 작품'이라고 평가할 뿐, 왜 그런 독특한 작품을 찍게 됐는지에 대해서는 어디에도 언급돼 있지 않았다. 다만 그 시리즈가 전시됐던 개인전 팸플릿에 적힌 '작가의 말'에서 약간의 힌트를 얻을 수 있었다. 거기에 마지막 문장에는 다음과 같이 씌어 있었다. "이번 작품 중 '흑두루미와 함께한 날의 노을' 시리즈는 일본 문부성의 초청으로 후쿠오카에서 개최한 전시회 기간에 이즈미에 가서 찍은 사진들이다. 그럴 생각이 아니었는데, 어찌하다보니 거기까지 가게 됐다. 사실은 내 생에 처음이자 마지막인 기념사진이라고 할 수 있는데, 생각보다 잘 나온 셈이다. 일본측 코디네이터로 항상 나를 도와준 재일교포 김경석군이 아니었다면 애당초 찍을 마음도 없었을 것이다. 착해지지 않아도 돼, 경석군. 무릎으로 기어다니지 않아도 돼." 그러니까 그 사진들만은 잊지 않기 위해서 찍은 '기념사진'들이며, 그에게 '생에 처음이자 마지막'으로 그런 '마음'을 먹게 한 사람이 바로 그의 코디네이터인 '김경석군'이라는 사실을 나는 알 수 있었다. 나는 그 마음에 대한 얘기로 평전을 시작하겠다고 결심했다.

"착해지지 않아도 돼 / 무릎으로 기어다니지 않아도 돼"라는 구절은 미국 시인 메리 올리버가 쓴 「기러기」라는 시의 첫 문장이기도 하다. 그는 1991년 한 잡지에 쓴 수필 「당신이 다시 옷을 입을 때」에 이 시를 인용해놓았다. 사진집, 잡지나 신문, 전시회 도록 등에 작가의 말, 수필, 사진 이론과 평론 등 적지 않은 글을 그는 남겼는데, 어떤 식으로든 새를 언급한 것은 이 글이 유일했다. 나는 그가 새에 관해 언급한 게 있지 않을까 해서 자료를 뒤지다가 이 글을 발견했다. 이 글을 제외하면 새와 관련한 것은 배경에 희미하게 보이는 두세 마리의 새들이 찍힌 한 여자의 사진 한 장뿐이었다. 그는 "네가 누구든, 얼마나 외롭든,/너는 상상하는 대로 세계를 볼 수 있어./기러기들, 너를 소리쳐 부르잖아, 꽥꽥거리며 달뜬 목소리로—/네가 있어야 할 곳은 이 세상 모든 것들/그 한가운데라고"로 끝나는 이 시를 인용하면서 자신이 아는 리얼리티란 "무슨 일인가 일어나는 그 순간"을 의미한다고 써놓았다. 그는 "리얼리티는 변해가는 것이므로, 그것을 표현하고자 한다면 표현양식도 변하지 않으면 안 된다"라는 브레히트의 말을 거론하며, "무슨 일인가 일어난다. 그리고 그 순간, 예전으로는 되돌아갈 수 없다. 그게 바로 내가 아는 리얼리티다"라고 썼다. 그런데 특이하게도 그는 함께 잠을 잔 여자가 아침에 일어나 옷을 입는 순간을 리얼리티가 변하는 대표적인 순간으로 들었다.

"봄나무가 아니라, 봄이 되기 직전의 나무만큼 사람들의 시선을 타는 것도 없으리라. 계절이 바뀌기를 바라는 마음이 그렇게 헐벗은 나무들을 쳐다보게 만든다. 그러나 화신(花信)은 어김없이 찾아온다. 꽃은 봄이 왔다는 사실을 알려주는 데 그치지 않는다. 꽃이 모두 핀 봄나무는 우리가 새로운 세계에 접어들었음을 알린다. 예술가에게 프런티어란 새로운 세계 그 자체가 아니라 새로운 세계가 모습을 드러내기 바로 그 직전이다. 언젠가 나는 한 나신(裸身)의 여성에게 제발 천천히 옷을 입어달라고 애원한 적이 있었다. 무슨 일인가 일어나는 순간은 바로 거기에 있다. 그리고 그 순간, 우리는 예전으로 되돌아갈 수 없다. 유사 이래, 벌거벗은 여성이 성장(盛裝)을 한 여성으로 바뀔 때마다 세상은 한 번씩 변해왔다"라고 그는 썼다. 왜 흑두루미인가라는 의문에서 시작해 그가 쓴 글 중에서 새가 나오는 구절이 있지 않을까 해서 찾아 읽다가 발견한 이 글이 나는 좀 의아했다. 한 남자에게 세계가 바뀌는 순간은 한 여자가 옷을 벗을 때가 아닐까? 어째서 그는 옷을 다시 입는 순간에 리얼리티가 바뀌는 것이라고 생각한 것일까?

우연이라고 할 수도 있겠지만, 김경석씨의 연락처를 알아내는 과정에서 이 수필은 여러 번 내 머릿속에 떠올랐다. 그가 일본 문부성의 초청으로 후쿠오카에서 전시회를 연 것은 벌써 오 년 전의 일이었으므로 당시 그의 일본측 코디네이터였다는 김경석씨의 소재를 알아내는 일은 쉽지 않았다. 그러나 다행히도 출판사에서 내게 건넨 자료 중에는 후쿠오카 아시아미술관에서 열린 그의 초대전 팸플릿이 있었다. 그는 초대전이 개최되던 날, '내가 아는 리얼리티는 이렇습니다'라는 제목의, 그러니까 십여 년 전 그가 쓴 수필의 내용을 떠올리게 만드는 주제의 강연을 했는데, 김경석 씨는 그 강연에 앞서 그의 경력과 작품세계를 일본 청중들에게 소개하는 역할을 맡았다. 팸플릿에 규슈대학 문학부 박사과정에 재학중이라고 나와 있어 혹시나 하는 생각에 규슈대학 홈페이지를 검색해보니 그는 문학부에서 조교수로 근무하고 있었다. 홈페이지에 나와 있는 메일주소로 내가 누구인지 소개하는 글과 함께 오년 전 일본 전시회 중에 이즈미에 가서 흑두루미를 찍을 당시의 일들에 관해 몇 가지 묻고 싶다는 편지를 보냈다. 그리고 그 며칠 뒤, 나는 어쨌든 일단은 일본으로 가서 흑두루미를 봐야만 글을 쓸 수 있겠다는 결론에 이르렀다.

이런 종류의 평전이 큰돈을 벌어들이리라고 믿을 만한 사람은 많지 않을 것이다. 그건 애당초 내게 평전 집필을 제의한 출판사 편집자의 자신 없는 말투 그대로 "돈을 벌겠다고 들자면 다른 일도 많겠지만, 나름대로 의의는 충분히 있는 일이라고 생각"할 수 있는, 그러니까 집필 동기를 찾아봐야 기껏 그 정도를 넘지 않는 성격의 일이기 때문이었다. 그런 탓에 그게 학문적인 관심이든, 나처럼 개인적인 호기심이든 내적 계기가 마련되지 않은 상태에서 덥석 쓰겠다고 나서기는 어려웠다. 나는 내가 본 것과 똑같은 노을을 그도 봤다는 점 때문에 평전을 쓰기로 마음먹었다. 내게 내적 계기가 있다면 그것이다. 하지만 이런 계기란 논리적으로 설명하기가 어려운 것이다. 그래서 내가 흑두루미를 보기 위해 일본

가고시마까지 가야겠다고 말하면 남편이 쉽게 이해하기 어려울 것이라는 사실은 충분히 예상했지만, 그렇게까지 시큰둥한 반응을 보일 줄은 몰랐다. 남편은 이번에도 내게 두 가지 질문을 던졌다. 아이는 어떻게 하고? 돈은? 그저 흑두루미를 봐야만 평전 집필을 시작할 수 있겠다는 생각만 했지, 그런 걱정은 미처 하지 못한 상태였기 때문에 나는 머릿속에서 떠오르는 대로 둘러댔다. 결국 남편은 자신이 동행하는 조건으로 나의 가고시마행에 동의했다. 어쨌든 흑두루미를 볼 수만 있다면 상관없다고 생각해 그때는 나도 남편에게 그러자고 선선히 대답했다.

그리고 몇 통의 메일을 더 보낸 뒤에야 일본의 김경석씨에게서 회신이 날아왔다. 회신에는 메일함에 들어 있는 'Mia'라는 발신인 이름 때문에 그간 열어보지 않고 있다가 몇 통의 메일이 더 날아온 뒤에야 열어봤기 때문에 답장이 늦어졌다고 씌어 있었다. 'Mia', 그러니까 '미아'라는 건 당연하게도, 초등학교 시절부터 미아보호소로 가라는 놀림을 끊임없이 받아야만 했던, 내 이름이다. 하지만 왜 그 이름이 메일을 열어보는 것을 주저하게 만들었는지에 대해서는 더이상 설명하지 않은 채, 김경석씨는 지난 12일 이즈미 평야에서 월동하는 흑두루미에 대한 세번째 개체수 조사가 있었는데, 도합 9697마리로 집계됐다는 뉴스와 아마쿠사 앞바다에서 이동한 것으로 보이는 돌고래 100마리가 이즈미 근처의 바다에서 관찰됐다는 뉴스를 그대로 복사해놓은 뒤, 끝에다 "지금 한국어가 서툴기 때문에 다시 보내겠어요"라고 덧붙여놓았다. 이 메일의 의미를 내가 완전히 이해했다고 한다면 그건 거짓말일 것이다.

하지만 그가 복사한 뉴스 속에 나오는 흑두루미와 돌고래 사진은 그뒤로 오랫동안 머릿속에서 지워지지 않았다. 흑두루미는 그렇다 치고 돌고래 이동 소식은 왜 내게 보냈는지 김경석씨는 제대로 설명하지 못했지만, 내가 모르는 그의 의도와는 무관하게 나는 그 사진을 통해 왜 흑두루미가 그의 마음을 사로잡게 됐는지 나름대로 짐작할 수 있었다. 거북이 아니라 돌고래인 점이 유감이긴 해도 일본에는 '鶴は千年, 龜は萬年', 그러니까 '학은 천년, 거북은 만년'이라는 속담이 있다. 가족과 친구들의 일상이라는 변하기 쉬운 리얼리티에 평생 매혹됐던 사진작가가 매년 규칙적으로 아무르 강변에서 이즈미 간척지로 월동하는 흑두루미의 변함없는 리얼리티에 갑자기 끌렸다는 사실은 충분히 이해할 수 있는 일이었다. 한편으로 그건 엄마가 죽던 날 내가 바라본 노을을 그도 바라봤다는 것을 알게 됐을 때의 떨림을 떠올리게 만드는 것이기도 했다. 앞에서 말한 수필에서 그는 "그래서 여자가 옷을 입는 모습을 바라보는 일은 세상에서 가장 슬픈 장면이기도 하다"고 결론적으로 말한 바 있었다. 그 수필은 아무래도 '흑두루미와 함께한 날의 노을'을 옆에 두고 읽어야만 완전히 이해할 수 있을 것이다. 엄마의 죽음과 평생 잊지 못할 노을을 함께 놓고 봤을 때, 삶이라

는 게 얼마나 모순에 가득 찬 것인 동시에 논리적인 것인지 내가 이해한 것처럼 말이다.

삶이 얼마나 모순에 가득 찬 것인지, 하지만 또 얼마나 논리적인지…… 그 얼마 뒤의 일이었다. 대학원 강의를 마치고 차를 몰아 집으로 돌아오던 날 저녁의 일이었다. 가로등을 밝힌 강변도로는 퇴근하는 자동차들의 붉은 미등 물결로 가득 차 있었다. 전날 수업 준비를 하느라 꼬박 밤을 새워 녹초가 된 몸으로 나는 라디오에서 흘러나오는 기타 음악을 들으며 무심하게, 정말 아무런 생각도 없이 앞차의 꽁무니만 바라보면서 가속페달과 감속페달을 번갈아 밟아대고 있었다. 내 앞에도, 내 옆에도, 내 뒤에도 오직 나와 같은 속도로, 내가 가고자 하는 방향으로 움직이는 자동차들뿐이었다. 운전석에 몸을 깊숙이 파묻고 앉아서 그런 자동차들을 바라보는데 갑자기 눈물이 흘러내렸다. 돌아가는 길은 너무나 멀고도 힘든데 정작 내가 가고자 하는 곳이 정말 거기가 맞는지 알 수 없었기 때문이었다. 곧 나는 내가 기타라고 생각했던 악기는 기타가 아니라 우드라는 중동 지방의 민속악기라는 사실을, 눈앞이 흐려진 것은 느닷없는 눈물 때문만이 아니라 언제부터인가 떨어지기 시작한 겨울비 때문이라는 사실을, 그리고 이제 더이상 결혼생활을 지속할 수 없다는 사실을 한꺼번에 깨달았다. 나는 바로 남편에게 전화를 걸어 이혼하자고 말했다. 저녁모임을 가지고 있던 남편은 내게 이유를 물었다. 나는 엄마의 병실에서 가져온 백합 얘기를 꺼냈다.

　엄마는 식탁 위에 즐겨 백합을 꽂아두고 그 잎에 묻은 먼지까지 휴지로 닦아내던 사람이라, 일요일 늦은 아침을 먹을 때면 다리를 꼬고 앉아 오른발을 까딱거리며 그런 엄마에게 핀잔을 주던 기억이 늘 마음속에 따뜻한 추억으로 남아 있었다. 엄마가 죽기 며칠 전, 병원에 가는 길에 꽃가게에 들러 나는 엄마가 좋아하던 백합 한 다발을 샀다. 병실에 꽂아두니 그 향기가 가득했는데, 엄마는 백합 쪽으로는 시선도 돌리지 못한 채, 향기가 너무 강해 숨 쉬기가 어려우니 그 꽃을 치워달라고 내게 부탁했다. 하는 수 없이 그 백합을 들고 집으로 돌아와 엄마와 함께 찍은 사진 옆에 꽂아뒀다. 그리고 며칠 뒤, 엄마가 죽었다. 하지만 그 백합은 조금 더 오래갔다. 내가 본 그 어떤 백합보다도 더 오랫동안 지지 않고 있었다. 꽃은 오래지 않아 시들었지만, 그 푸른 줄기만은 엄마가 죽고 삼 주가 지난 뒤까지도 생생했다. 그리고 어느 날, 집에 왔다가 남편이 그 꽃을 버렸다는 사실을 알게 됐다. 눈물이 범벅이 된 얼굴로 나는 당황하는 남편을 향해 고래고래 소리를 내질렀다. "갖다 놔. 다시 갖다놔. 엄마 꽃 다시 갖다놔." 내 얘기를, 부주의하게 백합을 버린 일 때문에 이혼하자는 말로 들은 남편은 그때만큼 당황한 목소리로 자신은 여전히 나를 사랑하며, 나 없이는 더 이상 살아갈 의미를 알 수 없으며, 내가 원하는 대로 좀더 사려 깊은 사람이 되겠다고 말했다. 나는 말했다. 이혼하자고. 이혼해달라고. 제발 이혼해달라고. 남편은 당황한 목소리로 내게 말했다. 자신은 여전히 나를 사랑한다고, 나 없이는 더이상 살아갈 의미를 알 수 없다고, 내가 원하는 대로 좀더 사려 깊은 사람이 되겠다고. 다시는 백합을 버리지 않겠다고.

그 일이 있고 나서 남편은 잠시도 나를 혼자 있게 내버려두지 않았지만, 웬일인지 처음과 달리 일본에는 혼자서 다녀오라고 말했다. 자신은 일도 많고 또 흑두루미를 보는 일에는 영 자신이 없으니 대신에 평전을 다 쓰고 난 뒤, 아이는 시댁에 맡기고 둘이서 뉴질랜드에 다녀오자고 말했다. 아마도 이즈미에 가서 흑두루미를 보게 된다면 얘기가 또 달라지겠지만, 그즈음에는 과연 평전을 다 쓸 수 있을지 나도 의문이었다. 하지만 평전을 쓰든 쓰지 못하든 나는 흑두루미를 보러 가기로 했다. 오랫동안 사용하지 않았던 한국어를 다시 익히기 시작한 김경석씨와 몇 번 메일을 주고받은 뒤, 일단 후쿠오카까지 가서 그와 함께 이즈미로 가 흑두루미를 보기로 했다. 메일을 주고받는 과정에서 김경석씨가 왜 이즈미 근처의 바다로 찾아온 100여 마리의 돌고래에 관한 기사를 내게 보냈는지 알게 됐다. 오 년 전, 그와 김경석씨는 야생 돌고래를 보기 위해 그 서식지인 아마쿠사에 갔다고 했다. 그러니까 김경석씨가 처음 내게 보낸 메일에는 올해에는 돌고래들이 아마쿠사에서 이즈미로 옮겨갔다고 하니 이즈미에서 돌고래와 흑두루미를 모두 볼 수 있게 돼 시간을 절약할 수 있다는 의미가 담겨 있던 셈이었다.

왜 처음 내가 보낸 몇 통의 메일에 답장하지 않았는지도 곧 알게 됐다. 후쿠오카 공항에서 만나자마자 우리는 가고시마로 가는 국내선 항공편으로 갈아탔다. 유학생이었던 부모를 따라 세 살 때 일본으로 건너간 이른바 '뉴카마(new comer)'인 김경석씨는 내게 보낸 메일의 서툰 한국어 문장과는 달리 회화는 능통했다. 김경석씨는 오 년 전의 일들을 여전히 따뜻한 추억으로 기억하고 있었기 때문에 그의 때 이른 죽음을 안타까워했다. 그러면서 김경석씨는 그의 작품이란 죽어가는 것들에 대한 가장 따뜻한 연민을 담고 있다고 말해 나를 깜짝 놀라게 했다. 내심 나는 그가 말한 '다른 리얼리티'의 핵심이 사실은 친구와 가족 들의 일상이 아니라 그들의 죽음이 아닐까고 줄곧 생각하고 있었기 때문이었다. 그래서 오 년 전 그가 후쿠오카에서 했다던 강연 '내가 아는 리얼리티는 이렇습니다'에서 그런 얘기를 했느냐고 내가 김경석씨에게 물었다.

내 질문에 김경석씨는 조금 생각해보더니 그런 내용이 있기는 했지만(예컨대 늘 말해왔다시피 자신은 '불완전한 인간이기 때문에 사진을 찍는다'는 식의), 자신이 그런 생각을 하게 된 것은 다른 이유 때문이었다고 대답했다. 그러니까 전시회가 열리기 전 이틀 동안 후쿠오카 주변을 관광하는 프로그램이 초청 일정에는 포함돼 있었습니다, 라고 김경석씨는 말했다. 후쿠오카에서는 대개 아마쿠사 쪽 경관이 괜찮으니까 그 섬을 한 바퀴 돌고 나서 바다가 보이는 노천 온천에 가는 것으로 관광을 마치는 편입니다. 그래서 택시를 대절해서 섬을 돌다가 제가 말했습니다. '선생님, 돌고래 좋아하지 않습니까?' '돌고래?' '예, 돌고래.' '하카타에서도 돌고래 얘기하더니. 돌고래가 좋은 모양이지?' '그건 갇힌 돌고래고, 아마쿠사에는 야생 돌고래가 있습니다.' 돌고래, 좋아하지 않습니까? 저는 어릴 때부터 돌고래를 좋아했습니다. 돌고래를 보고 있으면 마음이 편해지거든요. 김경석씨는 천진한 눈빛으로 나를 바라보며 말했다. 그였다면 아마도 그 눈빛에 사진기를 들이밀었을지도 모르겠다. 그렇게 해서 느닷없이 야생 돌고래를 보러 간 두 사람은 거기서 다시 가고시마로 가기로 했다. 일본 사람들은 누군가를 초청하게 되면 시간 단위가 아니라 분 단위로 일정을 짭니다. 돌고래를 보러 간 것만 해도 둘만의 대단한 일탈이었는데, 거기서 가고시마까지 가게 됐으니 후쿠오카에서는 난리가 난 거죠.

아마도 우리가 내렸던 바로 그 가고시마 공항에 오 년 전 그도 도착했을 것이다. 그때와 마찬가지로 거기서 김경석씨와 나는 규슈 신칸센을 타고 이십삼 분 거리에 떨어진 이즈미로 향했다. 기차 안에서도 김경석씨의 이야기는 계속됐다. 왜 이즈미를 가게 됐느냐면 선생님이 저한테 돌고래가 왜 그렇게 좋으냐고 물었기 때문입니다. 그래서 미아, 그러니까 미아 선생님과 이름이 똑같은 사람인데, 그래서 처음에는 숨이 멎는 것 같아서 답장도 못 했는데, 그 사람에 대해서 얘기했습니다. 그는 나와 마찬가지로 '미아'라는 한국 이름이 가운데 들어간 스웨덴 여자에 대해 얘기했다. 물론 그 여자는 입양아였다. 하지만 자신의 이름에 늘 따라다니는 미아라는 한국 이름 때문에 언젠가 한 번은 자신의 뿌리를 찾아 한국어를 배우겠다고 마음먹다가 대학 시절에 연세대 외국어학당에 오게 됐고, 그렇게 해서 비슷하게 자신의 모국을 찾아온 김경석씨와 만나게 됐다. 그뒤의 일들은 다른 사람들의 경우와 마찬가지다. 서로 비슷한 사람들끼리 사랑에 빠지게 된 것이다. 하지만 결국 미아는 한국을 저주하고 떠나게 됐다고 김경석씨는 내게 말했다. 미아란 이름이 누가 지어준 이름이 아니라 그냥 미아, 잃어버린 아이라는 뜻이라는 걸 미아가 알게 됐거든요. 하지만 나는 사랑하는데 어떻게 해요. 죽도록 사랑하는데 어떻게 해요. 가지 말라고도 말했고, 스웨덴으로 따라 가겠다고도 말했어요. 그래도 소용없었습니다. 그리고 편지를 주고받았어요, 계속. 사실은 알고 보면 일본에 살고 있는 자이니치(在日)로서 저도 미아인 셈이에요. 미아를 이해할 수 있는 남자는 세상에 저밖에 없어요. 그런데 스웨덴으로 돌아가고 난 뒤로 미아가 점점 한국어를 잊어버리게 된 거죠. 편지는 점점 짧아지고 우리는 더이상 소통할 수 있는 방법이 없어졌어요. 사람이 서서히 눈이 멀어가는 것, 그게 아니라면 사랑하는 사람이 서서히 죽어가는 것, 그런 느낌과 아주 비슷해요. 마지막 편지에는 그냥 안녕이라는 말뿐이었어요. 왜 돌고래를 좋아하느냐, 그래서일 거예요.

이즈미 역에서 내려 택시를 잡아타고 간척지로 가달라고 말하자, 초로의 택시기사는 바로 우리가 흑두루미를 보러 왔다는 사실을 알아차렸다. 이즈미는 전 세계 흑두루미의 90퍼센트가 월동하는 지역이라, 흑두루미 1진이 도착하는 10월부터 마지막 흑두루미가 시베리아로 떠나는 2월까지 흑두루미를 보러 오는 사람들로 북적댔다. 택시기사는 오늘은 네번째 철새 카운트가 있는 날이라 새벽부터 사람들이 간척지로 모여들고 있다고 말했다. 지난번 카운트까지도 10,000마리를 넘지 않아서 카운트를 하는 인근 중학교 학생들뿐만 아니라 이즈미 시민들 모두가 초조해하고 있는 중이라고 택시기사는 말했다. 간바레! 간바레! 쓰루요, 간바레! 택시기사가 소리쳤다. 메이초니까 한국말로는, 이라고 김경석씨가 말했을 때 말하기 좋아하던 그 택시기사가 끼어들었다. 메이초를 보러 오는 사람들도 가끔 있어요. 다들 흑두루미에만 관심이 있으니까 엄청나게 큰 필드스코프를 들고 와서는 북아메리카에서 다른 철새들을 따라 이쪽으로 날아온 메이초를 찾아내는 사람들이 있어요. 메이초란 그러니까 미조(迷鳥), 무리에서 떨어져나와 길을 잃은 철새를 뜻했다. 돌고래를 보고 돌아오는 길에 내가 미아 얘기를 하니까, 선생님은 언젠가 봤던 미조가 생각났나봐요. 누군가의 사진을 찍은 적이 있었는데, 그 사진의 배경에 낯선 새가 찍혀 있었다고 해요. 나중에 조류도감을 찾아보고 나서야 그게 흑두루미일 수 있다는 걸 알게 됐다고 했는데, 정말 맞는지 이즈미에 가서 보자고 나한테 부탁한 거죠.

멀리서 "얏타, 얏타, 요캇타아, 요캇타아"라고 외치는 소리와 함께 박수 소리가 들렸다. 택시기사는 주먹을 불끈 쥐면서 말했다. 삼 년 연속 10,000마리 돌파! 택시기사는 룸미러를 통해 우리의 표정을 살폈다. 우리는 차창을 내리고 소리가 나는 쪽을 쳐다봤다. 전망대에 늘어선 사람들 머리 위로 한 무리의 흑두루미들이 솟구쳐오르는가 싶더니 하늘에 흑두루미들이 가득했다. 흑두루미들은 구름이 잔뜩 낀 흐린 하늘을 배경으로 천천히 선회했다. 흑두루미들이 솟구쳐오르자, 택시기사는 그 자리에서 차를 멈추고 차창 밖으로 목을 빼 그 모습을 올려다봤다. 흑두루미들은 유유히 날아다니고 있었다. 그 모습에 갑자기 마음이 들뜨게 된 김경석씨가 택시기사에게 빨리 전망대 쪽으로 가자고 채근했다. 택시기사는 그제야 생각났다는 듯이 다시 시동을 걸고 차를 몰았다. 올해는 모든 철새를 합쳐서 10,500마리가 넘기를 다들 마음 깊이 열망하고 있습니다. 지금까지 최고 기록은 1997년 10,469마리였거든요. 만약 10,500마리가 넘어간다면 학 클럽 학생들에게는 최고의 크리스마스 선물이 될 거예요. 다음 카운트는 크리스마스 아침에 있는데, 꼭 그걸 보고 가세요. 택시기사가 들뜬 목소리로 말했다. 택시기사의 흥분이 조금 가라앉자 김경석씨가 말했다. 와서 보니까 그건 흑두루미가 맞았어요. 아무르 강변에서 좀 늦게 출발하는 흑두루미들이 있거든요. 한반도를 거쳐서 이즈미까지 오는 게 원래 흑두루미들의 월동 경로인데, 늦게 출발하면 여기까지 오지 않고 한반도에 머무는 녀석들이 있죠. 많지는 않고 한 열 마리 정도? 1984년인가, 그런 흑두루미들을 봤다고 하더군요.

나는 내가 본, 배경에 두세 마리의 새가 찍혀 있는 한 여자 사진을 기억해내려고 무진 애를 쓰고 있었다. 그 사진에 찍힌 여자는 몸에 달라붙는 짙은 색 니트류의 옷을 입고 긴 머리칼을 흩날리며 카메라를 향해 웃고 있었는데, 그의 사진이 대부분 그렇듯 초점은 흐려 있었다. 친구와 가족 들을 찍은 그의 사진이 늘 그렇듯 그 사진에서도 포토그래퍼의 감정은 너무나 과잉이었다. 그 감정 과잉 상태는 다른 사진에서도 흔히 나타났기 때문에 예전에는 그걸 크게 신경쓰지 않았는데, 김경석씨의 얘기를 듣고 나서야 그 감정이 깊은 사랑이었음을 깨달을 수 있었다. 계속해서 사진에 등장하는 다른 친구와 가족 들과 달리 그녀의 사진은 그것 한 장뿐이었다. 김경석씨의 말대로 그 사진은 1984년에 찍은 사진이 맞기는 했는데, 그해에 그가 찍은 사진은 그것뿐이었다. 그해에 그는 슬럼프에 빠졌던 것인지, 아니면 자신의 작업에 회의가 들었던 것인지 사진을 더이상 찍지 않고 대신 방배동에다 돈가스가게를 차렸었다. "요리에 취미도 있었고, 무엇보다도 돈을 좀 벌고 싶어서"라고 그는 인터뷰에서 말했다. 그날 본 노을을 자신은 평생 잊을 수 없다고 하더라구요. 택시에서 내려 전망대 쪽으로 걸어가며 그런 생각에 잠겨 있는데, 김경석씨가 말했다. 뭐라고요? 내가 다시 물었다. 그날 본 노을을 자신은 평생 잊을 수 없다고 하더라구요. 메이초, 미조, 흑두루미를 만난 날, 본 노을을 평생 잊을 수 없다고요. 왜 그런지는 얘기하지 않았어요. 제 말이 별 도움이 되지 않죠? 아니요. 계속 얘기해봐요. 그리고 여기 와서 그 사람이 어떻게 했어요? 내가 김경석씨에게 다그쳤다. 해가 질 때까지, 둘이서 기다렸어요. 저기쯤인가? 그때와 많이 달라져서 잘 모르겠네요. 해가 질 때까지 무슨 얘기를 했나요? 기억나는 얘기가 거의 없어요. 특별한 얘기는 없었어요. 저녁에 뭘 먹을까, 그런 얘기를 많이 했었는데 그때도 그랬겠죠. 글쎄, 무슨 얘기를 했을까? 역시 도움이 안 되는군요. 그런 김경석씨를 뒤로하고 나는 오 년 전 그와 김경석씨가 서 있었다던 곳으로 걸어갔다.

그리고 해가 저물 무렵, 그는 내가 서 있던 그 자리에서 사진을 찍었다. 거기 서면 흑두루미들을 비롯한 추운 지방의 철새들이 빼곡하게 몰려앉은 들판이 있고 그 너머는 서쪽 바다였다. 거기서 그는 평생 한 번도 찍지 않았던 풍경사진, 그러니까 "재일교포 김경석군이 아니었다면 애당초 찍을 마음도 없었"던 "생에 처음이자 마지막인 기념사진"을 찍었다. 그러니까 "기억하기 위해서가 아니라 망각하기 위해서". 나는 흑두루미들이 선회비행을 하는 하늘을 올려다봤다. 그 모든 광경을 바라보기에는 내 시야가 너무나 좁아 나도 모르게 고개를 좌우로 돌렸다. 너무나 큰 세계였다. 흑두루미들은 그렇게 큰 세계를 가로질러 아무르 강변에서 이즈미까지 날아온 셈이었다. 우리가 그 세계를 증언할 수 없다는 것은, 그러니까 그 모든 것을 기억할 수 없다는 것은 너무나 분명했다. 하지만 또한 우리는 그 모든 것을 망각할 수도 없었다. 그가 찍은 사진들 속에서 친구와 가족 들은 하나둘 늙어가고 병들어가고 또 죽어갔다. 그의 사진들 속에서 사람들은 얼마나 복잡한 존재로 살아갔는지, 하지만 그들은 또 얼마나 끊임없이 변해갔는지. 거기서 나는 비로소 그가 평생에 걸쳐서 찍은 친구와 가족 들의 일상을 이해할 수 있었다. 또한 그가 단 한 번만 찍고 다시는 찍지 않았던, 그의 말을 빌리자면 "평생 잊지 못할 노을"을 이해할 수 있었다.

내 입에서는 그가 인용한 「기러기」라는 시가 흘러나왔다. 착해지지 않아도 돼. 무릎으로 기어다니지 않아도 돼. 사막 건너 100마일, 후회 따윈 없어. 몸속에 사는 부드러운 동물, 사랑하는 것을 그냥 사랑하게 내버려두면 돼. 그러면 세계는 굴러가는 거야. 그러면 태양과 비의 맑은 자갈들은 풍경을 가로질러 움직이는 거야. 대초원들과 깊은 숲들, 산들과 강들 너머까지. 그러면 기러기들, 맑고 푸른 공기 드높이, 다시 집으로 날아가는 거야. 네가 누구든, 얼마나 외롭든, 너는 상상하는 대로 세계를 볼 수 있어. 기러기들, 너를 소리쳐 부르잖아, 꽥꽥거리며 달뜬 목소리로— 네가 있어야

할 곳은 이 세상 모든 것들 그 한가운데라고. 그 한가운데 서서 나는 고개를 들고 흑두루미들이 선회비행을 마치고 들판으로 다시 내려올 때까지, 철새들을 카운트했던 중학생들도, 그 광경을 지켜보기 위해 새벽부터 몰려들었던 관광객들도 다들 돌아가고 나서도 한참이 지날 때까지, 그 한가운데 서서 가만히 흐린 하늘을 지켜보고 서 있었다. 그 한가운데 서서. 노을을 기다리며. 다시 집으로 날아가는 새들을 볼 수 있을 때까지.

웃는 듯 우는 듯, 알렉스, 알렉스

．．．．．．．．．．．．．

우리가 완벽한 어둠 속으로 들어가기 전까지 이야기는 계속 고쳐질 것이다. 그는 자리에서 일어나 천천히 걸어가기 시작했다. 이제 그가 어디로 가느냐에 따라서 첫 문장은 달라질 것이다. 그는 어둠 속 첫 문장들 속으로 걸어갔다.

1

　그러니까, 그해 여름. 그는 그 아름다운 유럽풍의 해변도시에서 지냈는데, 단 하루도 술에 취하지 않은 날이 없었다. 거기는 그런 도시였다. 상인들은 해변도로로 몰려와 가로수 사이에 줄을 설치하고 도라에몽이나 미키마우스 같은, 혹은 그와 비슷한 모양의 조잡한 동물 얼굴 풍선을 매달아놓았다. 관광지의 상품답게 그 동물들은 모두 환하게 웃는 모습이었지만, 어쩐지 두 눈동자만은 울고 있는 듯했다. 풍선들 너머로는 그 도시의 관광명소인 잔교(棧橋)가 보였고 그 뒤는 바다였다. 가져온 돈이 점점 더 바닥나던 마지막 며칠간, 그는 풍선들이 보이는 길가에 혼자 앉아서 맥주를 마시곤 했다. 날씨의 변화에 따라, 구름의 움직임을 쫓아, 혹은 햇살의 각도에 의해 우는 듯 웃는 얼굴들 너머로 보이는 바다의 색깔이 회색에서 진청 사이를 오갔다. 색깔이 바뀔 때마다 그 얼굴들이 흔들렸다. 바다 쪽으로, 그리고 도시 쪽으로, 그러다가는 다시 허공으로. 이따금 관광객들은 아침부터 맥주를 마시는 그를 보고 얼굴을 찌푸리기도 했다.

그 도시에서는 모든 게 그런 식이었다. 느닷없이 비가 내리다가도 문득 날이 개기도 했으며, 갑자기 일어난 바람이 이윽고 잠잠해지곤 했다. 힐끔, 빛과 바람이 그 자리를 서로 바꾸는 모습이 보이는 한순간, 옛 조계지 오래된 건물의 갈라진 금에서, 혹은 울퉁불퉁 솟아난 보도의 틈새에서, 그것도 아니라면 지나가는 관광객들의 웃음소리 사이에서 슬금슬금 잊었던 기억들이 솟구치곤 했다. 뜨거운 안개처럼 사리사리 피어난 기억들은, 미처 알아차리기도 전에 재빠르게 말라버렸다. 그 도시에서는 어쨌든 찰나의 미학에 익숙해진다. 술이 덜 깬 얼굴로 아침에 일어나 호텔의 나무 격자창을 열어젖히면 방 안으로 밀려드는 새벽 공기 속에서 늘 오마르 카이얌의 향취가 풍겨났다. 오라, 와서 잔을 채워라. 봄의 열기 속에 회한의 겨울옷일랑 벗어던져라. 세월의 새는 멀리 날 수 없거늘 어느새 두 날개를 펴고 있구나.

좋은 술과 후회 없는 인생이란 그런 풍토에서 빚어지는 것. 술과 인생은 무더운 여름날 꺼내놓은 생선과 같으니, 그 즉시 음미하지 않으면 상해버리고 만다. 그 도시에서 자신이 마셔댄 맥주라는 걸, 그는 그렇게 이해했다. 몇 모금 마시는 사이에 자신의 인생은 변해버렸고, 이제 다시는 예전으로 되돌아갈 수 없다는 사실을 그는 깨닫게 됐다. 아마도 이런 날이 찾아오리라는 것을 그는 오래 전부터 짐작하고 있었을 것이다. 오래 전부터. 그러니까 아내에게 전화를 걸어 약속시간에 늦는다고 말하며 그 교차로를 지나가던 그 순간부터. 푸른 신호등이 노란색으로 바뀌었다가 다시 빨간색으로 옮겨가던 그 짧은 순간부터. 그로부터 그의 삶은 미세한 균열을 일으키며 부서지기 시작했다.

인생이 한없이 허약한 것이라는 사실을 이해하지 못해서 다른 사람들은 하나의 인생만을 살아가는 게 아니라는 것을 그는 처음 묵은 샹그릴라 호텔에서 깨달았다. 도착하자마자 그는 입고 온 옷을 모두 벗어던지고 예약할 때부터 부탁해놓은 퀸 사이즈의 더블베드로 들어가 잠들었다. 풀을 먹인 시트에서는 마른 종이 냄새가 났다. 아침에 깨어나면 넥타이를 맨 비즈니스맨들 사이에 혼자 앉아서 조식 뷔페를 먹었다. 웨이터가 다가와 커피를 따르려고 하면 손을 들어 만류하면서. 다시 올라가서 잠을 자야만 했기 때문에. 식사를 마친 뒤, 그는 다시 객실로 올라가 두 겹의 커튼을 모두 치고 침대 속으로 들어갔다. Do Not Disturb. 이제 그의 존재는 조금씩 지워지고 있었다. 누구도 그의 잠을 방해할 수는 없었다. 그 도시에서 그에게는 다른 이름이 있었다.

그렇게 그는 호텔에서 주는 조식 뷔페만 먹은 뒤, 종일토록 어두운 방에서 잠을 자다가, 깨어나면 다시 잠들 때까지 맥주를 마시기만 했다. 그런 시간이 얼마간 흐르다가, 문득 잠에서 깼다. 방 안은 어두웠기 때문에 낮인지 밤인지 분간되지 않았다. 그가 침대에서 빠져나와 커튼을 젖히자, 맞은편 고층빌딩의 불빛들과 도로의 가로등 불빛들과 움직이는 자동차 불빛들이 객실 창으로 쏟아졌다. 그는 자신의 얼굴을 만져보다가 생각났다는 듯이 가방을 뒤져 여권을 찾았다. 여권은 비행기에서 읽고 있던 책 사이에 끼어 있었다. 오랜 잠으로 두 눈은 어둠에 익숙해져 있었기 때문에 그는 창으로 비치는 수많은 불빛에 기대 여권에 적힌 인적사항을 읽을 수 있었다. 그러다가 그는 그 문장을 보게 됐다.

"될수록 피하고 싶다고 생각했으나 나는 역시 너의 『침묵의 사내』에 대한 주제넘은 항변—아니 항변이 아니다. 그런 일은 생각지도 못했다. 다만 반대했을 뿐이었다—으로 시작한 싫은 소리를 다시 꺼내어 계속해서 그 문제를 다시 한번 논해야 한다." 다음날 아침, 그는 국화 모양의 빵을 씹으며 그 문장을 몇 번이나 되풀이해서 읽었다. 그는 그 문장의 핵심이 "될수록 피하고 싶다고 생각했으나"에 있다고 여겼다. 그 구절이 없다면 그 문장은 죽은 문장이나 마찬가지였다. 이따금 그는 고개를 들어 천장을 바라보기도 했다. 천장에는 상현달과 갖가지 모양의 별자리가 그려져 있었고, 그 사이는 어둡고 텅 빈 공간으로 채워져 있었다. 그는 "나는 더이상 내가 아니다"라고 소리내어 말해봤다. 누구도 그 소리를 듣지 못했다. 이로써 그가 살아온 삼십이 년 동안의 인생이 종지부를 찍게 됐다.

그렇게 사흘을 보낸 뒤, 그는 짐을 챙겨서 호텔을 나섰다. 그는 호텔 앞 버스정류장에 서서 한참 동안이나 오가는 버스들을 바라봤다. 버스의 앞쪽에는 목적지가 씌어 있었으나 그가 아는 지명은 하나도 없었다. 그는 그 이름들을 하나하나 읽어보다가 구 시가지와 신 시가지 사이를 오가는 이층버스에 올라탔는데, 그건 전적으로 그 버스가 한국에서는 보기 힘든 이층버스였기 때문이었다. 위층 맨 앞자리에 앉아서 그는 멍하니 자신 쪽으로 다가왔다가는 버스 지붕 너머로 사라지는 플라타너스 이파리들을 바라봤다. 버스는 공원 옆길을 지나 언덕을 넘어갔으며, 거기서부터는 해안도로를 따라갔다. 해안도로로 접어들자마자 잔교가 그의 눈에 들어왔다. 방파제와 그 끝에 있는 등대를 연상시키는, 그다지 볼품없는 콘크리트 구조물인 잔교에는 수많은 관광객들이 몰려 있었다. 그 때까지만 해도 잔교의 역사적 의미를 알지 못했으므로 그는 그 광경을 약간 기이하다는 표정으로 바라봤다.

내력을 알 수 없는 모든 것들은 낯설기만 했다. 그러므로 잔교 앞 버스정류장에서 내려 천천히 해안도로를 따라 걸어가던 그의 모습은 분명히 이질적인 풍경이었다. 그는 여전히 양복 차림에 검은색 가방 하나만을 들고 있었다. 나흘 전, 집을 나섰을 때의 모습 그대로였다. 잔교 방향으로 걸어가던 그는 바다를 바라보고 선 호텔 앞에서 걸음을 멈췄다. 지어진 지 오십 년쯤 되어 보이는, 무척이나 낡은 건물이었다. 그는 가방에서 캔맥주를 꺼내 뚜껑을 딴 뒤, 고개를 젖히고 맥주를 들이켰다. 태양은 하늘 높이 떠 있었고, 또 붉었고, 한편으로 눈부셨기 때문에 오랫동안 바라볼 수 없었다. 그는 두 눈을 감았다. 뜨거운 날씨에 비해서 맥주는 조금 싱거웠다. 비어버린 캔을 휴지통에 던져넣으며 그는 다시 졸리다고 생각했다.

그는 곧장 그 호텔을 향해 걸어갔다. 주로 내국인들을 상대로 하는 관광호텔이었는데, 연신 몰려드는 투숙객에 비해 로비는 형편없이 좁았고 군데군데 얼룩이 진 카펫에서는 찻잎이 썩어가는 듯한 퀴퀴한 냄새가 났으나 그만큼 프런트에 적혀 있는 객실료는 저렴했다. 그는 그중에서 가장 싼 방을 달라고 했다. 프런트의 여직원은 목부터 점점 붉게 바뀌는 그의 얼굴을 바라보며 숙박카드를 내밀었다. 그는 볼펜을 잡고 이름과 국적과 여권번호 등을 적을 수 있게 만든 빈칸을 한참이나 들여다봤다. 그제야 그는 자신이 기븐 네임도, 패밀리 네임도 기억하지 못하는 처지라는 걸 깨닫게 됐다. 그가 가방에서 책을 꺼내는데, 그 사이에 끼어 있던 여권이 바닥으로 툭 떨어졌다. 그는 여권을 주워 펼친 뒤, 앞쪽의 인적사항을, 당연하게도 다른 사람의 것인 양 바라보며 빈칸을 채웠다. 그는 영문자를 눌러쓰면서 그 이름을 하나하나 발음해봤다. 이제부터 그게 그였다. 그게 그의 이름이었다.

2

알렉스라는 이름은 당연하게도 알렉산드로스에서 유래했다. 그 이름에는 '전사' '지키는 사람'이라는 뜻이 담겨 있다. 재클린의 경우에는 좀 사정이 복잡하다. 프랑스식 이름인 재클린은 자크의 여성형이다. 자크는 구약성서에 나오는 야곱을 뜻한다. 형의 보복을 피해 사막을 방랑하다가 사다리를 보게 되는 야곱 말이다. 그래서 재클린의 이름 속에는 그 사다리를 따라 들려온 하느님의 음성이 숨어 있다. 그러니까, "네가 어디로 가든지 너를 지키며 너를 이끌어 이 땅으로 돌아오게 하리라"라는 구절. 그런 점에서 알렉스와 재클린은 그 이름에서부터 서로 어울렸다. 사 년 전 축제가 열리던 에든버러 성 앞의 비탈길 로열 마일에서 알렉스는 중국식당인 '사이공 사이공'을 찾는 재클린과 우연히 마주치게 됐다. 직업상 에든버러의 식당가에 대해서는 모르는 바가 없었으므로 알렉스는 약간의 유머를 곁들여 위치를 설명해 재클린에게 좋은 첫인상을 남길 수 있었다. 둘이서 처음 나눈 대화가 중국식당의 위치에 관한 것이었다는 사실이 알렉스에게는 그 만남이 얼마나 운명적인지 보여주는 좋은 사례로 여겨졌다.

그러고 보니 재클린이 어이가 없다는 듯 "'사이공 사이공이 어딘지 아세요?'라는 물음에 '배꼽에서 2인치 아래'라고 대답한 게 운명적이라고?"라며 되물은 곳도 런던 코벤트 가든의 한 레스토랑이었다. 알렉스는 포크를 흔들어가며 "왜냐하면"이라며 말을 꺼내기 시작했다. 그럴 때, 알렉스는 세계의 운명에 관해서 말하는 것처럼 진지한 표정을 지었다. 왜냐하면, 동방 원정에 나섰던 마케도니아의 그 위대한 왕과 같은 이름을 썼기 때문인지 어린 시절부터 자신에게는 스물다섯 살이 되면 동양으로 여행을 떠나겠노라는 야심찬 계획이 있었다. 하지만 재클린을 만나기 전까지만 해도 계획은 계획에 불과했지만, 이제는 드디어 꿈을 이룰 기회가 찾아온 셈이다, 라고 알렉스는 떠들어대기 시작했다. 당시 자신은 시인이라면 시인이랄 수 있었으므로(물론 이 말은 건달이라면 건달이랄 수 있다는 뜻이었지만) 낯선 풍경을 좋아하는 그래픽 디자이너인 재클린과 힘을 합친다면 돈도 벌고 경력도 쌓으면서 초호화판 세계일주여행을 할 수 있다고 알렉스는 확신에 찬 목소리로 설득했다.

그런 무모하고 철없는 꿈에는 아무런 관심도 없으면서도 예의상 "어떻게?"라고 물었을 때, 재클린은 이미 알렉스가 놓은 덫에 걸린 셈이었다. 『타임아웃』 등 스트리트 매거진에다 정기적으로 레스토랑 비평을 기고한 경험이 있는 알렉스는 동양의 도시를 돌면서 잡지를 만들면 된다고 말했다. 알렉스는 잔을 들어 테이블 위에다가 물을 조금 쏟아부은 뒤, 포크로 세계지도를 그리기 시작했다. 아프리카에서 인도는 날렵하게 그렸지만, 동남아시아의 복잡한 해안선은 대충 표시한 뒤, 중국 동해안을 거쳐 한반도를 지나 그 선은 완성됐다. 알렉스는 마지막으로 컵의 물을 조금 더 떨어뜨려 일본을 그렸다. 거기서 둘은 다시 영국으로 돌아올 예정이었다. 재클린은 그날 알렉스가 식당 테이블에 물로 그린 세계지도에 반해버렸지만, 그 지도가 얼마나 엉성한 것인지는 미처 깨닫지 못했다. 그러니 처음 도착한 이스탄불에서부터 두 사람은 말 그대로 운명공동체가 될 수밖에 없었다.

그럼에도 재클린이 여행을 그만두지 않은 까닭은 알렉스의 숨은 재능이 그 여행에서 빛을 발했기 때문이었다. 알렉스는 재클린의 무의식에 자신이 천재라는 사실을 심어놓기 위해 갖은 수를 다 썼는데, 그중 하나가 별자리 얘기였다. 뭐든지 저울 위에 올려놓고 재어보는 천칭자리라면 천재와는 거리가 멀 텐데도 알렉스의 얘기를 듣고 있노라면 그는 태어나면서부터 모든 사물과 인간의 영혼이 지닌 무게를 잴 수 있는 예술가처럼 느껴졌다. 그런 알렉스의 말이 전혀 역겹거나 부담스럽게 느껴지지 않는다는 점, 그게 바로 천칭자리가 지닌 힘이었다. 천칭자리에 태어난 사람은 천재는 아닐지라도 그 누구에게라도 자신이 천재라는 사실을 설득할 수는 있었다. 야곱이 당도한 사막과도 같았던 낯선 도시에서 알렉스의 이 재능은 등대의 불빛과도 같았다. 알렉스는 처음 만난 사람이 어떤 종류의 힘을 지니고 있고 그 힘을 이용하기 위해서는 무슨 일을 해야만 하는지 잘 알고 있었다. 알렉스는 어떤 계층의 사람이든 간에 그 사람이 가진 힘에만 주목했다.

이스탄불에서 『이스트 앤 웨스트』를 만들 때에도, 캘커타에서 『로즈가든』을 만들 때에도 알렉스의 그런 능력은 많은 도움이 됐다. 동양의 도시에서 알렉스는 자신의 영어가 유력자의 자녀와 교제하는 데 좋은 무기가 된다는 사실을 금방 깨달았다. 일단 알렉스를 알게 되면 다들 어떤 식으로든 균형감각을 잃지 않으려는 알렉스의 편견 없는 태도에 깊은 인상을 받았다. 하지만 천칭은 양쪽의 무게가 같다는 사실을 보여주는 기구일 뿐이다. 무겁든 가볍든 양쪽의 무게가 같다면 천칭은 균형을 잡는다. 마찬가지로 알렉스의 균형감각도 상대적이었다. 이스탄불에서 고작 네 페이지짜리 타블로이드 판형으로 시작한 잡지가 캘커타에 이르러서는 서른두 페이지에 달할 정도로 두꺼워졌음에도 캘커타를 떠날 수밖에 없었던 이유에는 몬순과 릭샤와 더위가 지겨워진 까닭도 있지만, 알렉스가 다른 여자에게 한눈을 판 까닭도 있었다. 재클린은 다른 여자와 놀아난 애인을 받아들일 만큼 뜨거운 여자가 아니었지만, 모든 것을 더위 탓으로 돌리는 알렉스의 뻔뻔함에 되려 마음이 가라앉기도 했고 해변에 앉아서 그 유명하다는 맥주를 원 없이 마실 수 있다는 말에 끌리기도 해서 캘커타를 떠나 조금 더 동쪽으로 옮겨가게 됐다.

그렇게 도착한 아름다운 유럽풍의 해변도시에서 알렉스와 재클린은 『레드스타』라는 잡지를 만들었다. 언제나와 마찬가지로 제목을 지은 사람은 알렉스였다. 마오이즘에 대해 알렉스가 아는 바는 하나도 없었지만, 그 붉은 별만은 그를 사로잡았다. 둘이서 만든 잡지로는 그게 마지막이었다. 여러 가지 의미에서 둘의 마지막 잡지를 만들 수 있게 해준 사람은 리 선생이었다. 그들이 잡지를 만들 수 있도록 자금을 제공했다는 점에서, 또 한편으로는 알렉스에게서 재클린을 빼앗아갔다는 점에서. 샹그릴라 호텔 바에서 지나가던 리 선생이 걸음을 멈추고 재클린의 어깨에 코를 들이밀어 킁킁대며 냄새를 맡을 때부터 알렉스는 이번에는 재클린의 재능으로 잡지를 만들 수 있을 것이라는 확신이 들었다. 물론 그렇게 만든 잡지가 다시 재클린 때문에 없어지리라고는 상상하지 못했지만. 어쨌든 그 순간에는 알렉스도 화를 낼 수밖에 없었는데, 그런 그에게 리 선생은 재클린의 몸에서 나는 향기 때문에 그런 무례한 행동을 할 수밖에 없었다고 말하면서 이야기 하나를 들려줬다. 리 선생이 자신의 행동을 변호하는 과정에서 흘러나온 그 이야기는 매우 다채롭고도 신비한 동양풍의 로맨스였다.

알렉스의 예감은 옳았다. 『레드스타』는 그 이야기에서 탄생했다. 알렉스와 재클린이 동양을 여행하면서 한 도시의 역사와 문화와 사람들을 담아내는 잡지를 만들고 있다는 사실을 알게 된 리 선생은 기꺼이 그 자금을 대어주겠노라고 제안했다. 알렉스는 조잡하게 만든 『이스트 앤 웨스트』 대신에 『로즈가든』을 보여주면서 바로 그 시점이 자신들의 몸값을 높일 때라고 생각했다. "다른 도시의 후원자들도 마찬가지였지만"이라고 말을 꺼낸 알렉스는,

이전 잡지들의 후원자들이 제작비 일부나 인쇄설비만을 제공했다는 사실은 감춘 채, "제작비와 체재비 전부를 부담하셔야 합니다"라고 말을 이었다. 리 선생은 고개를 끄덕이며 발행인의 이름은 자신이 되어야만 한다는 사실을 못 박았는데, 그간 여러 가지 행정적인 문제에 시달려본 경험이 있었던 알렉스에게는 되려 반길 만한 조건이었다. 하지만 속마음을 드러내지 않은 채, 알렉스는 잡지에 대해 더 원하는 게 있다면 말하라고 말했다. "방금 들은 내 이야기를 매호 반드시 실어주게나." 리 선생이 말했다. 그것도 어려울 것이 하나도 없었으므로 알렉스는 고개를 끄덕였다. 사실은 그게 리 선생이 원하는 가장 중요한 목적이었다는 것을 모르고 말이다.

이전의 잡지들과 『레드스타』의 차이점을 말하라면, 여백이었다. 자금이 풍부했으므로 재클린은 그간 펼쳐 보이지 못한 자신의 재능을 『레드스타』에 쏟아부었다. 『레드스타』에는 형형색색의 기기묘묘한 글자체가 동원됐고 때로 문장은 불완전하게 끊어져 있었다. 자신을 리 선생이라고 소개했던 그 노인은 다른 이름으로 발행인의 자리에 올라 있었다. 이전의 잡지를 만들 때와 마찬가지로 알렉스는 그 모든 원고를 자신이 썼다. 레스토랑이나 바 리뷰, 문화행사 안내 등은 써야겠다고 마음먹는 그 순간, 원고를 뽑아낼 수 있었다. 조금 쓰기 어려운 기사가 있다면 그건 그 도시의 내력과 역사적 문물, 그리고 현재의 모습을 담는 것들이었다. 가장 쓰기 어려운 기사는, 역시 리 선생이 반드시 수록해야만 한다고 말했던 그 이야기였다. 그 이야기는 매호 실렸다. 3호 잡지를 만들 때쯤, 그러니까 모래사장에서 터진 동물 얼굴 모양 풍선을 바라보던 그와 우연히 만나게 될 때쯤, 알렉스는 그 이야기에 신물이 날 지경이었다. 잡지고 뭐고, 그대로 도망가고 싶은 마음뿐이었다.

3

리 선생의 집은 '해양세계'라는 이름의 초대형 수족관 맞은편 언덕에 있었다. 잔교 근처의 여관에서부터 걷기 시작하면 대략 이십 분 정도면 도착할 수 있는 거리였다. 리 선생의 집이 있는 언덕으로 올라가는 길 좌우측은 조차지(租借地) 시절 외국인들이 거류하던 지역으로 측백나무, 은행나무, 졸참나무 등이 빽빽하게 심어져 있었다. 거기에는 은밀한 곳이 많아서 공안의 눈을 피해 부랑자들이 노숙하는 곳이기도 했다. 산책하기에 좋은 길이었지만, 간혹 외진 길에서 나타나 길을 막고 서는, 아니 막고 섰다기보다는 움직일 기운이 없어서 서 있을 뿐인 부랑자 때문인지 걸어서 그 길을 다니는 사람은 많지 않았다. 그 길 좌우측의 집들을 건축한 사람들과 리 선생 동네의 집들을 건축한 사람들은 서로 다른 나라 사람들이었다. 그러므로 언덕을 넘어서면서부터는 온통 벗

나무였다.

해마다 봄이 끝나갈 즈음, 식민지 시절에 지어진 2층 석조 건물인 리 선생의 집에서 바라보면 하얀색 벚꽃들은 언덕 아래 바다 쪽으로 떨어져내렸다. 푸른 바다는 꽃잎들의 꿈이었다. 바다는 조금 더 멀리 있을 뿐이었지만, 꽃잎이 바다로 떨어지는 일은 흔하지 않았다. 봄에도 뒷모습이 있다면, 바로 그런 모습이 아닐까. 바다를 향해 떨어져내리는 수천의 벚꽃을 얘기하면서 리 선생은 그렇게 말했다. 그게 바로 리 선생이 생각하는 인생이었다. 절정이 지난 뒤, 모든 사물은 뒷모습을 보여줄 뿐이라는 게 리 선생의 생각이었다. 꿈은 이뤄질 수 없을 때만 꿈이라 할 수 있으니 뒷모습을 보일 때, 사물들은 꿈을 결국 잃어버리게 된다. 삶의 비극은 바로 거기에 있다. 리 선생은 자신의 불행 역시 그 오래된 2층 석조 건물에 혼자 들어와 살게 되면서 시작한 것이라고 믿고 있었다.

처음 그가 찾아갔을 때, 리 선생은 촛불에 불을 밝히며 "존재하지 않는 것을 그리워할 수 있겠는가?"라고 물었다. 리 선생은 가급적 자신을 드러내지 않는, 그러니까 대부분 주어가 생략된, 명사 위주의 문장으로 이뤄진 밀입국자의 영어를 사용했다. 그건 그 역시 마찬가지였다. 말하자면 그도 밀입국자와 같은 처지였으니까. 그래서 라이터의 불을 끄고 자신을 빤히 쳐다보는 리 선생을 향해 그는 신음을 내뱉듯 "꿈"이라고 말했다. 말해놓고 보니 틀린 답안이라는 게 명백해지는 느낌이었다. 리 선생은 그의 맞은편에 앉아서 처음으로 자신의 이야기를 들려줬다. 해변에서 만난 알렉스가 미리 들려준 이야기와 하나도 다르지 않았다. 언덕 가장 높은 곳에 있는 담장 너머의 한 여자를 사랑한 얘기였다. 알렉스는 그 얘기만 들으면 구토가 치민다고 말했는데, 그건 어쩌면 리 선생의 영어가 불완전하기 때문일지도 모른다고 그는 생각했다.

미국에 머무는 동안, 리 선생은 자신의 이야기를 몇 번이나 글로 남겼다. 어떤 점에서 리 선생은 작가라고 할 수 있었다. 그러니까 평생 한 가지 이야기만을, 몇 번이나 다른 형식으로 써온 작가. 어쩌면 리 선생은 그 이야기를 소재로 쓸 수 있는 모든 글을 이미 다 쓴 것인지도 몰랐다. 그렇다면 거기에 다른 이야기가 덧붙여질 것은 하나도 없었다. 더구나 당사자가 아닌 다른 사람이 쓴다고 한다면. 하지만 바로 그 점 때문에 자신은 『레드스타』에 자금을 제공하는 것이라고 리 선생은 말했다. 리 선생의 이야기나 『레드스타』에 실리는 다른 글들, 예컨대 그 도시의 생성과정이나 잔교의 역사, 혹은 외국인 거류지역의 변천사 등이 크게 다르다고 볼 수 없었다. 요컨대 누군가 끊임없이 다시 쓰는 과정에 도시는 스스로 내력을 만들어가는 셈이다. 끊임없이 다시 쓸 때, 리 선생의 인생도 구원받을 여지는 남는 셈이다.

"다른 이야기. 너희들만이 쓸 수 있는 이야기를 원해. 더 많은 것들을 상상해 보라구." 그게 바로 리 선생이 알렉스에게 원한 것이었다. 누가 쓰든 그건 아무런 상관이 없었다. 리 선생은 그 일을 두고 상상할 수 있는 새로운 것이 있다면 얼마든지 돈을 지불할 수 있는 능력이 있었다. 해변에서 그가 마지막 캔을 건네며 자신을 도와달라고 했을 때, 알렉스의 첫마디는 "나는 네가 상상력이 풍부하고 창의적인 작가이기를 바란다"였다. 반쯤 취한 채, 모래사장 위에 비스듬히 누워 알렉스를 올려다보면서 그는 "현금을 내게 준다면"이라고 말했다. "좋아. 내가 그 터진 풍선을 200달러에 사지"라고 알렉스가 말했다. 터진 풍선. 결국 풍선에 그려진 작은 얼굴은 웃는 게 아니었다. 부풀어올랐기 때문에 그 입 꼬리가 웃는 것처럼 보였을 뿐이었다. 그는 알렉스에게 풍선을 팔아 숙박비를 해결했고 알렉스는 그 지루한 노역에서 벗어날 수 있었다.

두번째로 찾아갔을 때는 해가 질 무렵이었다. 리 선생은 뜰에 서서 멀리 내려다보이는 제1해수욕장 쪽을 바라보고 있었다. 노을을 받은 제1해수욕장에는 여전히 사람들이 가득했다. 저녁 햇살이 비춰들던 뜰은 후텁지근하기는 했으나, 그래도 바람이 아주 죽지는 않아 무덥다고 느낄 정도는 아니었다. 리 선생은 뜰에 설치한 파라솔 아래에 앉아서 얘기를 계속했다. 혁명의 와중에 청년이었던 그는 그 여자의 아버지를 죽였다. 고깔을 씌워서 제대로 치기만 하면 누구나 죽일 수 있었던 시절이었다. 아버지가 죽자, 그녀의 집안은 서서히 몰락해갔다. "그녀의 오빠들도, 삼촌들도 반혁명분자들이 돼버렸으니까. 몰락하지 않은 게 있다면"이라고 말을 꺼낸 리 선생은 그의 앞으로 보이는 2층짜리 석조 건물을 가리켰다. 그리고 리 선생은 다른 학생들과 함께 역으로 몰려가 기차를 탔다. 기차 여행은 두 달이나 계속됐다. 그는 여러 민족의 젊은이들을 만났고 결국에는 국경까지 가게 됐다.

그도 그 혁명에 대해 들은 적이 있었기 때문에 이름 정도는 알고 있었다. 하지만 상세한 일들에 대해서는 알지 못했으므로 어쩐지 리 선생의 말이 비현실적으로 들리기만 했다. 그가 "사랑을 가로막던 장애물이 모두 사라졌다면 모든 게 끝난 게 아니었는가"라고 묻자, 리 선생은 하나둘 밝혀지는 제1해수욕장의 불빛들을 바라보며 "어떤 점에서는"이라고 대답했다. "모든 게 끝났다는 점에서는. 어쩌면 그녀가 아니라, 장애물을 사랑했던 것이었는지도 모르지. 그녀의 몸에서는 아주 좋은 향기가 났어. 재스민, 로즈마리, 비로드, 갓난아기, 우유, 소나무, 갓 지은 쌀밥 등등. 그 뭐라고 해도 괜찮을 느낌들. 그 아주 좋은 향기란 넘어오는 거지. 이렇게." 리 선생은 오른손을 들어 담장을 넘어가는 시늉을 했다. "하지만 장애물이 사라지자, 그런 향기가 없어졌어." "장애물이 없어졌는가? 정말"이라고 그가 물었다. 리 선생은 그의 눈을 빤히 쳐다보더니 자리에서 일어나 뜰에 선 벚나무 둥치를 어루만졌다. "그 모든 것을 글로 쓰게나. 나는 이제 나의 인생에 대해 생각할 수 있는 모든 경우를 다 생각했으니까." 리 선생이 '나'라는 단어를 쓴 것은 그게 처음이었다.

담쟁이가 자라고 있는 석조 건물에 드리운 주황색 햇살이 조금씩 위로 올라가고 있었다. 반원 모양의 나무 창 저편에서는 벌써 불이 밝혀지고 있었다. 거기가 알렉스와 재클린이 머무는 곳이었지만, 알렉스는 벌써 며칠째 밖에서 돌아오지 않고 있었다. 건물 뒤 주택에서 들리는 새소리를 들으며 그는 자신이 처음 묵었던 호텔 이름이 샹그릴라였음을 기억해냈다. 그에게는 아마도 거기가 리 선생이 말한 '존재하지 않는 것'이었는지 모른다. 아주 오래 전부터 그도 그런 곳을 그리워했던 것일까? 아마도. 알 수 없는 일. 그때, 리 선생이 뭐라고 얘기했다. "미스터 초이. 미스터 초이." 자신을 바라보는 리 선생을 그도 가만히 맞봤다. "미스터 초이." 리 선생이 다시 한번 그 말을 되풀이했다. 그는 리 선생에게 "그건 나의 이름이 아니다"라고 말했다. 리 선생은 "그럼, 너의 이름은 무엇이냐?"라고 물었다.

4

언젠가 호텔로 찾아온 알렉스가 "리 선생에게서는 죄의 냄새가 풍긴다"고 그에게 말한 적이 있었다. 세번째 『레드스타』가 출간되고 얼마 지나지 않았을 때였다. 물론 세번째 『레드스타』에는 그가 쓴 이야기가 실렸다. 첫번째와 두번째 『레드스타』에 실린 알렉스의 글과 별반 다를 게 없었다. 알렉스는 그 점을 지적하고 있었다.

"우리는 결국 같은 이야기를 매호마다 싣게 될 거야. 그게 리 선생의 의도지. 그 일을 통해 리 선생은 죄를 씻으려고 하는 거야. 왜 매달 같은 이야기가 잡지에 실리는 것인지 물어보는 사람들이 하나둘 생기기 시작했어. 그때마다 나는 그 사람들에게 해줄 말이 없어." "네가 쓴 이야기와 내가 쓴 이야기는 서로 달라"라고 그가 말했다. 알렉스는 그를 물끄러미 쳐다봤다. 여전히 알렉스는 두 이야기가 어디서 차이가 나는지 알지 못했다. "사람들은 곧 눈치 챌 거야. 리 선생이 돌아왔다는 것을. 우리도 그 죄에 연루되어 있어. 너는 이렇게 썼지. 제아무리 인생을 깊이 들여다본다고 해도 모두에게 이해받을 수 있는 인생을 사는 사람은 없다. 인생은 누구에게나 불가항력적인 우연의 연속이다. 그런 문장이 리 선생에게 면죄부를 주는 거야."

진실이 존재한다면 면죄부도 필요할 것이지만 그는 그렇게 생각하지 않았다. 진실을 찾기 위해 여러 번 고쳐썼다는 점에서 리 선생의 이야기에는 진실이 없었다. 세번째로 그가 찾아갔을 때, 리 선생은 방에서 종이상자 하나를 들고 나왔다. 상자 안에는 다양한 종류의 공책들이 들어 있었다. 리 선생은 국경을 넘어갈 때부터 그 이야기를 공책에다 적었다. 틈나는 대로, 자신이 알고 있거나 상상할 수 있는 모든 경우의 수를 다 동원해 이야기를 적었다. 그렇게 하면 자신에게 일어난 일들이 분명해질 것 같지만, 오히려 그 반대다. 의혹은 꼬리에 꼬리를 물고 일어난다. 처음에는 리 선생도 그 일을 두고 조금씩 문장을 고쳐나가면 된다고 믿었지만, 결국에는 처음부터 다시 써야만 했다. 그 수많은 공책들의 의미가 거기에 있었다. 그는 파키스탄에서, 인도에서, 대만에서, 미국에서 리 선생이 써내려간 문자들을 읽어봤다. 때로는 연필로, 때로는 볼펜이나 만년필로, 정자로 쓰기도 하고 흘려쓰기도 했다. 물론 그는 그 내용을 알 수 없었다. 하지만 시시각각 리 선생이 처한 상황에 따라 그 의미가 바뀌어갔으리라는 걸 짐작할수 있었다.

"시간이 지나면서 글들은 조금씩 달라지기 시작했지. 인생에 대해 조금 더 알게 되면서 젊었을 때는 몰랐던 일들을 깨닫게 됐으니까. 그때마다 이야기는 달라지기 시작했어. 아마도 가장 최초에 쓴 글이 그 일에 관해 가장 진실된 기록일 수 있겠지만, 그 진실이 합리적이라고는 볼 수 없어. 합리적이라면 아마도 내가 마지막으로 쓴 이야기가 되겠지"라고 리 선생은 말했다. 미국 시민권자로 고향에 방문한 리 선생은 차명으로 그 2층 석조 건물을 매입한 뒤에야 그 집의 원 소유자가 혁명의 와중에 억울하게 죽었다는 사실을 알게 됐다. 분명히 고깔 놀음에 그도 가담했고 그 일로 인해 그녀의 아버지가 몸져누웠다는 사실을 알고 있었지만, 그러다가 죽은 줄은 리 선생도 알지 못했다.

하지만 그 일은 리 선생의 이야기를 모두 고쳐쓰게 만들었다. 리 선생은 자신이 왜 그녀를 떠나 기차에 올라탔는지 이해할 수 없었다. 그 사실은 평생 그를 괴롭혔다. 하지만 그는 이제 그녀의 아버지에게 치명타를 가했다는 죄책감 때문이라고 여기게 됐다. 하지만 문제는 사후에 알게 된 일들이 그 사실을 모른 채 기차에 올라탄 젊은이의 행동에 영향을 미칠 수 있느냐는 점이었다. 그렇다면 만약에 그때 그녀의 아버지를 때리지 않았더라면 기차에 올라타지 않았을 것이란 말인가? 그가 그런 문제를 제기하자, 리 선생은 그걸 써보라고 말했다. 그는 그녀의 아버지를 때리지 않은 리 선생의 인생을 상상했다. 그의 머릿속에서 젊은 리 선생은 여전히 기차에 올라타고 있었다.

그렇다면 삶에서 일어나는 일들의 의미는 무엇일까? 그날, 그는 단지 교통경찰에게 실수로 지갑에 넣어둔 동생의 운전면허증을 제시한 것뿐이었다. 당연히, 혹은 무심하게도 교통경찰은 면허증 속의 얼굴과 그의 얼굴을 구별하지 못하고 범칙금 납부서를 발급했다. 그게 자신에게 발부된 납부서가 아니라는 사실을 그는 며칠 뒤 은행에 가서야 알았다. 그렇다면, 그렇다면 그때 그가 자신의 면허증을 제대로 제시했다면, 모든 문제로부터 도피하려는 욕구를 느끼게 되지 않았을까? 리 선생의 이야기를 글로 쓰면서 그는 합리적으로 자신의 삶을 설명하려는 생각이 결국에는 새로운 현실을 만든다는 사실을 깨달았다. 리 선생과 마찬가지로 그런 일이 없었다고 하더라도 그는 여전히 가짜 여권을 사들여 한 번도 가보지 못한 도시로 떠나는 비행기에 올라타고 있었을 것이다. 모든 게 예정됐다는 의미에서가 아니라, 그렇다면 다른 이유를 찾았을 것이라는 뜻에서다. 결국 인생이란 리 선생의 공책들처럼 단한 번 씌어지는 게 아니라 매순간 고쳐지는 것, 그러니까 인생을 논리적으로 회고할 수는 있어도 논리적으로 예견할 수는 없다는 것. 리 선생 자신이 쓰는 이야기도 매 시기 달랐으니, 그가 쓰는 이야기와 알렉스가 쓰는 리 선생 이야기는 다를 수밖에 없었다.

"그러나 원칙은 있었다네." 공책을 다시 종이상자에 넣으며 리 선생이 말했다. "그건 바로 평생 그녀를 사랑했다는 점이지. 미국에서 나는 해보지 않은 일이 없었어. 때로는 인간이 할 수 없는 일까지도 했는데, 그 순간마다 내가 떠올린 것은 바로 이 집이었네. 늘 고향으로 다시 돌아와 이 집에서 그녀와 함께 사는 상상을 했지. 내가 미국으로 떠난 이유가 거기에 있다고 생각했거든. 하지만 다시 돌아와서야 그게 불가능한 꿈이라는 걸 알게 됐지. 남은건 오직 이 집뿐이니까. 어딘지 쓸쓸하지 않은가, 이 얘기? 알렉스와 재클린이 오기 전까지만 해도 여긴 유령의 집이나 마찬가지였어. 하지만 지금은 다르지." "재클린 때문인가요?"라고 그가물었다. "어쩌면 말이야, 내가 평생 사랑한 것은 그녀가 아니라그녀의 향기였을지도 몰라. 어떤가, 만약에 그렇다면? 내가 그녀의 향기를 사랑했다면 이 이야기는 또 어떻게 바뀔 것 같은가?"리 선생은 그를 빤히 쳐다봤다. 그는 시선을 돌려 다른 곳을 바라봤다.

5

스쳐가는 사람들을 바라보며 알렉스는 "나는 늘 낯선 곳이 궁금했어"라고 말했다. 저마다 목적지가 다른 비행기의 탑승시간을 알리는 안내방송과 늦지 않게 탑승구에 도착하려고 서둘러대는 사람들 때문에 알렉스의 목소리가 잘 들리지 않았다. "낯선 도시에 도착하면 나는 가장 먼저 지도를 구해. 중심가, 주택가, 공장지대, 유흥가 등등등. 그 다음에는 그 도시의 내력을 배워. 언제부터 사람들이 모여 살기 시작했는지, 언제 가장 눈부시게 발전했는지, 혹은 치명적으로 파괴됐는지, 지금 남아 있는 유산은 무엇인지. 그런 것들이 한 도시의 이미지를 결정하는 거야. 그런 과정이 없으면 그 도시를 절대로 이해할 수 없는 거야. 그 많은 박물관이며 기념물이며 오래된 건물이 남아 있는 까닭은 그 때문이잖아. 그렇지 않아? 그걸 모르면 제아무리 미식가라고 하더라도 그 도시의 맛을 설명할 수 없는 거야. 그게 풍토라는 거지." 알렉스가 말했다.

"그 풍토를 통해 너는 한 도시를 이해했다고 생각하니?"라고 그가 물었다. "그렇지 않으면?"이라고 알렉스가 되물었다. "배를 타고 대양을 건너 우리는 하늘을 봤고 우리는 별을 봤고 우리는 바다를 봤지. 하지만 결국에 우리가 보게 되는 건 자신이지. 아무리 멀리 가더라도 너는 너만을 이해했을 뿐이야. 음식을 맛볼 때, 너는 차이를 맛보는 거지, 그 미각을 맛보는 게 아닐 수도 있어.

재클린만 해도"라고 그가 말했을 때, 알렉스가 자리에서 벌떡 일어서며 말을 끊었다. "그년은 창녀야. 에든버러에서 만날 때부터 창녀였어. 그것도 원숭이를 유독 좋아하는 창녀"라고 알렉스가 소리쳤다. 지나가던 여행객들이 알렉스와 그를 힐끔거렸다. "너는 시를 써야만 했어. 낯선 도시의 내력을 담아내는 잡지를 만들 게 아니라. 그랬더라면 재클린을 잃지 않았을 수도 있었겠지"라고 그가 말했다.

알렉스는 일어선 자세 그대로 서서 그의 얘기를 듣다가 조금씩 고개를 숙이기 시작했다. 그는 고개를 들어 알렉스의 얼굴을 바라봤다. 알렉스의 두 눈에서 눈물이 뚝뚝 떨어졌다. "Attention, please"라고 말하는 여자의 목소리가 실내에 울려퍼지기 시작했다. "지도는 아무짝에도 소용없는 거야. 허술한 지도는 허술하니까 소용없고 가장 정교한 지도는 가장 정교해지는 그 순간 도시가 바뀌어버리니까 소용없는 거야. 그래서 나는 지도 따위는 보지 않아. 네 말이 맞아. 나도 처음 봤을 때부터 재클린이 창녀라고 생각했어. 그것도 유독 원숭이만을 좋아하는 창녀"라고 그가 말했다. 눈썹 끝에 눈물이 맺힌 그대로 우는 듯 웃는 듯 알렉스는 그를 돌아봤다. "나는 너희들이 지긋지긋해. 리 선생도, 너도. 그게 동양의 방식인가? 너희들은 죄다 인생의 사기꾼들에다가 거짓말쟁이들이야. 진실 따위는 하나도 중요하지 않다고 생각하는 협잡꾼들이지"라고 알렉스는 말했다.

"재클린은 너희 같은 인간들이 창녀라고 제멋대로 지껄일 수 없는 사람이야. 다만 캘커타에서 내가 잘못했기 때문에 저러는 것뿐이야. 재클린이 그 원숭이를 진짜 사랑한다고 생각해? 웃기는 얘기일 뿐이지"라고 알렉스는 말했다. "알렉스, 알렉스. 너는 지금 똑같은 얘기를 하고 있을 뿐이야"라고 그가 말했다. "무슨 뜻이지?"라고 알렉스가 물었다. "에든버러에서 만날 때부터 재클린이 창녀였다는 것과 똑같은 얘기라구. 너도 리 선생의 공책을 봤겠지? 거기에는 똑같은 이야기가 씌어 있어. 리 선생은 평생 그 이야기만을 써왔다구. 하지만 그 공책에 씌어진 이야기들 하나하나는 다 다른 이야기들이야. 그럼 이렇게 말해보자. 재클린은 창녀가 아니야. 그러면 뭐가 달라지지?"라고 그가 말했다. 알렉스는 의자 옆에 놓인 여행가방을 움켜잡으며 짧게 욕설을 내뱉고는 돌아서 탑승구를 향해 걸어가기 시작했다.

그는 의자에 앉아서 사람들 사이를 헤치며 걸어가는 알렉스를 바라봤다. 사람들은 저마다 찾는 것이 분명했다. 비행기표를 발권받는 항공사 데스크나 자신이 들어가야만 하는 탑승구, 혹은 마지막으로 포옹한 뒤 돌아서는 가족 등. 알렉스가 그 사람들 사이로 사라지고 난 뒤로도 오랫동안 그는 가만히 앉아 있었다. 그는 리 선생처럼 자신의 이야기를 쓴다면 과연 그 첫 문장은 어떻게 될까 궁금했다.

수많은 첫 문장들. 그 첫 문장들은 평생에 걸쳐서 고쳐지게 될 것이다. 그들이 어디를 가느냐에 따라서. 그 역시 자신의 이야기가 "아마도 이런 날이 찾아오리라는 것을 그는 오래 전부터 짐작하고 있었을 것이다. 오래 전부터. 그러니까 아내에게 전화를 걸어 약속시간에 늦는다고 말하며 그 교차로를 지나가던 그 순간부터"라는 문장으로 시작되지 않으리라는 걸 이제는 알게 됐다. 그로부터 인생은, 쉬지 않고 바뀌게 된다. 우리가 완벽한 어둠 속으로 들어가기 전까지 이야기는 계속 고쳐질 것이다. 그는 자리에서 일어나 천천히 걸어가기 시작했다. 이제 그가 어디로 가느냐에 따라서 첫 문장은 달라질 것이다. 그는 어둠 속 첫 문장들 속으로 걸어갔다.

달 로 간 코 미 디 언

. . . .

우리가 살면서 겪는 우연한 일들은 언제나 징후를 드러내는 오랜 기간을 전제한다는 점
에서 필연적이라고도 볼 수 있었다. 설사 그게 사실이 아니라고 해도 내가 실연의 고통에
잠겨서 죽지 않고 살아나기 위해서는 그렇다고 인정해야만 했다. 예기치 않게 쏟아진 함
박눈만큼이나 갑작스럽게 시작된 우리의 사랑은 또 그만큼이나 느닷없이 끝나버렸다.

1

한 남자가 사막을 향해 걸어가고 십팔 년이 흐른 뒤인 2000년 12월 24일, 나는 갓 전임교수가 된 선배의 집에서 열린 임용 축하 파티에 초대받아 갔다가 내가 어렸을 때 미국에서 선풍적으로 인기를 끌었던 배추머리 인형을 연상시키는 파마머리를 한 여자를 보게 됐다. 자연스럽게 나는 배추머리 인형에 대해 언급하게 됐고, 이야기는 못생긴 미국 여자애를 떠올리게 하는 그 인형이 유행하던 1980년대 초반의 일들로 이어지다가 마침내 라이트웨이트급 세계 챔피언이 되기 위해 미국 캘리포니아와 네바다 사이에 위치한 환락의 도시에서 사투를 벌인 끝에 뇌사 판정을 받은 한 권투선수에 대한 회상으로 이어졌다.

힙합 가수처럼 라임에 맞춰 "복싱(boxing)을 빼면 모든 것은 너무 보링(boring)하다"고 말한 사람은 마이크 타이슨이었는데, 그 말을 흉내내어 술에 취한 나는 여러 번 "아더 댄 뽁씽, 에블씽 이쏘 뽀링(Other than boxing, everything is so boring)"이라며 랩 비슷한 것을 중얼거렸다. 하지만 낯선 사람들 앞에서 그런 식으로 익살을 떨어대는 건 나의 평소 성격과는 좀 다른 것이어서 스스로도 의아스러웠는데, 얼마 지나지 않아 그 배추머리 여자가 "그걸 소설로 쓸 수 있겠어요?"라고 묻는 소리를 듣고 나서야 그 특별한 행동이 바로 그 여자 때문에 나왔다는 걸 알 수 있었다.

"무슨 소리죠?"

"그 선수 말이에요. 라스베이거스에서 죽은 선수. 그 선수의 고통을 소설로 쓸 수 있겠어요?"

"고통에 대해서 직접 말하는 건 소설이 아니고, 에세이죠. 소설은 단지 작가가 아는 고통을 이야기로 만드는 행위입니다. 내가 죽음을 예감하는 그 권투선수의 고통을 이해할 수 있다면, 난 소설로 쓸 수 있어요."

"그럼 다시 묻죠. 고통이 뭔지 이해할 수 있겠어요?"

"소설가에게 고통이란 자기가 쓴 소설을 독자들이 이해하지 못해서 책이 안 팔리는 일이지요."

그러자 사람들이 웃음을 터뜨렸다.

"웃을 일이 아니에요."

"야, 그럼 넌 그 권투선수에 대해서 쓸 수 있는 충분한 자격이 된다."

선배가 끼어들어서 한마디했다.

"아니지. 난 고통이라는 걸 모르는 소설가지."

내가 농담조로 말했다. 그러자 그 배추머리 여자가 내게 말했다.

"어쩐지 조만간 그 권투선수에 대한 소설을 쓸 것 같군요."

"글쎄요. 조만간 내가 고통에 대해서 이해하게 될 거라는 말씀인지, 조만간 고통이 뭔지 알게 해주시겠다는 건지."

우리는 의미심장한 눈빛으로 서로 바라봤다. 그녀가 말한 '조만간'이라는 게 어느 정도 시기를 뜻하는 것인지는 모르지만, 어쨌든 보다시피 나는 지금 그 권투선수가 나오는 소설을 쓰고 있는 중이니까 이제쯤은 고통에 대해서도 아는 셈인가? "그건 한 여자와 사랑에 빠지는 일과 비슷하다"고 말한 사람은 헤비급 세계 챔피언이었던 플로이드 패터슨이었다. 패터슨은 "신뢰가 가지 않고, 야비하고, 잔인하기까지 한 여자라고 해도 상관없다. 그 여자 때문에 상처란 상처는 다 받고 있는데도 그녀를 사랑하고 또 원한다면 어떻게 할 것인가? 나와 복싱의 관계가 그와 같다"고 덧붙였는데, 어쩌면 모든 이야기는 이 말에서 시작하는 것인지도 모르겠다.

내가 소설가라는 사실을 그녀가 알고 있다는 게 분명해지고 나서 채 십 분이 지나지 않아 나는 그녀가 앉아 있는 쪽을 바라볼 때면 몸에 이상한 온기가 발생한다는 사실을 깨닫게 됐다. 다른 사람들의 말을 통해, 또 그녀 자신의 이야기를 통해 그녀에 관한 정보를 얻어낼 때마다 그 온기는 조금씩 상승했다. 그녀는 선배의 아내와 고등학교 동기생이었고 한 라디오 방송국의 프로듀서였으며 나와는 나이가 같았다. 결과적으로 그날 밤 자정이 가까워질 무렵, 그러니까 이루 말할 수 없이 탐스러운 눈송이가 쏟아져내릴 무렵, 내 얼굴은 정월 대보름 아이들이 돌리는 쥐불놀이의 잔상이 그대로 옮겨간 보름달처럼 발그스름했다. 그건 취기 때문이기도 했고, 온기 때문이기도 했다.

2

나뿐만 아니라 그녀 역시 나와 함께 있을 때면 심장박동이 빨라지고 그 결과 얼굴이 붉어지면서 손끝과 발끝에 이르기까지 온몸이 뜨거워진다는 사실을 확인한 것은 그로부터 한 달이 채 지나지 않아서였다. 밤새 함박눈이 내리며 화이트 크리스마스를 예고하던 그해 12월 24일 밤 열한시 무렵부터 육질이 단단해지고 뼈가 약해진 전어를 씹어 먹던 그 이듬해 9월 초까지 그 온기는 지속됐다. 온기가 지속되는 동안, 나는 1,000미터를 전력 질주해 숨이 가빠진 중학생이 입을 한껏 벌려서 공기를 들이마시는 것처럼 거침없이 이 세상 모든 것들을 받아들였다. 우리 둘 사이에 온기가 남아 있는 동안 이 세상은 이해하지 못할 바가 하나도 없는, 참으로 무해한 공간이었다.

하지만 조금 시간이 흐르자, 마치 우리 두 사람은 조금 떨어져 앉은 채 하얀 꽃잎 사이로 이파리가 하나둘 돋아나기 시작하는 4월 중순의 벚나무를 올려다보고 있는 게 아닌가는 생각이 들었다. 아직 벚나무에 벚꽃은 가득하지만, 얼마 지나지 않아 그 꽃들 모두 져버리리라는 걸 아는 마음 같은 것도 세상에는 있지 않을까? 활짝 핀 벚꽃나무 아래에서 되려 슬퍼지는 그런 마음 말이다. 함께 누워서 그녀의 얼굴을 두 손으로 감싸고 한참 들여다볼 때면 그런 마음이 어떤 마음일지 알 것만 같았다. 모든 일이 지나갔기 때문에 할 수 있는 말이긴 하지만, 우리는 역설적으로 행복했고 또 역설적으로 불행했다.

내가 기억하는 한, 우리가 가장 순수하게 행복했던 기간은 39일간이나 계속됐던 지루한 장마가 마침내 끝난 2001년 8월 2일부터 8월 5일까지였다. 그때 나는 그녀의 여름휴가에 맞춰 충주 호반에 있는 리조트로 함께 여행을 떠났다. 우리의 소원은 자고 싶은 만큼 충분히 늦잠을 자고, 얘기하고 싶은 만큼 충분히 얘기하고, 읽고 싶은 만큼 충분히 책을 읽고, 수영하고 싶은 만큼 충분히 수영하고, 취하고 싶은 만큼 충분히 취하고, 사랑하고 싶은 만큼 충분히 사랑하는 일이었다. 사람의 욕심은 끝이 없다고 하던데, 그

기간 동안 내게는 아무런 욕심도 없었다.

8월 4일. 휴가의 마지막 저녁. 우리는 손을 맞잡고 호수가 내려다보이는 붉은색 아스팔트길을 따라 산책했다. 기나긴 장마로 호수의 물은 흐릿하게 불어 있었고, 붉은색 아스팔트 산책길을 따라서른 걸음 정도의 간격으로 설치한 가로등 주위로는 날벌레들이 이따금 전등에 가서 부딪히는 소리를 내며 버글거렸다. 당시 〈우리 인생의 이야기〉라는 프로그램을 제작하던 그녀는 그날 길을 따라 천천히 걸으며 내게 방송에 관계된 인원만 제외하고 모든 사람들이 방송국을 빠져나간 뒤 편집실에 앉아서 한 사람이 들려주는 인생담을 편집하는 일이 어떤 기분인지에 대해 말했다.

"한국전쟁이 터지자 둘째오빠를 따라 덕유산에 올라가 빨치산이 된 의사가 있었어. 전쟁이 끝나고 마지막 소탕작전에서 생포돼 옥살이를 하고 나온 뒤 한평생 과거를 숨기고 살면서 번 돈을 대학에다가 모두 기부해서 유명해졌지. 그런 사람이 평생 누구에게도 말하지 않았던 이야기를 하는 거야. 또 첩의 아들로 태어나서 부자가 되겠다는 일념으로 일했는데, 무리한 사업 확장 끝에 결국 부도를 맞고는 자살하겠다며 지리산까지 들어간 동양화가의 이야기도 기억나. 거기서 매화나무 한 그루를 봤는데, 어차피 죽을 목숨이니까 매화꽃이나 질리도록 보자는 마음으로 한 삼 년 매화나무만 들여다보다가 처음으로 붓을 잡고 그림을 그리게 된 거지. 나는 아무도 없는 편집실에 앉아서 그런 사람들의 이야기를 몇 번이고 되풀이해서 들어. 처음에는 이야기를 따라가지만, 나중에는 감정의 흐름을 지켜봐. 그럴 때면 그들의 인생이란 이야기에 있는 게 아니라 그 이야기 사이의 공백에 있는 게 아닐까는 생각마저 들어. 그런데 편집은 목소리 사이의 공백을 없애는 일이잖아. 목소리와 목소리 사이에서 기침이나 한숨 소리, 침 삼키는 소리 같은 걸 찾아내서 없애는 거야. 그러면 이상하게 되게 외로워져. 그런 소리에 귀를 기울이고 있다가 릴테이프를 잘라내면 외로워진 단 말인데…… 어, 저게 뭐지?"

그렇게 해서 편집이 다 끝나고 방송이 흘러나올 때면 그녀는 자신이 직접 만나서 들었던 바로 그 인생담이 아닌 것 같다는 느낌에 번번이 좌절했다. 어쩌면 '우리 인생의 이야기'란 목소리와 목소리 사이, 기침이나 한숨 소리, 혹은 침 삼키는 소리 같은 데 담겨 있는 것인지도 몰랐다. 그리하여 인생이 바뀌는 순간의 망설임이나 두려움은 릴테이프를 돌려가며 그녀가 가위로 오려낸 조각들과 함께 사라졌다. 어디로? 우주 저편으로. 마치 그 말을 하면서 호수의 윤곽을 따라 왼쪽으로 크게 방향을 틀던 붉은색 아스팔트 산책길의 모퉁이에서 그녀가 "저게 뭐지?"라고 말하며 달려가 바라본 부엉이처럼 말이다.

얘기하다가 나무 사이로 그녀가 본 건 부엉이였다. 비록 그녀가 내게 이별을 통고한 것은 그로부터 한 달이 더 지난 뒤의 일이었지만, 실제로 우리가 헤어지게 된 건 바로 그 순간이었다고 나는 생각한다. 그날 보름달을 배경으로 하늘을 가로질러 날아가던 크고 검은 부엉이의 실루엣을 보면서 나는 그 또렷한 실루엣처럼 나의 미래가 더없이 명료할 것이며, 또한 동시에 그녀가 그 순간의 인간이 되기까지의 모든 과정마저도 그처럼 분명하게 이해할 수 있으리라고 믿었다. 그런 명징한 세계 안에서 나는 그녀에게 죽을 때까지 잘 자라는 인사를 건넬 수 있는 사람이 되고 싶다고 생각했다. 부엉이가 숲으로 사라지고 나서 몇 분이 지날 때까지 우리는 그렇게 저녁 하늘을 올려다보고 있었다. 나는 감동에 겨워 얼마 전부터 마음속에 품고 있던 이야기를 꺼냈다.

"우리 결혼하자."

내 말에 그녀는 고개를 돌려 나를 바라보더니 빙긋 웃었다.

"진지하게 하는 이야기야. 웃지 말고."

그러자 그녀는 정말 재미난 이야기를 들었다는 듯이 고개를 젖혀가면서 깔깔거리며 웃었다. 나는 그녀의 팔을 잡아끌며 "웃지만 말고 대답해봐. 빨리, 빨리"라고 채근했고, 그녀는 웃으며 그만 하라고 몸을 뺐다. 그 행복했던 몇 분 사이에 팔 개월 남짓 우리에게 존재했던 온기가 부엉이를 따라 눈부시도록 푸른 저녁 하늘을 가로질러 우주 저편으로 날아갔다는 사실을 나는 한 달쯤 뒤에야 깨닫게 됐다. 그나마 그녀와 나 사이에 존재했던 온기가 아주 없어진 게 아니라 우주 어딘가로 날아갔다고 생각할 수 있어서 다행이었다. 그렇지 않았더라면 나는 실연의 고통으로 이미 오래 전에 죽었어야만 했을 테니까.

3

우리가 살면서 겪는 우연한 일들은 언제나 징후를 드러내는 오
랜 기간을 전제한다는 점에서 필연적이라고도 볼 수 있었다. 설사
그게 사실이 아니라고 해도 내가 실연의 고통에 잠겨서 죽지 않고
살아나기 위해서는 그렇다고 인정해야만 했다. 예기치 않게 쏟아
진 함박눈만큼이나 갑작스럽게 시작된 우리의 사랑은 또 그만큼
이나 느닷없이 끝나버렸다. 그녀에게서 이별 통고를 받은 뒤 나는
우울한 심정으로 긴 시간을 두고 그 이유를 알아내려 애썼지만,
그 이유가 무엇이든 보름달을 배경으로 날아가던 부엉이를 바라
보던 내가 감격에 젖어 청혼한 일 때문이 아니라는 것만은 틀림없
었다. 별다른 이유 없이 사랑을 시작할 때까지만 해도 이 세상에
서 내가 이해하지 못할 일은 하나도 없는 것 같았는데, 막상 별다
른 이유 없이 헤어지고 나니 왜 지구는 자전 따위를 해서 밤이라
는 걸 만들어내 나를 뜬눈으로 누워 있게 만드는지조차 이해할 수
없었다.
이런 당혹감은 얼마간의 시간이 지나자 내 의식 깊숙이 잠복했
다가 그로부터 삼 년 정도의 시간이 흐른 뒤인 2004년 겨울, 문학

담당 기자와 동료 소설가 등 몇 명의 지인들이 모인 오뎅바에서 각자 9·11 테러가 벌어지던 날에 무슨 일을 했는지 말하던 도중에 느닷없이 터져났다. 며칠이 지나서야 그 사실을 알았다는 사람도 있고, 택시를 타고 퇴근하다가 그 소식을 듣고 자진해서 회사로 차를 돌렸다는 사람도 있었는데, 나는 9·11 테러로 약혼녀를 잃었다고 말해서 그 자리에 모인 사람들을 처음에는 매우 놀라게, 그 다음에는 폭소를 터뜨리게 만들었다. 물론 나의 전 애인이 그날 세계무역센터나 펜타곤 같은 곳에 있다가 숨진 것은 아니었다. 내가 하고 싶은 말은 다만 그 테러로 인해서 오랫동안 우리 사이에 잠재했던 많은 문제들이 도저히 이해할 수 없는 방식으로 터져나와 결국에는 이별로 이어진 것 같다는 자평이었는데, 손바닥으로 테이블을 두들겨가면서 웃어대는 그들 앞에서 나는 그만 입을 다물 수밖에 없었다.

그 자리에서 내가 말하지 못한, 그러니까 9·11 테러가 있고 나서 내가 그녀에게서 들은 이야기를 그대로 옮기자면 다음과 같다. 9·11 테러가 벌어지고 나서 쏟아져나온 기사 중에는 노스트라다무스가 그 사건을 암시하는 예언시를 썼다는 보도가 있었다. 그 구절은 다음과 같았다. '45도에서 하늘이 불타오르리라/불이 거대한 새 도시를 향해 다가가/순식간에 거대한 불꽃이 사방으로 폭파하리라/그때 그들은 노르만족에게서 확인받고 싶어하리라'. 시를 다 읽고 나더니 그녀는 내게 노스트라다무스의 그 시 때문에 자신은 나와 결혼할 수 없다고 설명했다. 그건 사실상 지구의 해수면 상승 때문에 우리가 헤어질 수밖에 없다고 말하는 것이나 마찬가지였다. 그게 노스트라다무스의 예언 때문이건 투발루를 서서히 잠식해들어가는 해수면 상승 때문이건 그런 초자연적인 이유 때문에 일방적으로 이별을 통고받은 남자가 느낄 수 있는 감정이란 당혹감, 비참함, 분노, 적대감 등일 것이다.

말했다시피 나는 오랫동안 우울증에 시달리면서 그런 감정들을 차례로 겪고 난 뒤에야 마침내 이별을 받아들일 수 있게 됐다. 그리하여 그날 모임에서 그 이야기를 입 밖으로 꺼낼 수 있었다는 점이나 사람들이 소리내어 웃는데도 내 마음이 흔들리지 않았다는 데 나는 큰 용기를 얻었다. 그로부터 일주일이 지나지 않아 나는 어느 출판사 편집장과 점심 겸 낮술을 마시고 집으로 돌아가려다가 그 용기와 술기운을 빌려 택시를 타고 그녀의 회사로 무작정 찾아가게 됐다. 택시가 마포대교를 건너갈 즈음, 차창으로 한강을 내다보면서 나는 미국 록밴드 도어스의 〈People Are Strange〉의 가사를 중얼거렸다. People are strange, when you're a stranger. 내가 아는 부분은 거기뿐이었지만. 그때 내 마음은 좀 낯설었다. 아님, 까칠했다고나 할까.

4

방송국 1층에서 방문증을 받는 일을 두고 안내데스크의 여직원들, 호출을 받아 달려온 경비원들과 옥신각신 실랑이를 벌이는데 (그때는 취한 상태였기 때문에 애당초 왜 실랑이를 벌이기 시작했는지조차 기억하지 못한 채 어쨌든 나는 실랑이를 벌였다) 하얀 원피스에 인디언핑크빛 카디건을 걸친 그녀가 출입증을 목에 걸고 나타났다. 내가 여러 차례 그녀의 이름을 말했기 때문에 아마도 누군가 연락한 모양이었다. 그녀는 이제 서른 살을 갓 넘겼고 예전보다 여성적인 매력이 훨씬 더 넘쳐흘렀다. 지하철 출입구처럼 한 사람씩 들어갈 수 있도록 설치된 철제 바 저편에서 걸어 나오는 그녀를 보자마자, 애당초 술기운에 빌린 호기는 어디론가 슬그머니 사라지고, 이런 식으로 재회하지 말았어야만 했으니 최대한 이 사태를 수습해보자는 생각이 들었다.

"아, 그러니까 이 앞을 지나가다가 잠깐 생각이 나서, 점심을 먹지 못했는데, 혹시……"라고 말한 뒤, '너'라고 부르려다가 나를 바라보는 사무적인 표정에 질려 "안피디님께서 혹시 점심 안 드셨으면, 점심이나 같이 먹으려고……"라고 횡설수설 중얼대는데, 그녀가 로비 한쪽 벽에 걸린 디지털시계를 가리켰다. 오후 다섯시가 지난 시각이었다.

"점심을 먹기에는 시간이 좀 많이 지났네요. 술 많이 드셨나봐요?"

우리 주위에 서 있는 사람들을 둘러보면서 그녀가 말했다. 나는 이거 낭패라고 생각했다.

"아, 예. 출판사에 갔다가, 원래 낮에는 술을 잘 마시지 않는데, 동태찌개를 시키는 바람에."

뭔가 사태를 수습하려는데도 말이 제대로 나오지 않았다.

"그럼 저쪽으로 나가시면 되는데. 제가 안내해드릴까요?"

그녀는 엉거주춤 서 있는 나의 왼팔을 잡더니 출입구인 회전문 쪽으로 나를 이끌었다. 건물을 빠져나온 그녀는 힘없이 내 팔을 잡은 손을 빼더니 두세 대의 빈 택시가 정차해 있던 도로 쪽으로 걸어갔다. 엄마에게 혼이 난 아이처럼 고개를 푹 숙인 채, 어떻게든 실수를 만회해봐야겠다고 생각했지만, 뭐라고 할 말이 잘 떠오르지 않았다. 그렇게 두 눈을 질끈 감고 걷다가 나는 그만 가로수에 이마를 세게 부딪쳤다. 그것도 그냥 부딪쳤으면 됐는데, 술에 취해서인지 나도 모르게 뒤로 벌렁 자빠지고 말았다. 별이 보일 정도였지만, 눈을 뜨고 싶은 생각은 전혀 들지 않았다. 세상은 왜 이다지도 내게 까칠하게 구는 것일까? 이 모든 게 꿈이라면 얼마나 좋을까? 그녀가 자빠진 나를 그대로 방치하고 달아나버렸다면? 꼼짝도 하지 않고 두 눈을 감은 채 한참 누워 있는데, 깔깔거리며 웃는 소리가 들렸다. 그 웃음소리를 들으니 가슴 한쪽이 아팠다. 언젠가 내가 청혼했을 때도 그녀는 그렇게 깔깔거리고 웃었다.

"왜 그래? 너무 유치한 코미디잖아. 이게 뭐야?"

그녀가 소리쳤다. 나는 두 눈을 번쩍 떴다.

"웃을 일이 아니에요."

"그럼 뭐야?"

웃음을 그친 그녀가 정색하고 내게 말했다.

"그때 내 눈앞이 얼마나 캄캄했는지 보여주려고 일부러 그런 거지."

짐짓 아무렇지도 않은 듯 나는 벌떡 일어나 옷을 털었다. 오랜만에 만난 옛날 애인한테 보여줄 수 있는 한 가장 한심한 꼴을 보였기 때문에 창피해서 죽을 지경이었다.

"가자."

그녀가 말했다.

"그래."

헤어질 때 헤어지더라도 실수는 만회하자는 마음에 내가 덧붙였다. "궁금해서, 참을 수가 없어서, 너무 고통스러웠기 때문에, 게다가 할 말도 있어서 여기까지 왔는데, 아니, 일이 있어서 요 앞에 왔다가 지나는 길에 들렀는데……"라고 말하긴 했지만, 놀랍게도 혹은 우습게도 막상 그녀를 만나게 되자 그때까지도 여전히 내 마음 깊은 곳에 남아 있던 당혹감, 비참함, 분노, 적대감 등은 눈 녹듯이 사라지고 9·11 테러나 지구온난화에 의한 해수면 상승뿐만 아니라 그냥 그날도 해가 떴기 때문에 우리가 헤어질 수밖에 없었다고 그녀가 말한대도 다 이해할 수 있을 것만 같은 기분이 들었다.

하지만 그녀는 내 말은 듣는 둥 마는 둥 앞장서서 걷기 시작했다. 그래서 하는 수 없이 택시를 잡아타고 그 자리를 떠나서 다시는 그녀 앞에 나타나지 않으려고 하는데, 그녀는 정차한 택시를 지나쳤다가 내 쪽으로 다시 돌아와 머뭇거리던 내 팔을 잡고 차도를 무단횡단한 뒤, 여의도공원으로 들어갔다.

5

뉘엿뉘엿 저무는 햇살이 잎을 모두 떨군 나뭇가지 사이를 힘없이 지나와 벤치에 앉은 그녀의 옆얼굴을 노랗게 물들였다. 그녀는 미간을 약간 찌푸려 콧잔등에 두어 개의 주름을 만든 뒤, 오른손을 들어 햇살을 가렸다. 그러더니 팔짱을 끼고 내 쪽을 향해 고개를 돌린 채 약간 몸을 떨면서, 때로 눈앞이 캄캄해져서 길을 걸어가다가 가로수에 부딪쳐서 넘어지는 경우가 어떤 경우인지 얘기해보라고 말했다. 내게 따져 묻는 것인지, 아니면 정말 궁금하다는 것인지, 또는 혹시 그게 미안함이든 무엇이든 내게 아직 감정이 남아 있어서 묻는 것인지 나로서는 알 수 없었지만, 어쨌든 옛 애인으로서 더이상의 실수는 안 된다는 생각으로 최대한 내 얘기를 정리해서 전달해보려고 나는 애썼다.

"수전 손택이라고, 타인의 고통을 바라볼 때는 '우리'라는 말을 사용해서는 안 된다고 말한 여자인데, 소설가이고 비평가로 우리나라에도 책이 몇 권……"

"알아. 나도 좋아하는 사람이야. 계속 얘기해봐."

"그러니까 그 여자 말로는 고통과 '우리'는 동시에 존재할 수 없다는 얘긴데, 소통하면 고통은 없는 거야, 맞지? 이 왼손이 남자고 이 오른손이 여자야. 이 두 사람이 늘 함께 붙어 있다가 이렇게 떨어지면, 서로 소통이 안 되니까 그게 고통이잖아."

나는 두 주먹을 쥐고 서로 붙였다가 뗐다가를 반복하면서 말했다.

"글쎄, 『타인의 고통』에 대해서 말하는 모양인데, 그런 뜻은 아니었던 것 같지만, 어쨌든 계속 말해봐."

"암튼 붙으면 고통이 없고 떨어지면 고통이 생기고, 그런 거야. 그래서 네가 내 곁에 없다는 것 자체가 고통이었던 거야. 곁에 없으면 소통이 안 되는 상황이고 이해가 안 되는 상황이야. 눈이 있어도 못 보고 귀가 있어도 못 듣는 처지가 되는 거지. 걔는 왜 그랬을까? 정말 이상한 애잖아? 이해할 수가 없어. 한때 나 자신보다 더 친했던 사람에게 느끼는 그런 의문 자체가 고통이라구. 여기 봐. 이렇게 바람이 불잖아. 여기 나무들 사이로. 그런데 네가 없으니까 이런 의문이 들더라. 왜 바람이 부는 거지? 이해가 안

돼. 그래서 바람이 불 때마다 고통스러워. 손뼉을 치잖아. 짝짝짝. 그러면 소리가 나잖아. 왜 소리가 나는 거지? 이런 소리 자체가 고통이었어. 세상 모든 게 고통이었어."

"그래서 오늘 말고도 길 가다가 가로수에 부딪친 적이 많았다 는 소리야?"

"네가 왜 그런 질문을 하는지도 내가 알지 못하니까 고통인 거 야. 이해할 수 없는 캄캄한 어둠 한가운데에 놓여 있는 셈이나 마 찬가지니까 오늘처럼 어디 가로수에만 부딪치겠냐고!"

"그럼 또 뭐하고 부딪치는데?"

"바람소리하고도, 통닭 튀기는 냄새하고도, 하늘의 파란색하고 도. 세상 모든 것하고 다 부딪치지."

"고통에 대해서 잘 아는 소설가라더니, 어째 안 팔리는 소리만 하는구나. 여기까지 찾아왔으니 도와주고 싶은 마음은 굴뚝 같은 데, 내가 무슨 말을 해주면 되겠니? 나한테 궁금한 게 뭐야?"

"말했잖아. 왜 바람이 부는지. 왜 손뼉 치면 소리가 나는지."

"난 네이버 지식검색이 아니거든."

"왜 네가 나한테 헤어지자고 말했는지. 그런 건 지식검색에도 나오지 않아. 아무런 이유도 없이, 이유라고 한다면 내가 청혼한 게 유일한 이유일 텐데, 어쨌든 아무런 이유도 없이 너한테 차였 다고 생각하면 밤에도 잠이 안 오더라. 하지만 이젠 됐어. 괜찮아. 알 것 같아. 얼마 전까지만 해도, 아니, 여기 오는 택시 안에서 한

강을 내다볼 때까지만 해도 그 이유를 몰랐는데, 이제 이해할 수 있을 것 같아."

"내가 왜 헤어지자고 말한 것 같은데?"

"왜긴, 9·11 테러 때문이지."

그리고 우리는 큰 소리로 웃음을 터뜨렸다. 그게 말이 되든 안 되든 뉴욕에서 일어난 테러 때문에 서울에서 헤어지는 연인도 세상에는 있는 법이었다. 그게 우리였다. 내 말이 억지스럽다면 다음과 같은 그녀의 말을 녹음해서 들려주고 싶다.

"네 말이 맞아. 세계무역센터 쌍둥이빌딩이 무너지는 바람에 우린 헤어지게 된 거야. 그때는 도저히 너랑 관계를 계속 유지할 수 없었어. 더구나 결혼 같은 건 하고 싶지 않았어. 이해해주면 좋겠지만."

"알아, 이해해. 아직도 세상에는 무너질 빌딩이 무지하게 많으니까. 중동 문제가 근본적으로 해결되지 않는 한, 언제 또 빌딩이 무너질지 알 수 없는 법이지."

나는 그녀가 무슨 말을 하든지 그 말을 전적으로 믿기로 했다.

"비아냥거릴 필요는 없을 텐데. 그럼 나한테 할 말은 뭐였어?"

"비아냥대는 소리가 아니야. 사랑은 질병 같은 것일 거야. 맞아. 우린 1982년에 라스베이거스에서 시합을 벌이다가 14라운드에 링에서 쓰러져 죽은 한 권투선수 때문에 서로 사랑하기 시작해서 2001년 9·11 테러로 무너진 쌍둥이빌딩 때문에 이별하게 된 거야. 그건 우리가 아무런 이유 없이 사랑했고 아무런 이유 없이 이별했다는 소리이기도 하지. 이제 나도 그 정도는 이해할 수 있는 나이가 됐어. 그건 그렇고, 저녁 같이 먹을래?"

그녀는 내 얼굴을 바라보면서 고개를 흔들었다.

"약속 있어."

"음, 그렇구나."

나는 잠시 말을 끊었다.

"그럼 할 말은 여기서 할게. 알래스카 코르도바에 마리 스미스라는 에야크 인디언이 살아. 이 지구상에서 에야크어를 사용하는 마지막 인간이야. 사람들이 그 소감을 묻자, 할머니는 이렇게 말했대. '그게 왜 나인지, 그리고 왜 내가 그런 사람이 된 건지 나는 몰라요. 분명한 건 마음이 아프다는 거죠. 정말 마음이 아파요.' 듣는 사람이 없으면 말하는 사람도 없어. 세계는 침묵이야. 암흑이고."

그녀는 내 말을 듣고 한참 가만히 앉아 있다가 입을 열었다.

"좋아. 약속 취소하고 같이 저녁 먹을게. 대신에 그 얘기 자세히 말해봐."

"무슨 얘기?"

"침묵과 암흑의 세계."

6

권투에 대해서 글을 쓰게 되면 고통에 대해, 더 나아가서는 죽음에 대해 쓸 수밖에 없다는 사실을 내게 처음으로 일깨워준 사람은 미국의 소설가 조이스 캐럴 오츠였다. 그녀는 『권투에 대하여 On Boxing』란 에세이를 쓰기 전에 내가 우리를 서로 사랑하게 만들었다고 말한 바 있는 그 권투선수의 경기 장면이 담긴 비디오를 일부러 찾아본 적이 있다고 언급하면서 1945년부터 1985년까지 미국에서만 적어도 370명의 권투선수들이 시합으로 인해 직간접적으로 목숨을 잃었다고 말했다. 오츠는 권투의 패러독스를 이렇게 설명했다. "(권투는) 육체적 기술의 충격적 향연이라는 스펙터클뿐만 아니라 언어의 형태로 전달하는 일이 불가능한 감정적 경험을 찾으려는 사람들을 집요하게 자극한다. 권투는 유사한 예술을 전혀 찾아볼 수 없는 하나의 독자적인 예술형태라고 나는 말하고 싶다."

내가 오츠의 그 말을 떠올리게 된 것은 술에 취해서 방송국까지 찾아가고 다시 이 년이 흐른 뒤인 지난주였다. 아파트 현관을 나서려는데 우편함에 소포가 있었다. 뜻밖에도 그건 그녀가 내게 보낸 항공우편이었다. 겉봉에 적힌 주소는 미국 네바다 주 라스베이거스의 시저스 팰리스 호텔이었다. 에어쿠션을 내장한 노란색 봉투를 뜯어보니 CD 한 장과 편지 한 통이 들어 있었다. 날카롭게 각이 진 노란색 호텔 로고가 찍힌 도합 열두 장에 달하는 장문의 편지에는 그녀가 사막의 한가운데에 있는 그 도시까지 가게 된 사연이 적혀 있었다. 편지는, 내가 들려준 이야기 덕분에 미국까지 오게 됐으니 우선 고맙다는 말부터 전해야겠다는 문장으로 시작했다.

얘기인즉슨 한국언론재단에서 진행하는 해외장기연수 프로그램이 있는데, 그녀는 그때 내가 들려준 마지막 에야크어 사용자 마리 스미스에 대한 이야기에서 착안해 '언어의 죽음'이라는 주제를 택해 캘리포니아에서 사라진 인디언 토착어의 운명과 인디언들의 정체성에 대해 연구하겠다는 계획서를 재단에 제출했고 그게 채택이 돼 지금은 샌프란시스코 근처에 있는 UC버클리에 방문학자로 머물고 있다는 것이었다. 거기까지는 별다른 느낌 없이 '아, 그랬었구나' 정도의 심경으로 건성건성 편지를 읽어갔는데, 한 장을 넘겨보니까 어느 정도 시간이 지난 뒤 다시 쓰기 시작한 듯 이번에는 좀 갈겨쓴 필체로 다음과 같이 적혀 있었다.

"네 말이 맞아. 소통할 다른 대상을 잃어버렸다는 건 자신을 표현할 방법을 상실했다는 것이나 마찬가지야. 내가 미국에 가봐야겠다고 생각한 것은 사실 죽어가는, 혹은 죽어간 언어에 대한 관심 때문만은 아니었어. 오래 전 텔레비전으로 뉴욕에 있던 세계무역센터 건물이 붕괴되는 장면을 거듭해서 지켜보는 동안, 내게는 의문 하나가 떠올랐거든. 과연 1982년 가을 라스베이거스에서는 어떤 일이 벌어졌던 것일까?"

그 문장을 읽자마자 나는 우리가 처음 만났던 새천년의 첫 크리스마스이브에 그녀가 내게 했던 말, 즉 "그 선수 말이에요. 라스베이거스에서 죽은 선수. 그 선수의 고통을 소설로 쓸 수 있겠어요?"를 떠올렸고, 나는 그녀가 공연히 그런 질문을 던진 게 아니라는 걸 깨닫게 됐다. 맙소사. 그렇다면 우리가 1982년 라스베이거스에서 시합을 벌이다가 14라운드에 링에서 쓰러져 죽은 한 권투선수 때문에 서로 사랑하기 시작해 2001년 9월의 테러 때문에 이별하게 됐다는 건 절망에 빠진 내가 궁여지책으로 찾아낸 익살스런 논리가 아니라 실제 일어난 일이었단 말인가?

7

편지에 따르면 2001년 9월 11일 텔레비전으로 뉴욕의 쌍둥이 빌딩이 무너지는 광경을 목격한 뒤, 그녀는 오래 전 미국에서 실종된 아버지의 행적을 찾아나서기 시작했다. 그녀가 기억하는 아버지는 알이 두꺼운 안경을 쓰고 가족들에게 신경질적으로 소리를 지르거나, 아침이면 숙취에서 깨어나지 못하고 얼음물에 담가둔 물수건을 얼굴에 뒤집어쓰고 누워 있었다. 아직 어렸던 그녀를 바라볼 때면 검정색 뿔테안경 너머의 두 눈동자가 연민으로 젖어

드는 경우도 있었지만, 대개는 감정이 없는 짐승처럼 일없이 주르르 눈물을 흘리는 때가 더 많았다. 그녀로서는 아버지의 눈물을 단 한 방울도 이해할 수 없었다. 아버지가 안경을 쓰기 시작한 것은 1977년 이리역 폭발사고가 일어났을 때 역 근처 삼남극장에서 공연을 앞두고 대기실에 있다가 크게 다친 뒤부터였다. 그때, 극장 지붕이 모두 날아간 삼남극장에는 하춘화도 있었고, 이주일도 있었다고 아버지는 회상했다.

늘 짜증스럽다는 듯 찌푸리거나 눈물을 흘리던 얼굴이었기 때문에 1980년 5월, 1970년대 내내 보조MC로 지방 쇼단을 전전하면서 무명생활을 거친 끝에 마침내 아버지가 TBC 방송국의 한 쇼 프로그램에 등장했을 때, 그녀는 '과연 저 사람이 아버지가 맞는 걸까?'고 의아하게 여길 수밖에 없었다. 텔레비전에 나온 아버지의 얼굴은 어떤 일을 당해도 바보처럼 웃고 있었기 때문이었다. 일곱 살밖에 먹지 않았지만, 바보 연기를 하느라 안경을 벗은(검은색 뿔테안경을 낀 바보는 없었으니까) 아버지가 초점이 잡히지 않는 눈을 게슴츠레 뜨고는 다른 사람들에게 조롱당할 때 그녀는 수치심을 느꼈다. 그래서 서울 변두리 극장에서 공연할 때면 동네 골목길이나 전신주에 붙은 계란 모양 사진을 가리키며 친구들 앞에서 아버지가 연예인이라는 걸 자랑하던 두 오빠들이 마침내 아버지가 TV에 등장했다는 사실에 환호작약하는 동안, 그녀는 방 한 구석에서 귀를 틀어막고 라푼젤이 나오는 동화책만 들여다봤다.

유랑극단 시절부터 그녀 아버지의 레퍼토리는 '달나라로 간 별주부전'이었다. 그는 지구에서 토끼가 멸종한 21세기, 토끼 간을 구해오라는 용왕의 특명으로 로켓을 타고 달까지 찾아간 별주부역을 맡아서 시종일관 계수나무에 부딪치고, 먹다 버린 당근을 밟아 미끄러지고, 토끼의 꾀에 속아서 옷을 다 벗은 채 속옷 차림으로 엉금엉금 기어다니는 슬랩스틱 코미디를 선보였다. 아버지가 선보인 바보 연기는 배삼룡의 뒤를 이은 것이긴 했지만, 비슷한 시기에 TV에 데뷔해서 "콩나물 다 무쳤냐?"라거나 "뭔가 보여드리겠다니까요"라고 말하며 〈수지Q〉에 맞춰 엉덩이춤을 추던 이주일에 비하면 구태가 역력했다. 더구나 '달나라로 간 별주부전'은 언제나 유랑극단 분위기로 〈쾌지나 칭칭나네〉를 부르면서 끝이 났으므로 그런 느낌은 더했다.

개개인의 평가야 어떻든 박정희 대통령이 암살된 뒤 한국인들은 어쨌든 시대가 바뀌었다는 사실을 체감하려고 했기 때문에 유신 시절 장충체육관에서 개최하던 전국민속예술경연대회 풍의 그런 코미디보다는 바라보고만 있어도 웃음을 터뜨릴 수밖에 없었던 이주일의 얼굴에 더 환호했다. 바야흐로 이유 따위는 필요 없는 난센스의 시대였다. 그러므로 심지어는 텔레비전에 나온 아버지의 모습에 감동한 표정으로 눈물을 글썽거리며 껑충껑충 뛰어대던 그녀의 오빠들 역시 속바지 차림에 거북이 등짝을 짊어지고 엉거주춤한 자세로 서서 유일한 유행어인 "웃을 일이 아니에요"라고 말하는 아버지보다는 "얼굴이 못생겨서 죄송합니다"라고 자학적으로 말하는 이주일을 더 많이 흉내냈다.

그러므로 그녀의 아버지가 TV에서 도태되는 건 시간문제처럼 보였지만, 뜻밖의 사태가 벌어지면서 그는 무주공산의 호랑이 노릇을 할 수 있었다. 1980년 9월 1일, 전두환 대통령 취임식을 앞두고 배삼룡, 나훈아, 허진, 이주일 등이 '저질 연예인'으로 낙인찍혀 사실상 방송 금지를 당했던 것이다. 저질이라면 그녀의 아버지도 빠져나갈 수 없었지만, 용케도 그는 이후에도 별다른 제재 없이 계속 텔레비전에 출연할 수 있었다. 그때가 아마도 코미디언으로서는 가장 행복했던 시기였을 것이다. 그녀에게는 그 행복이 그녀만의 독방이 있는 2층 양옥집의 형태로 나타났다. 그리하여 그 2층 양옥집의 뒷방 창가에서 그녀는 성에 갇힌 라푼젤이 되어 왕자님을 기다리는 상상도 할 수 있었던 셈이다. 하지만 그렇게 상상할 수 있게 되기까지 아버지가 무슨 일을 했는지는 아주 나중에야 알게 됐다.

8

그녀는 영상자료원 자료실에서 아버지의 이름을 검색하다가 〈대한뉴스〉 제1297호 '특보 : 제11대 전두환 대통령 취임' 편을 발견했다. 자료에 대한 설명문 하단에 '시민들의 반응—〈쾌지나 칭칭나네〉를 부르는 희극인 安福男씨'라고 적혀 있었다. 자료실에서 비디오테이프를 대여한 그녀는 기기가 설치된 열람석에 앉아서 별다른 초조함 없이 '특보'라는 자막과 함께 취임식이 열리는 잠실 실내체육관으로 가기 위해 세종로를 빠져나가는 '전두환 대통령과 영부인 이순자 여사' 일행의 차량을 담은 영상부터 시청하기 시작했다. 시민들의 반응은 뉴스가 거의 끝나갈 즈음에 나왔는데, 마침내 아버지의 모습이 등장했을 때, 하마터면 그녀는 그자리에서 모니터를 꺼버릴 뻔했다. 오른손으로 입을 틀어막은 그녀의 얼굴이 시뻘겋게 바뀌었다.

화면 속에서 희극인 안복남씨는 1980년 9월 1일 한시적으로 일반에게 개방된 청와대 앞길에 모여든 사람들을 앞에 놓고 목이 터져라 "성군(聖君)이 나셨도다아!"라고 부르짖고 있었다. 설명문에는 '희극인 안복남씨'가 〈쾌지나 칭칭나네〉를 부른다고 돼 있었지만, 아버지가 등장하는 장면은 그게 다였다. 아마도 때가 때였으니만큼 〈쾌지나 칭칭나네〉의 가사를 그런 식으로 바꿔 불렀던 것인지도 모를 일이었다. 그래서 그 구절이 끝나고 나면 본격적으로 〈쾌지나 칭칭나네〉가 시작됐을지도 모른다. 하지만 어쨌든 제11대 전두환 대통령 취임을 알리는 〈대한뉴스〉에 희극인 안복남씨는 칠 초 정도 나와서 "성군이 나셨도다아!"라고 소리칠 뿐이었다. 당시 〈대한뉴스〉를 편집하던 사람의 관점에서는 "성군이 나셨도다"만 전달하면 되는 일이지, 후렴구 따위는 아무래도 상관없었을 것이다. 그녀는 1980년 9월에 그 〈대한뉴스〉가 전국 극장에 상영되는 걸 상상해봤다. 그건 너무나 끔찍한 일이었다.

피디가 되기 전부터 그랬지만, 그녀는 단 한 번도 아버지가 안복남씨라는 걸 스스로 말한 적이 없었다. 그건 단순히 아버지가 어느 날 가족을 버리고 미국으로 떠나버렸기 때문만은 아니었다. 일 년 남짓 텔레비전에 등장했던 그는 방송계에서조차 완전히 잊혀진 존재였기 때문에 아버지가 코미디언이었다고 말할 처지가 아니었다. 사람들은 그 시절의 코미디언으로 배삼룡과 남보원과 구봉서와 이기동과 이주일을 떠올릴 뿐이었다. 하지만 〈대한뉴스〉 제1297호를 보고 난 뒤에 그녀는 자신의 짐작과 달리 많은 사람들이 극장의 대형 스크린에 나와서 무고한 시민들을 죽이고 대통령이 된 군인을 향해 "성군이 나셨도다아!"라고 외쳤던 그 코미디언을 기억하고 있으리라 생각하게 됐다. 단 한 번도 아버지가 그런 일을 했으리라고는 상상하지 못했던 그녀로서는 그쯤에서 이제 아버지의 행적을 뒤쫓는 일을 멈춰야만 하는 건 아닐까 하고 생각했다. 일생을 통틀어 그녀가 아버지와 함께 보낸 시간은 1981년 5월부터 이듬해 10월까지 대략 십칠 개월의 기간이 전부였다. 안복남씨는 어쩌면 자신이 알던 그 사람이 아닐지도 몰랐다. 왜 안복남씨가 가족을 버리고 미국으로 도망쳐버렸는지 이해한다는 건 불가능한 일일지도 몰랐다. 그쯤에서 아버지에 대한 행적을 추적하는 일을 멈추는 게 옳았다.

그럼에도 그녀는 편지에다가 다음과 같이 썼다.

"옛날에 충주호에서 부엉이 볼 때 내가 했던 말을 기억하겠지? 사람들이 퇴근한 뒤 편집실에 혼자 앉아서 릴테이프를 이리저리 돌려가면서 한 사람의 일생을 편집할 때 그게 어떤 기분인지 내가 얘기한 적이 있었잖아. 밤이 늦도록 편집하다보면 어느 틈에 이야기의 내용은 더이상 들리지 않고 목소리의 톤과 빠르기가 들리지. 그런 목소리에 오랫동안 귀를 기울이고 있노라면 한 사람이 살아온 인생의 빛과 어둠, 열기와 서늘함, 고독과 슬픔마저도 들을 수 있을 것만 같아. 그 사람이 어떤 인생을 살아왔는지는 이야기가 아니라 목소리에서 느껴지는 그런 미세한 결 같은 것이라는 생각을 많이 했어. 아, 이 사람은 지금 고생한 이야기를 하고 있는데도 그 목소리만은 그 시절이 제일 행복했었다고 말하고 있구나. 몇 번이고 반복해서 듣다보면 그렇게 혼자 중얼거릴 때가 있어. 편집하면서 내가 제일 안타까웠던 순간은 목소리가 끊어질 때였어. 더 말할 수 있는데, 사람들은 어느 순간 말을 멈춰. 한동안 침묵이 이어지고 릴테이프는 혼자서 돌아가지. 침묵과 암흑. 내 귀에는 잡음만이 들려. 몇 번을 반복해서 듣다보면 어쩌면 바로 그 순간이 내가 귀를 기울이는 순간일지도 몰라. 거기에 진실이 있을지도 몰라. 1초, 2초, 3초, 4초, 5초. 나는 목소리가 다시 나타나길 기다리면서 없어진 그 목소리의 감정을 읽어."

그녀는 아버지를 기억하는 사람들을 수소문하는 동시에 영상 자료원과 방송국을 오가면서 아버지에 대한 영상을 몇 개 더 찾아낸 뒤, 테이프 하나에다가 그 영상들을 복사했다. 그녀는 그 테이프에다가 '달'이라고 적었다가 얼마 뒤 다시 '로 간 코미디언'이라고 덧붙였다. 그뒤로 그녀는 틈이 날 때마다 그 테이프를 반복적으로 돌려봤다. 화면은 바라보지 않은 채 그저 소리만 듣기도 했고, 소리를 완전히 줄인 채 화면만 바라보기도 했다. 비디오를 틀어놓은 채 설거지를 하기도 했고, 옷을 갈아입지도 화장을 지우지도 못하고 그냥 침대에 쓰러질 정도로 만취해서는 그 비디오를 틀어놓고 잠들었다가 다음날 아침 파란색 화면을 보고 어리둥절하게 생각한 적도 있었다. 처음에는 아버지의 행위가 낯이 뜨겁고 부끄럽기도 했지만, 결국 나중에는 철학서적에 담긴 문장을 읽듯이 아무런 감정도 없이 보이는 것과 들리는 것을 그대로 받아들일 수 있게 됐다.

그 비디오에 담긴 자료들에 따르면 스티로폼으로 만든 로켓의 벽을 부수며 무대에 등장해서는 먹다 버린 당근을 밟고 넘어지고 계수나무에 가서 부딪치던 정도에 그쳤던 아버지의 슬랩스틱 연기는 1980년 9월 이후 눈에 띄게 이상해지기 시작했다. 그는 속옷 차림으로 쓰러져서는 두 손으로 바닥을 더듬으면서 거북이처럼 엉금엉금 기어다녔고, 옆에 서 있던 동료에게 부딪친 뒤에는 대사를 까먹은 것처럼 멍한 눈동자를 두 손으로 비벼가면서 카메라를 응시하고는 "웃을 일이 아니에요"라는, 그의 유일한 유행어를 말했다. 그럴 때면 그게 코미디의 한 장면이 아니라 실제로 벌어진 일인 것만 같아서 허탈한 웃음이 나왔다. 물론 나중에는 그런 웃음마저도 나오지 않았지만.

9

그가 등장하는 마지막 장면은 1981년 5월 여의도에서 벌어진 '국풍81'의 무대였다. 국풍(國風)이라는 말과는 딴판으로 그 무대에서 그는 저질 슬랩스틱 코미디의 모든 것을 다 보여줬다. 거북이 등짝을 등에 메고 무대 한쪽에 있던 로켓 안에서 그는 별주부가 로켓을 타고 달나라까지 날아가는 장면을 성대모사로 표현했다.

"쓰리, 투, 원. 발사. 쿠우우우웅! 피쉬쉬쉬쉬. 여기는 별주부, 여기는 별주부. 용궁 관제센터 나와라, 오바. 지금은 토끼 잡으러 달로 가는 중. 휘영청 밝은 밤하늘에 연들이 날고 있다, 오바. 한 연, 두 연, 세 연. 할 일 없는 연들 참 많이 모였다, 오바. 한국 연, 일본 연, 중국 연. 어쩌다 양(洋) 연도 보인다, 오바. 온갖 잡(雜) 연이 다 모였다, 오바. 지구 연들아, 이제 안녕. 오빠는 달로 간다, 오바. 두두두두두. 피용."

로켓을 뚫고 튀어나온 별주부는 중력이 약한 달에서 토끼와 방아를 찧는답시고 절구를 들고 야릇한 동작을 취하기도 하고, 토끼가 휘두르는 방아를 피해 도망가다가 계수나무에 부딪쳐 그 나무와 함께 바닥에 자빠지기도 한다. 부서진 소도구를 다시 일으키려고 사람들이 올라오고 하는 등 법석을 떠는 와중에 한참이나 바닥에 누워 있던 그는 또 예의 그 "웃을 일이 아니에요"라고 말하며 다시 벌떡 일어나더니 준비한 대사를 읊조린다. "지구에 가면 기차를 태워주겠다"며 별주부는 토끼를 꾀는데, 달에서 방아만 찧고 살았던 토끼는 기차가 뭔지 잘 모른다. 그러자 별주부는 토끼를 바닥에 눕히며 그게 기찻길이라고 관객들을 향해서 말한다. 두 뺨에 분홍색 분을 칠하고 토끼 귀가 달린 머리띠를 쓴 토끼는 어리둥절한 표정으로 "그럼 기차는 어디 있소?"라고 묻는다. 이에 별주부는 바지춤을 내리려는 시늉을 하는데, 토끼가 다시 "바지는 왜 내리시오?"라고 물으니 별주부는 "세상에 호루 씌우고 가는 기차 봤는감?"이라고 대답한다. 그게 은밀한 육담이라는 건 결국 자리에서 벌떡 일어난 토끼가 별주부의 사타구니를 걷어찰 때, "아이고, 거기는 내 머리요. 거북 귀 머리 두란 말도 못 들어봤소?"라고 비명을 지르면서 표면적으로 드러난다.

그날의 마지막 장면은 역시 토끼를 지구로 데려가는 데 실패한 별주부가 이제 다 죽게 된 용왕의 일대기를 코믹하게 재구성한, 예의 그 "성군이 나셨도다아!"라고 외치면서 시작하는 〈쾌지나 칭칭나네〉로 끝이 났다. 마이크를 잡은 그는 관객들에게 그 민요의 후렴구를 함께 부르자는 듯 무대 앞쪽을 향해 걸어가기 시작했다. 공연 내내 호응하지 않았던 관객들이 그 노래에 장단을 맞출리는 없었다. 그럼에도 그는 거침없이 앞쪽을 향해 걸어가다가 어느 순간 쿵 하는 소리와 함께 화면에서 사라졌다. 그 다음날 한 신문의 '횡설수설' 난에 실린 기사에 따르면 그는 "1미터도 넘는 무대 앞쪽으로 떨어지는" "국풍81을 마련한 당국의 취지에 반하는" "전무후무한 저질 코미디"를 선보였던 것이다. 카메라는 계수나무 옆에 반쯤 부서진 로켓 한 대가 서 있는 무대만 비추고 있었고, 오디오에는 반주음악 사이로 그제야 터져난 사람들의 웃음소리가 담겨 있었다.

세번째 그 장면을 보게 됐을 때, 그녀는 이십 년 전 그 자리에 모였던 사람들과 마찬가지로 큰 소리로 웃음을 터뜨렸다. "성군이라니. 그런 사람을 두고 성군이라고 외쳐대면서 겨우 인기를 유지하다니. 정말 고소했지, 뭐야. 그래서 한참 동안 웃었어"라고 그녀는 편지에 적었다. 그뒤로 달로 간 코미디언은 다시는 지구로 돌아오지 못했다. '횡설수설'의 필자가 말한 대로 "그런 저질 코미디는 이제 지구에서 추방해야만" 했으니까. 국풍81의 그 무대는 그녀의 아버지가 나오는 마지막 TV 화면이었다. 무대에서 떨어진 사건을 계기로 그에게는 방송출연 제의가 다시 들어오지 않았다. 얼마간 시간이 흐른 뒤, 그녀 역시 더이상 그 비디오테이프를 보지 않았다. 그러니까 술에 취해서 방송국까지 찾아간 내가 고개를 숙이고 걸어가다가 그만 가로수에 부딪치기 전까지 말이다.

10

그 느릿느릿한 말투와 카랑카랑한 목소리로 짐작하자면 전화를 받은 사람은 오십대 중년으로 보였다. 그녀가 편지에 적어놓은 번호로 전화를 걸어 자초지종을 설명했더니 그 남자는, 그렇다면 자신은 운신이 힘드니 내게 찾아오라고 얘기했다. 그 사람이 찾아오라고 한 곳은 강동구에 위치한 점자도서관이었다. 그때까지 나는 단 한 번도 점자도서관에 가보지 못했을 뿐만 아니라 애당초 시각장애인을 위한 도서관이 이 세상 어딘가에 있으리라는 생각조차 해본 일이 없었다. 그래서 그 도서관에 가기 전까지 내가 상상할 수 있는 건 회상에 잠긴 듯 두 눈을 꼭 감은 채 책상 위에 펼쳐놓은, 요철이 새겨진 점역본(點譯本)을 두 손가락 끝으로 더듬는 시각장애인들로 빽빽한 열람실이었는데, 그건 어딘지 모르게 좀 기이한 장면이 아닐 수 없었다.

하지만 막상 그 도서관에 도착해서야 나는 그게 무지에서 비롯된 상상이라는 걸 깨달을 수 있었다. 재래시장의 한쪽 끝, 자동차 소리가 요란한 올림픽대로 옆에 위치한 그 4층짜리 도서관 건물은 내가 아는 그 어떤 도서관과도 비슷하지 않았다. 나는 도서관에 대해 어느 정도 일가견이 있었다. 내가 아는 한, 도서관에는 잘 가꿔놓은 화단이 딸려 있어야만 했다. 화단은 집중해서 책을 읽을 수 있도록 세상과 도서관을 격리시키는 동시에 계절의 변화를 보여주는 풍경을 담아 활자의 세계에 빠져 있는 사람들에게 현실감을 줘야만 하니까 말이다. 그래서 시장 안쪽 주택가 골목길에 바로 면해 있는 도서관 건물을 봤을 때, 나는 약간 당황스러웠다.

유리문을 열고 들어가자, 오른쪽에는 점자스티커가 붙은 자동판매기가 있었고, 왼쪽으로는 대한성서공회에서 펴낸 점자성서가 담긴 박스가 잔뜩 쌓여 있었다. 입구 맞은편에 있는 전시용 서가에 비치된 책들만이 거기가 도서관이라는 사실을 증명했는데, 『장애인·노약자 서울시 무료셔틀버스 이용안내』『기타 교본』『피아노 명곡집』등의 책을 펼쳐보니 단 하나의 활자도 없이 그저 앞뒤 두 줄로 배열된 요철뿐이었다. 자동판매기 뒤로는 점자인쇄기가 작동하는 소리가 들렸고, 점자성서 박스 뒤의 사무실에서는 여자 두 명이 깔깔거리고 웃는 소리가 들렸다. 점자도서관이라고 생각해서 그런지 나는 소리에 더 민감해졌다. 그제야 나는 점자도서관에 화단 따위는 불필요하다는 사실을 깨달았다. 시각장애인들에게는 너른 공간이 오히려 위협적일 게 분명했다.

1층에서 전화를 걸자, 남자는 왼쪽으로 놓인 계단을 밟고 3층으로 올라오라고 말했다. 3층까지 올라가니 '음향자료실'이라고 써붙인 문이 열려 있었다. 그 안에 방송국처럼 스튜디오 시설이 갖춰져 있었다. 스튜디오 안에서는 자원봉사자 한 명이 책을 낭독하고 있었고, 바깥에서는 한 여자가 콘솔 앞에 앉아서 그 모습을 지켜보고 있었다. 두 사람은 책을 녹음하느라 정신이 없었는지 내가 문 바깥에서 실내를 들여다보고 있다는 사실도 알지 못했다. 내가 온 것을 알아차린 건 콘솔 앞에 앉은 여자 뒤쪽에서 두 손으로 하얀색 지팡이를 잡고 앉아 있던 중년 남자였다. 내 짐작과 크게 다르지 않은 모습이었다. 남자는 내 쪽을 돌아보더니 내게 전화한 사람이냐고 물었다. 남자의 말에 콘솔 앞에 앉아 있던 여자가 힐끔 나를 돌아봤다. 그렇다고 말하자, 남자는 자기 옆에 있는 의자를 가리키며 낭독이 거의 다 끝나가니까 앉아서 조금만 기다려달라고 했다. 나는 남자의 옆에 앉아서 콘솔 앞에 앉은 여자의 어깨 너머로 보이는 스튜디오 안을 바라봤다.

나는 스튜디오 안에 있는 여자가 읽는 책이 무엇인지 알아내려고 무던히 애를 썼지만, "나는 그에게 고맙다고 말하려다가 그만두었다. 그럴 필요가 없었다. 눈 덮인 카르파티아 산맥이 보였다. 나는 시원한 공기를 들이마셨다" 등의 문장만으로는 그게 누구의 책인지 알 수 없었다. 그러다가 "단테는 어떤 사람인가. 『신곡』은 무엇인가. 『신곡』이 무엇인지를 간단하게 설명하려 애쓰다보면 어느새 신선하고 낯선 감정이 생겨난다"라는 부분에 이르러 나는 그 책의 제목과 저자의 이름을 떠올릴 수 있었다. 그건 프리모 레비가 쓴 『이것이 인간인가』였다. 수용소에서 프리모 레비가 동료에게 『신곡』의 문장들을 기억해내 불어로 번역해서 읽어주는 장면이었다.

"이거야, 잘 들어봐, 피콜로. 귀와 머리를 열어야 해. 날 위해 이해해줘야 해. 그대들이 타고난 본성을 가늠하시오. 짐승으로 살고자 태어나지 않았고 오히려 덕(德)과 지(知)를 따르기 위함이라오. 마치 나 역시 생전 처음으로 이 구절을 들은 것 같았다. 날카로운 트럼펫 소리, 신의 목소리가 들리는 듯했다. 잠시 나는 내가 누구인지, 어디 있는지 잊을 수 있었다."

옆에 앉은 남자는 고개를 끄덕여가며 여자의 목소리에 귀를 기울이고 있었다. 이따금 한숨이나 탄식 같은 소리가 들리기도 했다. 달리 할 일이 없었기 때문에 나 역시 그녀의 이야기에 귀를 기울였다. 이야기 속에서 프리모 레비는 "용서해줘, 피콜로. 최소한 네 줄은 잊어버렸어"라거나 "그에게 말해야 한다. 중세에 대해, 그토록 인간적이고 필연적이고 그럼에도 불구하고 전혀 뜻밖인 그 시대착오에 대해 설명해야만 한다. 그리고 나 자신도 이제야 순간적인 직관 속에서 목격한, 이 거대한 무엇인가를, 어쩌면 우리의 운명을, 우리가 오늘 여기 있어야 하는 이유를 설명해야 한다"고 절규하고 있었다. 이윽고 그 절규는 "마침내 바다가 우리 위를 덮쳤다"는 문장으로 끝났다. 낭독이 모두 끝나자, 콘솔 앞에 앉아 있던 여자는 수고했다고 말했고, 남자는 지팡이를 품에 안은 채 두 손으로 손뼉을 쳤다. 나도 얼떨결에 따라서 박수를 쳤다.

11

남자는 내게 4층에 자기 방이 있으니 그쪽으로 가자고 말했다. 그는 자리에서 일어나 몸을 틀어 지팡이를 짚으며 걸어나갔고, 나는 그를 뒤따랐다. 콘솔 앞에 앉은 여자가 문을 빠져나가는 그를 향해 "이따가도 녹음 있으니까 오세요"라고 말했다. 남자는 뒤돌아보지도 않은 채, 왼손을 흔들며 "오늘은 그만"이라고 대답했다. 방이라고 해서 좀 의아스러웠는데, 막상 4층으로 올라가보니 그가 말한 '방'은 도서관장실이었다. 그는 문을 열고 문 왼쪽에 있는 스위치를 올려 실내를 밝히며 안으로 들어가더니 블라인드가 쳐진 창을 등지고 1인용 소파에 앉았다.

"그렇게 서 있지만 말고 앉으세요."

이인용 관장이 내게 말했다. 나는 소파세트 뒤 책상에 놓인 명패를 보고 나서야 그가 도서관장인 이인용씨라는 걸 알게 됐다. 나는 3인용 소파에 앉았다. 인조가죽 소파에서 바람 빠지는 소리가 크게 들려 좀 민망했다. 나는 이관장에게 그녀가 편지로 내게 부탁한 일에 대해서 설명했다. 편지에다 그녀는 이인용씨에게 연락해서 편지에 동봉한 CD를 전해주면 고맙겠다고 써놓았다. 나는 가방에서 CD를 꺼내어 탁자 위에 올려놓았다. 아버지가 나오는 영상들을 담은 비디오테이프에 적어놓은 것과 마찬가지로 그녀가 CD에다 적어놓은, '달로 간 코미디언'이라는 글자를 나는 한참 들여다봤다.

"무슨 일을 하시는 분입니까?"

갑자기 이관장이 내게 물었다.

"소설을 씁니다."

내가 말했다.

"소설가란 말씀인가요?"

"예."

"재미있군요. 얼마 전에 녹음한 책에 보니까 아프리카에서는 노인이 한 명 죽을 때마다 도서관 하나가 없어지는 것이나 마찬가지라고 썼습디다. 그게 참 맞는 말이라고 생각했어요. 이제 책을 읽을 수 없게 됐으니까 내게는 한 사람 한 사람이 책이나 마찬가지입니다. 저처럼 눈이 안 보이게 되면 읽을 수 있는 책이 한정돼 있거든요. 소설가는 한 번도 만나본 일이 없으니까 소설가에 대한 책은 아직 읽어본 일이 없는 셈입니다. 이런 기회는 쉽게 오지 않는 법이죠. 그러니 몇 가지 물어보겠습니다. 요즘은 어떻습니까? 소설을 써서 먹고살 만합니까?"

그제야 나는 도서관장도 시각장애인이라는 사실을 눈치챘다.

"아무래도 사양산업이지요. 활자산업이라는 것 말입니다. 요즘 사람들은 활자보다는 영상을 더 잘 이해합니다."

"선생의 소설은 어떻습니까? 팔리는 쪽입니까, 안 팔리는 쪽입니까? 혹시 베스트셀러가 있습니까?"

처음 만나서 소설의 내용이나 제목에 대해서 물어보는 사람은 봤어도 그런 식으로 질문하는 사람은 처음이어서 나는 좀 당황스러웠다.

"굳이 말하자면 안 팔리는 쪽입니다. 다섯 권을 출판했지만, 그 중에 베스트셀러는 한 권도 없습니다."

"이건 전적으로 제 입장에서 말씀드리는 것이지만, 그렇다면 우리처럼 앞이 보이지 않는 사람들에게는 당신의 소설은 존재하지 않는 것이나 마찬가지입니다. 책 한 권을 오디오로 만들거나 점역하는 일은 비용이 많이 들기 때문에 주로 장애인들의 자립을 도와주는 책이나 베스트셀러만 우리는 접할 수 있으니까요. 우리는 장애인이니까 그렇다고 할 수 있겠지만, 아마도 많은 비장애인들에게도 그건 마찬가지일 것입니다. 그들은 선생의 소설이 이 세상 어딘가에 있으리라고 생각해본 일조차 없을지도 모릅니다. 안 팔리는 쪽이라면 말이죠."

"그렇지만 꼭 많이 팔려야만 좋은 소설이 될 것이라고는 생각하지 않습니다. 저는 한 명의 독자만 있어도 소설을 쓸 겁니다."

"아, 저는 그냥 인식론의 차원에서 제 생각을 말한 것뿐입니다. 누군가 선생의 소설을 제게 읽어주지 않는 한, 저는 선생의 소설을 읽을 수가 없습니다. 그게 현실이라는 거죠. 뭐가 좋은 소설이고, 뭐가 나쁜 소설인지 저는 몰라요. 하지만 제가 읽고 싶은 소설은 선생의 소설처럼, 죄송합니다만 잘 안 팔리는 소설들입니다."

"이제는 더이상 읽을 수 없게 된 책이니까 그렇다는 뜻인가요? 그러니까 희소성의 문제 때문인가요?"

"그렇죠. 제가 마지막으로 읽은 책은 이제하의 소설이었습니다. 『초식』이라는 소설이었죠. 그때까지만 해도 나는 국문과에서 박사과정을 밟고 있었지요. 선천성 백내장으로 왼쪽 눈이 이미 보이지 않는 상태에서 오른쪽 눈만으로 매일 책을 읽었습니다. 그때는 요약이 불가능한 책만을 골라서 읽었습니다. 왜냐하면 결국 눈이 멀고 나면 더이상 책을 읽지 못하게 될 텐데, 실용서나 베스트셀러는 읽은 사람에게 내용을 요약해서 들어보면 되는 일이라고 생각했으니까요. 오른쪽 눈에도 이미 검은색 타원이 나타나 눈앞의 일부가 보이지 않았던 시절이었죠. 책을 읽는 동안, 그 원이 점점 더 커지더니 어느 날 완전히 눈앞을 가리게 됐습니다. 시력을 완전히 상실하기 전이니까 1981년 여름의 일인데, 이제하 선생에게 '『초식』은 10·26 사태의 예고로 쓴 소설입니까?'라고 묻는 편지를 보낸 적이 있습니다만, 그 다음에 그 원이 완전히 제 눈앞을 가로막는 바람에 답장이 왔는지, 왔다면 어떤 대답이 담겼는지 알 수 없게 돼버렸지요. 그 다음부터는 요약이 불가능한 책들, 잘 안 팔리는 책들은 나의 세계에서 완전히 사라졌습니다. 눈이 멀기 전까지는 이런저런 책들을 읽을 수 있으니까 이 세상에 얼마나 많은 종류의 사람들이 사는지 알 수 있었습니다만, 이제는 이 세상에 그렇게 많은 종류의 사람들이 살고 있었다는 게 잘 믿기지 않습니다."

"실용서와 베스트셀러만 읽는다고 해도 사는 데는 아무런 지장이 없지 않습니까?"

"지장이 많습니다. 얼마 전에는 영국의 한 시각장애인 교수가 쓴 책을 점자로 읽다가 메를로-퐁티가 쓴 『지각의 현상학』에 대해 알게 됐습니다. 그는 그 책을 읽고 자신이 왜 가끔씩 유령이 된 것같이 느끼는지 이해했다고 하더군요. 하지만 저는 그 책을 읽을 수 없습니다. 내가 왜 가끔씩 유령이 된 것처럼 느끼는지 알 도리가 없습니다. 독서의 차원에서 보자면 우리는 최대한 노력할 때 상식적인 인간이 될 뿐입니다. 그 사실이 나를 우울하게 만들죠."

나는 아무런 대꾸도 없이 고개를 끄덕였다. 그러다가 그만 말할 타이밍을 놓쳐서 둘 다 입을 다물고 있었다. 이관장은 내 얼굴을 보지 못하기 때문에 이관장의 얼굴에서 내 표정에 대한 반응을 읽을 수가 없었고, 이 때문에 나는 의사소통에 약간 불편함을 느꼈다. 말이 모두 끝났는지 알 수 없어 망설이는데, 이관장이 내게 말했다.

"말하세요."

"어, 어떻게 제가 말하려고 하는지 아셨나요?"

"앞이 안 보이면 귀가 뚫리죠. 사람들은 대개 말하기 전에 입으로 '스으' 하는 소리를 냅니다. 그러면 '아, 이 사람이 무슨 말을 하려고 하는구나'라고 생각하게 됩니다. 짐작하시겠지만, 책을 읽는 일이 힘들기 때문에 저 같은 경우에는 낯선 사람을 만나서 토론하는 걸 좋아합니다. 그렇게 해서라도 다양한 의견을 들어야만 하니까요. 그래서 말이 길었습니다. 말씀해보세요."

"그렇군요. 안미선씨와는 어떻게 알게 된 사이입니까?"

"아아, 아까 봐서 아시겠지만, 이 도서관에는 썩 괜찮은 녹음 스튜디오가 있습니다. 그 녹음 스튜디오를 만든 게 작년의 일이었는데, 그때 한 후원자분의 소개로 안피디를 알게 됐지요. 음향자료를 만드는 방법에 대해서 아는 사람이 없어서 안피디에게 도움을 많이 받았어요."

이관장이 내게 말했다.

"안피디는 지금 미국에 있습니다."

"잘 알고 있습니다. 미국에 가기 전까지 매주 여기에 찾아와 자원봉사활동을 했으니까요."

"그랬었군요. 그런데 미국에서 제게 우편물이 왔는데, 거기에 관장님에게 전해달라는 CD가 있었습니다. 그래서 처음에는 궁금했어요. 왜 나더러 이 CD를 관장님에게 전해달라고 말했는지."

"하하하, 그거야……"

이관장이 웃으면서 다시 말했다.

12

시력을 상실한 지 일 년이 채 지나지 않았을 무렵, 이관장은 옷을 갈아입기 위해서 장롱을 향해 걸어가다가 누군가 열어놓은 문에 오른쪽 눈을 세게 부딪치면서 안구가 파열되고 말았다고 했다. 가뜩이나 안압이 높아서 눈동자가 물을 가득 채워놓은 풍선이나 다름없었던 상황이었다. 어차피 밤과 낮만 구별하던 눈이어서 그 일로 갑자기 눈앞이 캄캄해진다거나 심리적으로 크게 절망하지는 않았고, 다행히도 상처 부위가 아물기 시작하면서 완전 파열도 면하게 됐다. 하지만 그뒤로 눈동자를 움직일 때면 견딜 수 없이 강한 통증이 느껴졌다. 통증이 심하다고 해도 안압 안정제를 마시고 가만히 두 눈을 감고 누워 젖은 수건을 눈두덩에 올려놓은 채 눈동자를 안정시키며 고통을 견디는 일밖에는 할 수 있는 일이 없었다. 그렇게 안압 안정제를 마시면 의식이 몽롱해지고 정신이 어지러웠다. 현실과 환상을 구별하지 못하고 고통 속에서 언뜻언뜻 망막으로 스쳐 지나는 것들에 대해 중얼거렸는데, 그게 다 미치광이의 헛소리처럼 느껴졌다.

과연 미치광이의 헛소리 같은 게 뭐냐고 물으니 이관장은 부족국가 시대였다면 장님 예언자로 추앙받을 만한 그런 소리들이라고 대답했다. "말하자면"이라고 내가 말을 꺼냈다.

"노스트라다무스의 예언시 같은 게 되겠군요."

그 말을 하고 나니 많은 생각들이 내 머리를 스쳤다.

"그렇지요. 불길이 온 세상을 뒤덮고, 땅으로 거대한 뱀이 처박힌다, 뭐 이런 식이라오. 안구가 파열되면 눈동자로 피가 들어차게 되는데, 그때는 붉은 빛이 환한 세상을 물들이는 걸 보게 되지요."

마침내 이관장은 두 가지 길 중 하나를 선택해야만 했다. 하나는 그렇게 일상을 포기하고 고통 속에서 현실과 환상을 온통 뒤섞어버리는 눈동자 속의 압력을 견디는 일이었고, 다른 하나는 시각장애인으로서의 운명을 받아들이고 안구를 적출해 그 고통에서 영원히 해방되는 일이었다. 안구를 적출한다는 건, 시력을 잃었다고는 하지만 강한 빛이나 사람들의 움직임 정도는 희미하게 분간할 수 있으니 앞으로 의학이 발달하면 다시 시력을 되찾을 수도 있으리라는 막연한 희망을 버린다는 뜻이기도 했다. 그 두 길 사이에서 오랫동안 고민한 끝에 이관장은 마침내 안구를 적출하기로 결심했다.

그건 새롭게 태어나는 일이나 마찬가지였다. 프리모 레비가 『이것이 인간인가』에서 인용한 단테의 『신곡』에는 "그리하여 깊고 광활한 바다를 향해 나를 던졌다"는, 오디세우스의 문장이 나오는데, 안구를 적출한 뒤 이관장이 맞닥뜨리게 된 세계를 이보다 더 정확하게 설명할 수 있는 문장은 없었다. 그뒤부터 고통이 없는 광활한 세계가 그의 눈앞에 펼쳐졌다. 그 세계 안에서 시간은 매우 더디 흘렀고, 사물은 존재했다가 한순간 완전히 사라져버리는 일을 반복했으며, 시각적으로 보자면 꿈이 현실보다 훨씬 더 생생했다. 그리고 얼마 지나지 않아 이관장은 자신이 보지 못하게 되면서 시각적 세계가 사라졌듯이 그 시각적 세계 안에서 자신의 몸도 다른 사람들에게 보이지 않는 존재, 투명인간의 존재, 유령의 존재가 됐다는 걸 알아차렸다.

"내가 보지 못한다는 사실을 알게 되면 사람들은 내가 마치 거기에 없는 것처럼 행동합니다. 마주 앉아 있어도 내 얼굴을 보지 않고 말하는 사람들이 대부분이죠. 한번은 몹시 추운 겨울날 목도리를 두르고 밖에 나간 적이 있어요. 내가 지팡이를 두들기고 지나가니까 시각장애인이라는 걸 모르는 사람은 없죠. 바람이 어찌나 세차게 불어대던지. 그때 어떤 아줌마가 나한테 '어차피 앞도 안 보이는데 그냥 목도리로 얼굴을 다 감아버리지, 왜 목만 가리느냐'고 묻습디다. 그럴 수도 있겠다는 생각이 들었어요. 어차피 나는 앞을 볼 수 없으니까. 그 말은 어차피 남들이 나를 볼 수 없으니까, 라는 말과 마찬가지입니다. 그러면 내 존재 자체가 사라져요. 시각장애의 핵심은 내가 사라진다는 점입니다. 보여져야만 존재할 수 있기 때문입니다."

이관장의 설명은 계속됐다.

"안구를 적출한 뒤에도 거기 캄캄한 어둠만이 존재하는 건 아닙니다. 시신경이 아직도 살아 있어서 그런 것인지는 모르지만,

내가 보는 건 완전한 어둠이 아니라 회색, 때로는 분홍빛이 감돌고 때로는 푸른빛이 감도는 회색에 가까워요. 꿈에서는 더욱더 잘 보이지요. 1981년 여름에 제가 알던 시각적 세계는 종말을 고했습니다. 그뒤로 제가 아는 세계는 촉각과 청각으로만 이뤄진 세계입니다. 시각 하나가 사라졌다고 해서 뭐가 다를까 싶지만, 크게 달라요. 지금 제가 있는 세계에는 하늘이 없습니다. 별도 없습니다. 넓게 탁 트인 공간이 제게는 암흑의 공간입니다. 저는 좁은 공간일수록 잘 느끼죠. 예컨대 아아, 소리를 지르면 그 소리가 벽을 타고 반사되는 걸 듣고 그 방의 크기를 짐작할 수 있어요. 거기, 앉아서 얘기를 듣고 있습니까?"

"예, 듣고 있습니다."

"이런 식입니다. 그렇게 목소리를 내어서 대답하기 전까지 당신이 내 앞에 있는지 없는지 나는 알 수 없어요. 청각적으로 봐서는 당신은 지금 존재하지 않습니다. 그러다가 대답하면 '아, 거기 있구나' 그렇게 생각하게 됩니다. 그래서 어떨 때는 혼자 막 떠들고 있는 거죠. 앞에 없는 줄도 모르고. 제가 사는 세계는 그런 세계예요. 하지만 잠을 잘 때는 여전히 많은 것들을 봅니다. 물론 내 무의식 속에 남아 있는 시각적 잔영이겠지만. 꿈속에서는 많은 것들을 봐요. 마찬가지로 이렇게 눈이 멀기 전까지 내가 봤던 것들에 대한 시각적 기억은 희미하나마 아직도 남아 있어요."

이관장은 말을 끊고 문 옆에 정수기가 있으니 물 한 잔만 달라고 했다. 나는 위에 놓인 종이컵에다 물을 받아서 탁자 위에 놓은 뒤, 그의 손을 잔까지 잡아끌었다. 이관장이 잔을 들어 물을 마셨다.

"좋습니다. 잘하십니다. 이렇게 하면 저희는 물을 마실 수 있죠. '거기 앞에 있잖아'라고 말하면 물을 한 모금도 마실 수 없습니다. 길을 걷다가 주차한 차에 부딪치면 '왼쪽으로 가세요'라고 말하는 사람들이 있어요. 우리에게 왼쪽은 무한대의 공간인데 그걸 아는 비장애인들은 드물죠. 어쨌든 하던 이야기를 계속하면, 결국 저는 1981년 여름까지 살았던 시각적 세계에서 한번 죽은 뒤, 시각이 사라진 세계에 다시 태어난 셈입니다. 그건 마치 전생의 기억을 안고 사는 것과 비슷해요. 누군가 광화문 거리에 대해서 얘기할 때 제가 머릿속으로 떠올리는 광화문 거리는 1981년 여름까지의 광화문 거리죠. 안구를 적출한 뒤에는 전에 한번 가본 곳일수록 다시 가지 않으려는 성향이 생기는데, 그건 혹시라도 제 기억과 다른 부분을 발견할까 두려워서죠. 그건 아마도 성장을 두려워하는 일과 비슷할 테죠. 완강하게 과거의 시각적 잔영만 붙들고 있는 셈입니다. 하지만 그 통에 다른 사람들은 잘 기억하지 못하는 일도 저는 잘 기억합니다. 예컨대 안피디의 아버지에 대해서도 마찬가지였습니다. 안피디의 아버지가 코미디언 안복남씨라는 건 아시겠죠?"

"이번에 편지 받고 알게 됐습니다."

"아, 그렇습니까? 두 사람은 서로 사랑하는 사이인 것 같은데,

안피디는 아버지에 대해서 한마디도 하지 않았군요."

나는 좀 겸연쩍었다.

"지금은 사랑하는 사이라고 말할 수 없습니다만, 어쨌든 그 이전에도 아버지에 대한 이야기를 들어본 일은 없었어요."

"제게 남은 마지막 시각적 잔영에 대해서 설명하다가 국풍81에 대한 이야기가 나왔어요. 그때는 안복남씨가 아직 유명할 때였습니다. 그 안복남씨가 자기 아버지라고 안피디가 말하기에 제가 '그분은 지금 어떻게 됐느냐'고 물었습니다. 안피디는 침을 삼키며 머뭇거리다가 '가족을 버리고 양옥집을 몰래 판 돈을 들고 애인과 함께 미국으로 도망쳐버렸어요'라고 말하더군요. 그래서 제가 말했어요. '저런, 치료를 받아야 했을 텐데, 그렇게 애인과 도망칠 여력이 있었다니요. 연예인이니 돈도 많으셨을 텐데 빨리 치료받았더라면'이라고 중얼거렸습니다. 그랬더니 안피디가 그게 무슨 소리냐고 묻더군요. '아버님은 시력을 잃어가고 있는 상태였는데, 그걸 몰랐나요?'라고 말했더니 '그걸 어떻게 아시나요?'라고 안피디가 되묻더군요. 그래서 말했어요. '그분이 하신 연기를 보면 알 수 있잖아요. 아무리 코미디를 한다고 해도 앞이 어느 정도 보이는 비장애인들은 그런 식으로 계수나무에 부딪치거나 무대에서 떨어지지 못합니다. 그렇게 심하게 부딪치거나 떨어진다면 눈앞이 희뿌연 상태였다고 봐야겠죠', 그랬더니……"

이관장이 말을 멈췄다.

"그랬더니요?"

"그랬더니 안피디에게서 아무런 기척이 느껴지지 않더라구요. 말했다시피 제 앞에서 누군가 얘기하다가 기척을 내지 않으면 마치 눈앞에 있던 사람이 갑자기 사라진 것처럼 당황하게 됩니다. 그래서 간 줄 알았어요. '거기 있습니까?'라고 내가 조심스럽게 물었어요. 그런데도 아무런 대답이 없었어요. 괜히 제 마음이 불안해져서 더듬더듬 손을 뻗었는데, 그랬더니 안피디의 얼굴이 만져지더군요. 새벽, 이슬이 맺힌 풀잎을 만질 때와 비슷한 느낌이었습니다. 젖은 목소리로 안피디가 '예, 저 여기 계속 있어요'라고 말했고, 그렇게 안면근육이 움직이는 게 제 손끝으로 느껴졌습니다."

13

1982년 10월 8일 오후 여덟시, 이틀 뒤 벌어질 라이트웨이트급 세계 챔피언전을 앞두고 로스앤젤레스에서 국내선 비행기로 환승한 한국인 일곱 명이 라스베이거스 매캐런 공항에 도착했다. 그 한국인 일행은 시합을 벌일 권투선수와 그의 코치 등 체육관 관계자들과 국내 프로모터, 그 권투선수의 후원자인 모 그룹의 젊은 회장과 그가 데려온, 알이 두꺼운 검은 테 안경을 낀 중년 남자로 구성돼 있었다. 공항에서 현지 코디네이터가 대기시켜놓은 밴을 타고 중심가인 '더 스트립The Strip'으로 이동하는 동안, 미국 방문 길에 카지노를 하기 위해서 라스베이거스를 몇 번 다녀간 적이 있는 젊은 회장을 제외하고는 다들 라스베이거스가 그런 곳일 줄은 상상조차 해본 일이 없다는 듯 입을 다물고 네온사인으로 번쩍이는 밤거리를 바라볼 뿐이었다.

UC버클리에서 금융공학을 전공하던 유학생이었던 그 현지 코디네이터는 조수석에 앉아 몸을 뒤로 비튼 뒤, 그의 표현을 그대로 옮기자면 "마치 다들 이틀 뒤의 비극을 예감하기라도 한다는 듯이" 기이할 정도로 숙연하던 그 분위기를 바꾸기 위해 라스베이거스의 역사와 더 스트립의 호텔들의 특징에 대해서 설명하기 시작했다. 그러다 유학생이 라스베이거스에 왔다가 큰돈을 잃어버린 연예인들, 재벌 2세들, 권력자들과 장성들에 대한 소문을 들려주고 나서야 그 얼어붙은 분위기는 조금씩 풀리기 시작했다. 그러자 흥이 난 유학생은 거짓말을 약간 보태 소문을 과장해서 들려줬고, 그럴 때마다 사람들은 "그게 정말인가?"라거나 "저런!" 따위의 추임새를 넣으며 유학생의 노력에 보답했다.

하지만 모든 사람들이 그에게 호응한 것은 아니었다. 어떻게 생각하면 당연한 일이기도 했지만, 시합을 앞둔, 그 눈매가 매섭고 하관이 빨던 권투선수는 회색 후드를 뒤집어쓰고 시트에 등을 바짝 붙인 채 차창 밖의 현란한 조명이 아니라 흐릿한 주황빛 실내등만 바라보고 있었다. 그 선수의 한 칸 뒷자리에 앉은 중년 남자 역시 그저 고개를 숙이고 아래쪽만 바라보고 있었는데, 얼마 지나지 않아 젊은 회장이 자신에게 "저 뒤에 있는 사람이 진짜 코미디언인데, 니가 그래 말을 잘하믄 저 사람은 고만 밥숟가락 놔야겠다"고 말하는 걸 듣고 나서야 유학생은 그가 코미디언이라는 사실을 알았다.

"제가 조국을 떠나온 지가 오래되어서 유명하신 분을 못 알아뵈었네요. 나중에 사인 좀 부탁드립니다. 존함이 어떻게 되십니까?"라며 유학생이 너스레를 떨었다. 하지만 그 코미디언은 그게 자신에게 하는 말인 줄도 모르고 가만히 앉아 있다가 젊은 회장에게 퉁바리를 맞은 뒤에야 더듬더듬 "안복남이라고 합니다"라고 대답했다.

"별주부 양반, 라스베가스에 온께 소감이 어때요? 웃을 일이 아입니꺼? 핫하하."

젊은 회장이 뚱뚱한 몸을 돌려 그 코미디언을 바라보면서 말했다. 코미디언은 창밖을 힐끔 내다보고는 더듬거렸다.

"바, 밝아서 참 좋습니다."

"밝아서 참 좋습니다. 하하핫."

정말 웃긴 이야기를 들었다는 듯이 젊은 회장이 무릎을 치면서 웃음을 터뜨렸다.

"라스베가스에 와가꼬 그런 말이 어데 있나? 밝아서 좋습니다!

우리 김선수 시합하기 전에 긴장 좀 풀게 할라꼬 특별히 여기까지 데려온 양반인데, 달나라까지 갔다 왔다 카민서 우째 코미디가 시차 적응이 좀 덜 되는갑다. 핫하하."

유학생은 자신의 이야기에 호응하지 않았던 그 두 사람, 이틀 뒤 제가끔 자신의 운명이 뭔지 보게 된 그 권투선수와 코미디언을 오랫동안 잊을 수 없었다. 그러니까 그로부터 이십삼 년이 지난 뒤, 학교로 찾아와 "1982년 10월 10일, 라스베이거스에서 무슨 일이 있었는지 알고 싶어요"라고 말했던 젊은 여자에게 "데스 밸리(Death Valley)를 가보세요. 꼭 가보세요. 그럼 뭔가를 보게 될 겁니다"라고 말할 때까지 말이다.

그 이틀 뒤, 시저스 팰리스 호텔에서 벌어진 타이틀 매치의 결과에 대해서는 많은 사람들이 잘 기억하고 있으니 새삼 여기서 다시 말할 필요는 없겠다. 그 시합은 주말이면 도박을 하기 위해 몇 시간씩 차를 운전해서 라스베이거스를 찾아와 몇 시간이고 카지노를 즐기는 미국인들에게는 다리가 늘씬한 무희들이 펼치는 카니발 쇼나 조련사를 등에 태우고 모터보트처럼 물 위를 달리는 돌고래 쇼처럼 잠시 머리를 식힐 때 유용한 여흥거리에 불과했다. 그래서 시합은 머리를 식힐 수 있을 정도만 하고 끝내는 게 가장 좋았다. 빨리 경기 결과를 보고 나서 다른 도박을 해야만 했으니까. 1라운드에 도전자가 쓰러진다면 좀 아쉽겠지만, 3라운드 정도면 그럭저럭 봐줄 만했다.

하지만 막상 경기가 시작되자 도전자에게는 쉽게 경기를 포기할 마음이 없는 것 같았다. 경기는 지루할 정도로 길게 이어졌고, 때리는 챔피언도, 맞는 도전자도, 그 잔인한 경기를 계속 지켜보던 관객들도 모두 지쳐갔다. 경쾌하게 내뻗던 주먹도 점차 그 속도가 줄어들었고, 춤을 추듯 매트 위를 밟아대던 두 다리도 무거워졌다. 10라운드가 넘어가면서부터 남한이라는 나라에서 온 사람들만 빼놓고는 다들 뭔가 잘못되고 있다는 사실을 깨닫기 시작했다. 돌고래 쇼처럼 시작된 경기는 점차 악몽으로 바뀌고 있었다. 다들 도전자가 쓰러지기만을 학수고대했다. 그리고 14라운드에 동양의 작은 나라에서 온 도전자는 마침내 링 위에 쓰러졌다. 이미 탈진한 지 오래된 머리가 바닥에 부딪치면서 벌린 입에서 붉게 물든 마우스피스가 허공으로 솟구쳤다. 링을 향해 비추던 그 조명이 도전자가 이 생에서 본 마지막 환한 빛이었을 것이다.

그 시합에 돈을 걸었던 사람들이 챙길 수 있었던 배당금은 많지 않았고, 그들도 애당초 그 사실을 알고 있었다. 말했다시피 그건 쇼에 불과했으니까. 이 말은 그 시합에 돈을 걸었던 사람들은 대부분 돈을 땄다는 얘기다. 그럼에도 그 시합으로 큰돈을 날려버린 사람도 있었다. 이기지 못한다면 죽어서 고국으로 돌아가겠다던 그 선수의 말만 믿고 5,000달러를 도전자에게 걸었던 젊은 회장이 바로 그 드문 케이스였다. 하지만 젊은 회장의 경제적 손실은 거기에서 그치지 않았다. 호텔 방으로 돌아온 그는 밀반출해서 들고 나온 돈 50,000달러가 없어졌다는 사실을 알게 됐다. 일행 중 자신에게 100달러짜리 신권 500장이 있다는 사실을 아는 사람은 김포공항에서 자기 대신에 그 돈을 들고 나온 그 코미디언뿐이었기 때문에, 젊은 회장은 사흘 내내 카지노에 처박혀 코빼기도 보이지 않았던 그를 찾아 더 스트립에 있는 호텔 카지노를 샅샅이 훑었다.

그 두 가지 일로 유학생은 잠시 앉아 있지도 못할 정도로 정신이 없었다. 한편으로는 도전자측의 대변인이라도 되는 양 외국 기자들의 인터뷰에 응해야만 했고, 그런 와중에도 젊은 회장의 성화에 못 이겨 50,000달러를 들고 달아난 코미디언의 행방을 찾기 위해 라스베이거스 경찰 당국에 신고해야만 했다. 라스베이거스에서는 거금을 딴 사람들의 돈을 가로채 달아나는 일이 드물지 않게 일어났으므로 경찰들은 그런 문제를 해결하는 일에 익숙했다. 이틀 전 매캐런 공항에 도착한 한국인들은 그날 밤 뇌사상태에 빠진 도전자와 함께 다시 비행기를 타고 로스앤젤레스로 돌아갔다. 돈을 잃어버린 젊은 회장 역시 거기서 더이상 시간을 지체할 수 없었기 때문에 함께 돌아가야만 했다. 그는 50,000달러 정도는 카지노에서도 잃을 수 있는 돈이니 크게 개의치 않지만, 자신을 배신한 것만은 용서할 수 없으니 그 코미디언을 꼭 잡아야겠다고 유학생에게 말했다. 그는 유학생에게 며칠 더 라스베이거스에 머물면서 수사가 어떻게 진행되는지 꼭 체크해서 자신에게 보고해달라고 말했다. 만약 그 코미디언이 잡힌다면, 그가 수중에 얼마를 들고 있든 간에 그 절반을 유학생에게 주겠노라고 그는 약속했다. 이미 그 코미디언이 한국에서 들고 온 돈을 카지노에다 쏟아부었다는 사실을 알고 있었던 유학생으로서는 젊은 회장의 돈마저 다 날려버리기 전에 코미디언을 잡아야만 했다.

하지만 그 코미디언이 훔쳐간 돈만은 도박에 사용하지 않았다는 사실이 이내 밝혀졌다. 다음날 아침, 유학생은 미국 경찰 두 명과 함께 라스베이거스에서 로스앤젤레스 방향으로 25마일 정도 떨어진 고속도로 옆 사막에 거꾸로 처박힌 렌터카를 보러 갔다. 가는 차 안에서 경찰은 그 렌터카 안에서 발견된 대여관계 서류를 유학생에게 건네며 전날 경기장에서 쓰러진 한국 권투선수의 용태에 대해 물었다. 당시 이미 남의 손에 넘어간 한국의 2층 양옥집 주소와 함께 'BOK NAM AHN'이라는 이름이 적힌 서류를 들여다보면서 유학생은 "지금쯤 아마 죽었을 것"이라고 대답했다. 렌터카는 조슈아 트리 사이에 전복돼 있었다. 그 차의 앞부분은 달의 풍경이라고 해도 믿을 만큼 황량해 보이는 사막을 향해 있었다. 렌터카에는 50,000달러가 없었으므로 경찰들은 그가 고속도로를 지나가는 차를 히치하이크해서 라스베이거스를 빠져나갔을 것이라고 추정했다. 유학생은 렌터카에서 사막 방향으로 세 걸음 정도 떨어진 곳에서 안복남씨가 끼고 있던 안경을 집어들면서 아마도 히치하이크했을 것 같지는 않다고 말했다. 유학생은 도저히 믿기지 않는다는 듯 아침 햇살을 받아 노랗게 물든 사막을 바라봤다. 차마 경찰들에게 안경을 끼고도 가까운 곳만 겨우 분간하던 그 사람이 사막을 향해 걸어간 게 분명하다고는 말할 수가 없었다.

14

우리는 음향자료실에 나란히 앉아서 CD에서 흘러나오는 목소리에 귀를 기울였다. CD는 그녀가 비디오테이프에서 옮겨놓은 아버지의 목소리들, 예컨대 "지구 연들아, 이제 안녕. 오빠는 달로 간다"라거나 "웃을 일이 아니에요" 같은 우스갯소리로 시작했다. 그 다음부터는 1982년 그 권투선수와 함께 라스베이거스로 갔던 사람들의 증언이 흘러나오기 시작했다. 몇 번의 부도와 재기를 오가며 사기 전과 8범의 처지로 서울에서 개인택시를 운전하고 있는 '젊은', 하지만 이제는 머리칼이 하얗게 새어버린 회장, 아직도 10월 10일이면 무슨 일이 있더라도 죽은 선수를 대신해 생전에 그가 그렇게 좋아하던 쇠갈비를 구워서 억지로 삼킨다는 코치, 유학에서 돌아온 뒤 모교에서 교수로 재직중이던 코디네이터 등의 증언이 흘러나왔다. 아버지와 관계된 이야기인 한, 그녀는 그 누구의 목소리도 편집하지 않았다.

거기에는 "이런 말하믄 서운하다고 생각하겠지만서두 당신 아버지는 내 원수다. 그때부터 내 운이 종말을 고했단 말이다"라거나 "있었지. 장회장이 데려왔지. 그게 다지" 등과 같은 목소리뿐만 아니라 기계류가 작동하면서 내는 잡음, 멀리서 들려오는 사람들의 대화, 빠른 속도로 지나가는 발걸음, 열렸다가 이내 닫히는 문, 오랫동안 저 혼자서 울리는 전화벨 등이 고스란히 담겨 있었다. 이따금 아무런 소리도 들려오지 않을 때도 있었다. 그럴 때면 이관장과 나는 가만히 앉아서 다시 누군가의 목소리나 주위의 소리가 들려올 때까지 기다려야만 했다. 그러는 동안, 창에 드리운 블라인드로는 기울어가는 햇살이 노랗게 물들었고, 골목길에서 뛰어놀던 아이들의 목소리가 점점 멀어졌다. 나는 이어지다가 끊어지고, 다시 이어지다가 끊어지는 사람들의 목소리가 참 고독하다고 생각했다. 나는 두 눈을 감고 그 목소리들에 귀를 기울이다가 이관장에게 "불을 꺼도 괜찮겠습니까?"라고 말했다. 전자식 손목시계에 달린 버튼을 누르면서 "왜, 지금 방 안이 어둡습니까?"라고 이관장이 내게 되물었다. 시계에 내장된 여자 목소리가 "지금 시각은 오후 여섯시 삼십오분입니다"라는 문장을 만들었다. "아니, 지금 불은 켜져 있습니다. 꺼도 괜찮겠느냐고 물었습니다"라고 내가 말했다. "저야 아무런 상관이 없습니다"라고 이관장이 대답했다.

나는 일어나 방 안의 불을 껐다. 아직 빛이 드문드문 남아 있는 성긴 어둠이 방 안에 들어찼다. 목소리들은 이십사 년 전 라스베이거스에서 50,000달러를 들고 사라진 코미디언에 대해 때로는 유창하게, 때로는 잘 기억나지 않는다는 듯, 때로는 여전히 분노를 이기지 못해, 때로는 그 일이 여전히 혼란스럽다는 듯 더듬더듬 증언하고 있었다. 나는 가만히 앉아서 저마다 빛을 발하는 CD플레이어와 앰프와 콘솔의 불빛들을 바라보다가 이윽고 두 눈을 감았다. 두 눈을 감으니 졸리다는 생각이 들 즈음, 처음으로 그녀의 목소리가 나왔다. 2006년 10월 8일, 그녀는 차를 한 대 빌려서 혼자서 라스베이거스를 향해 출발한다고 말했다. 운전석에 앉은 그녀는 자신이 타고 가는 도로의 번호와 자신이 반드시 지나가야만 하는 도시 이름을 중얼거렸다. 580번을 타고 가다가 5번으로, 다시 베이커스필드에서 58번으로, 모하비를 거쳐 바스토우에서 15번으로. CD에는 버클리에서 라스베이거스로 가는 여덟 시간 동안, 그녀가 녹음기를 켰다가 끄는 흔적이 고스란히 남아 있었다. 나는 무덤덤한 그녀의 목소리 사이에서 자동차의 엔진 소리를, 틀어놓은 라디오 소리를, 창을 스쳐가는 바람 소리를, 그녀의 기침소리를 들었다. 나는 쭉 뻗은 길의 좌우로 펼쳐진 사막을, 꿈결처럼 부드럽게 오르내리는 도로의 굴곡을, 열어놓은 창으로 들어오는 공기의 서늘함을 들었다. 나는 어느 날 사막에서 실종된 한 남자의 고독을, 그 남자를 이해하기 위해 사막을 향해 달려가는 한 여자의 욕망을, 그리고 그 남자와 그 여자가 보게 될 사막의 빛과 어둠, 열기와 서늘함, 고독과 슬픔을 들었다.

그리고 다시 녹음기를 껐다가 켜는 기척이 들렸다. 저 멀리에서 자동차 한 대가 달려오는 소리가 들리는가 싶더니 이내 다가온속도 그대로 우리에게서 멀어졌다. 자동차 소리가 사라지니 실내는 문득 고독해졌다. 처음과는 약간 다른 종류의 고요가 찾아왔다. 누군가 낮은 음으로 휘파람을 불어대는 소리 같기도 하고, 한 500미터 정도 떨어진 곳에서 파도가 치는 소리 같기도 하고, 코요테가 밤하늘을 향해 울부짖는 소리 같기도 한 바람 소리가 들렸다. 아주 오랫동안, 지루할 정도로 길게 바람 소리는 계속 이어졌다. 그녀는 지금 어디에 있는 걸까 하는 의문이 들 즈음, 그녀의목소리가 불쑥 등장하더니 "지금, 보이세요?"라고 물었다. 그 목소리는 젖어 있었다. 하지만 그녀의 목소리는 그게 다였고, 십오분 가깝게 규칙적으로 마이크를 스쳐가는 바람 소리만 계속 이어지다가 어느 결엔가 모든 소리는 사라지고, 우리는 어둠과 침묵속에 앉아 있었다.

CD는 멈춰 있었고 양쪽 스피커에서는 아무런 소리도 들리지않았다. 우리는 미동도 하지 않고 그대로 앉아 있었다. 한참 있다가 "아무래도"라고 말하며 이관장이 입을 열었다.

"다시 한번 더 들어보는 게 좋겠죠?"

"그래야 할 것 같네요. 관장님은 뭔가 보이십니까?"

"그러지 말고 일단 다시 들어봅시다."

나는 두 눈을 뜨고 자리에서 일어나 CD플레이어를 향해 걸어 간 뒤, 연주시간이 표시되는 부분의 숫자를 바라보면서 빨리감기 버튼을 눌렀다. 몇 번 시행착오를 거친 끝에 나는 그녀 혼자서 라스베이거스를 향해 출발하는 부분을 찾아냈다. 그녀는 한번 더 580번 도로를 타고 가다가 5번으로, 다시 베이커스필드에서 58번으로, 모하비를 거쳐 바스토우에서 15번으로 갈아탄 뒤 라스베이거스에 도착했다. 그리고 바람 소리가 계속 지루하게 이어진다고 생각할 즈음에 그녀가 등장해 "지금, 보이세요?"라고 물었다.

나는 규칙적으로 들려오는 바람 소리에 귀를 기울였다. 어둠과 침묵 속에서 밤의 사막, 그리고 전복 사고로 안경을 잃어버린 한 코미디언의 모습이 보일 때까지. 이제 시작도 끝도 없이 광활한 사막에 혼자 남게 된 그가 고개를 두리번거리다가 마침내 환한 빛의 세계를 향해 걸어가는 모습이 보일 때까지. 그가 걸어가는 길의 먼 끝 지평선에서부터 사막의 벌거벗은 윤곽이 밝게 드러낼 때까지. 그가 그 밝은 길을 따라 걸어가 마침내 다다르게 될 그 둥근 원이 떠오르게 될 때까지.

"아, 이건 만월이군요. 맞지요?"

이번에는 눈을 감지도 않은 채, 내가 중얼거렸다. 이관장에게서는 아무런 대답도 들리지 않았다. 나는 혼자서 더없이 밝고 환한 보름달을 마주 보고 있었다. 거기에는 나 혼자뿐이었다.

"모든 슬픔은,
그것을 이야기로 만들거나
그것들에 관해 이야기를 할 수 있다면,
견뎌질 수 있다."

신형철(문학평론가)

1. 모더니즘이 아니라 포스트모더니즘

체호프의 단편 「대학생」(『개를 데리고 다니는 부인』, 열린책들, 2007)은 마치 김연수가 쓴 것만 같은 소설이다. 쓸쓸한 겨울날, 신학대학생인 이반은 철새 사냥을 끝내고 귀가하는 중에, 문득 이 모든 추위와 굶주림과 어둠이 과거에도 있었고 현재에도 있으며 미래에도 있을 것이라는 생각을 하면서 절망적인 기분에 빠진다. "1천 년이 지나도 현실은 더 나아지지 않을 것이다. 이런 생각이 들자 그는 집으로 돌아가고 싶지 않았다." 그때 모닥불을 쬐고 있 는 두 과부 모녀를 만난다. "바로 이렇게 추운 밤에 사도 베드로 가 모닥불을 쬐었죠." 이렇게 말문을 열면서 이반은 두 여인에게 '베드로의 부인(否認)'에 관한 이야기를 들려준다. 그저 모닥불 때문에 생각났을 뿐이고 잠시 시간이나 때우자고 시작한 이야기 였다. 그런데 이반의 이야기가 예수를 세 번 부인한 이후 서럽게 우는 베드로를 묘사하는 데까지 이르렀을 때, 어미는 눈물을 떨어뜨리고 딸은 격해진 감정을 어쩌지 못한다. 당황하는 것은 오히려 이반이다. 이 여인들은 왜 이러는가. 베드로의 그 무엇이 두 여인의 마음을 건드린 것일까. 무려 19세기 전에 일어난 일이 아닌가.

그는 생각했다. 잇달아 발생하는 사건들의 끊임없는 사슬로 과거와 현재는 연결된다. 그리고 그는 방금 자신이 이 사슬의 양끝을 본 것처럼 느꼈다. 한쪽 끝을 건드렸더니 다른 한쪽 끝이 떨리는 것 같았다. (……) 산 위로 올라가서 그는, 자신의 고향 마을과 차가운 자줏빛 노을이 가느다란 한 줄기 빛으로 빛나는 서쪽을 바라보며, 동산과 제사장의 마당에서 인류의 삶에 방향을 제시했던 정의와 아름다움이 끊어지지 않고 지금 이날까지 계속되고 있고, 분명히 인류의 삶과 이 지상 전체에서 언제나 가장 중요한 것을 형성해왔다는 생각을 했다.(강조는 인용자)

체호프의 말마따나 과거와 현재가 연결돼 있다면 그 둘을 연결하는 사슬은 '이야기'일 것이다. 먼저 베드로가 울었고, 그 울음은 천구백 년 뒤 한 신학대학생의 '이야기'를 통해 오늘로 이어져, 두 여인이 운다. 각각의 삶은 하나씩의 이야기이고 그 이야기들은 서로 연결돼 있으니, 우리는 어디에서 무엇으로 살더라도 결코 혼자가 아니다. 한쪽 끝을 건드리면 다른 한쪽 끝이 떨린다. 그 공명과 공감 속에서 예수 시절 이래의 "정의와 아름다움"이 이어져올 수 있었다. 이 발견과 더불어 "1천 년이 지나도 현실은 더 나아지지 않을 것이다"라는 비관은 극적이게도 "삶은 매혹적이고 경이로우며 또한 고귀한 의미로 가득 차 있다"는 낙관에 자리를 내어준다. 불과 다섯 페이지가 채 안 되는 이 짧은 단편은 묘하게 읽는 이의 마음을 흔든다. 실제로 우리의 삶이 매혹적이고 경이로우며 고귀한 의미로 가득 차 있는지는 불확실하지만, 그렇다고 믿을 때 우리의 마음이 어떤 힘센 위안으로 안심하게 된다는 것은 확실하다. 삶의 비참한 진상을 모르는 이의 미숙한 낙관이 아니라, 다 알지만, 그럼에도 불구하고 어떻게든 살아야만 한다고 믿는 이의 성숙한 낙관이다. 이와 비슷한 것을 김연수의 최근 소설들을 읽을 때 느끼게 된다. 그러나 김연수가 처음부터 지금의 김연수였던 것은 아니다.

김연수의 '자전소설' 「뉴욕제과점」(『내가 아직 아이였을 때』, 문학동네, 2002)의 한 장면. 갓 등단한 청년 작가 김연수(24세)는 '새김천신문' 기자와 인터뷰중인데, 기자가 "등단소설의 모더니즘 기법이 대단히 훌륭하다"며 추어올리자 작가 자신은 "모더니즘이 아니라 포스트모더니즘"이라며 시큰둥하게 바로잡는다(74~75쪽). 이 소설의 주인공인 '김연수'는 훗날 그게 "바보 같은 말"이었다고 후회하게 되지만 그때는 결연히 바로잡아야 했을 것이다. 김연수는 당시 한국에 막 개교한 포스트모더니즘 학교의 입학생 중 하나였고 거기서 소설을 배웠다. 그 학교의 커리큘럼은 대체로 혼란스럽고 경박해서 얼치기 졸업생들이 다수 배출되는 불상사가 발생하기도 했지만, 그 무렵 포스트모더니즘의 유행에는 어떤 필연성이 있었다. 1991년을 기점으로 20세기가 끝나버렸기 때문이다. 현실사회주의가 붕괴하면서 마르크스주의가 몰락했고 이에 의지해 삶을 도모하던 이들은 절망했다. 진리라 믿었던 것들이 허구로 밝혀지면서 진리와 허구의 분별에 일대 혼란이 발생했고, 개개인의 삶의 서사가 펼쳐지는 기반이 된 거대 서사(grand narrative)가 힘을 잃으면서 삶은 허공에 떠버렸다. 모든 모던한 것들이 슬그머니 촌스러워지던 때였다. 김연수의 맨 처음이 이러했다.

두어 권의 책을 출간할 때까지만 해도 김연수는 포스트모더니즘 학교의 평범한 학생처럼 보였다. 그러던 그가 '회심의 역작' 『꾿빠이, 이상』(문학동네, 2001)을 출간했을 때, 사람들은 놀랐다. 불과 십 년 만에 철 지난 유행가가 되어버린 포스트모더니즘 담론이 이상(李箱)이라는 매력적인 인물과 만나면서 멋지게 되살아났기 때문이다. 포스트모더니즘 학교 개교 십 년 만에 드디어 탄생한 한국산 진품 포스트모더니즘 소설이었다. 그가 『나는 유령작가입니다』(창비, 2005)를 출간하자 사람들은 또 한번 놀랐다. 『꾿빠이, 이상』의 기본 발상을 동서고금의 다양한 시공간 속으로 투영한 단편들에서 이 작가의 필력은 만개해 있었다. 앞의 책에 얼마간 남아 있던 현학 취미가 사라진 자리에는 서정적이고 존재론적인 품격이 들어와 있었다. 이윽고 『네가 누구든 얼마나 외롭든』

(문학동네, 2007)이 출간되자 우리는 그가 "한 세대의 가장 지성적인 작가"(황종연)라는 사실을 인정해야만 했다. 포스트모더니즘이 역사와 윤리를 고민하지 않는다는 상식화된 비판이 무색하게도 이 작가는 자신의 본적(本籍)인 1991년으로 돌아가서 '소설은 역사와 윤리를 어떻게 사유해야 하는가'라는 주제를 놓고 진지하게 고민했다. 그 고민이 내용뿐만 아니라 형식 층위에서도 특별한 결실을 얻게 된 것이 이 작품의 또다른 성취다. '이야기의 천문학'이라 할 만한 그 독특한 서사 스타일은 서두에 언급한 체호프적인 발상의 세계사적 확장판이라고 할 만했다.

저 세 권의 책을 쓰면서 김연수는 한 걸음씩 전진했고, 그 결과 지금의 김연수가 되었다. '무엇이 진실이고 무엇이 허구인가'라는 인식론적 회의주의를 생산적으로 받아들여서 '세계'의 실재성과 '나'의 정체성에 대해 새롭게 질문하는 법을 보여주더니, 회의와 해체의 세계에만 갇혀 있지 않고 어느새 포스트모더니즘의 논법에서 빠져나와 '어떻게 소통(보편성)에 도달할 수 있는가'까지를 묻기에 이르렀다. 1990년대 이후 한국문학사에서, 포스트모더니즘에서 배울 만한 것을 김연수만큼 착실하게 배우고 또 넘어선 사람이 없다. 김연수는 한국 포스트모더니즘 학교의 수석 졸업생이다. 그가 새 책을 내놓는다. 『네가 누구든 얼마나 외롭든』은 2005년 겨울부터 2007년 봄까지 잡지에 연재되었고, 이번 책 『세계의 끝 여자친구』에 수록돼 있는 중단편들은 2005년 봄과 2009년 여름 사이에 씌어졌다. 말하자면 이번 책은 저 장편의 자매편이다(가장 최근에 출간된 장편『밤은 노래한다』(문학과지성사, 2008)의 초고는『네가 누구든 얼마나 외롭든』을 집필하기 전에 씌어졌다).『꾿빠이, 이상』과『나는 유령작가입니다』를 함께 읽으면서 재학생 김연수의 솜씨에 탄복한 독자라면 이제는『네가 누구든 얼마나 외롭든』과『세계의 끝 여자친구』를 함께 읽으면서 졸업생 김연수의 현재를 평가해볼 수 있겠다. 김연수의 현재를 떠받치는 세 개의 뼈대에 대해 말하자.

2. 김연수의 소설을 구성하는 세 개의 명제

세계는 붕괴하려는 경향이 있다

"무슨 일인가 일어난다. 그리고 그 순간, 예전으로는 되돌아갈 수 없다."(183쪽)

세계는 붕괴하려는 경향이 있다. 어느 날 갑자기 베를린장벽은 무너지고, 어느 날 갑자기 세계무역센터는 잿더미가 되고, 어느 날 갑자기 전직 대통령은 뒷산 바위에서 몸을 던진다. 이런 일들이 일어나면, 그 일 이전에 존재했던 세계는 무너지고 만다. 우리 삶의 흐름을 단숨에 끊어놓는 이런 붕괴와 상실이 없다면 이 세상의 모든 소설은 목가(牧歌)가 되었을 것이다. 그러니까 소설은 본래 이런 붕괴와 상실을 이해해보려는 안간힘으로 씌어지는 법이다. 그렇다고는 해도 김연수의 소설에서는 유독 그런 순간들이 서사의 출발점이 되는 경우가 많다. 이 반복은 아마도 그의 내면에 1991년의 저 세계사적인 붕괴와 상실이 원체험으로 존재하기 때문에 생겨나는 것일 테고, 그는 『네가 누구든 얼마나 외롭든』에서 그 원체험을 "내가 반석이라고 믿었던 모든 것들이 한낱 환상에 불과하다"(123쪽)는 문장으로 명시한 바 있지만, 그가 그 붕괴와 상실을 형상화하는 경로는 다양하다. 예컨대 그의 가장 아름다운 소설 중 하나인 「다시 한 달을 가서 설산을 넘으면」(『나는 유령작가입니다』)이나 최근 장편인 『밤은 노래한다』에서 세계의 붕괴는 연인의 난데없는 죽음으로 나타난다. 이런 형식의 붕괴와 상실은 가장 개인적인 것 속에 역사적인 것(80년대 중반 대학사회와 일제강점기 항일투쟁사)이 남기는 상처를 담아내고, 이를 우회적으로 환기한다.

이번 책에서는 「내겐 휴가가 필요해」가 가장 전형적이다. 지방 소도시의 한 도서관에 십여 년째 머무르고 있는 노인이 있다. 전직 형사인 그는 어쩌다가 그 마을에 정착하게 되었던가. 그는 좌익사범을 담당하는 대공과 형사였다. 아마도 그는 자신이 하는 일의 정당성에 확신을 갖고 있었을 것이다. 그의 물고문을 당해내다가 한 학생이 죽기 전까지는 말이다. 도피하는 와중에도 그 학생의 마지막 '눈빛'에 시달리던 그는, 어느 날 본의 아니게 무인도에서 이틀 밤을 보내면서, 결심한다. 도서관에 틀어박혀서 학생들을 계도하는 책을 쓰자고, 지금껏 자신의 삶이 정의로운 것이었음을 스스로 재확인하자고. "선주가 반신반의하며 그를 찾아 배를 몰고 왔을 때, 그는 이제 더이상 형사가 아니었다."(149쪽) 한 세계가 붕괴하려는 조짐이 여기서 나타난다. 이제 그의 삶은 더이상 예전의 그것이 될 수 없다. 균열을 봉합하기 위해 도서관에서 책을 읽기 시작했지만 뜻대로 되지 않는다. 그가 읽은 책들은 모두 당신이 틀렸다고, 당신 때문에 억울하게 죽은 그 대학생은 다시는 살아돌아올 수 없다고 말하고 있었으니까. 책을 읽으면 읽을수록 그는 점점 더 불행해진다. "자신의 인생에도 한 번쯤은 진실된 순간이 있어야 하지 않겠는가"(166쪽) 하고 마음먹은 그는 지난 십 년의 비극을 도서관 사서 '강'에게 모두 털어놓고, 십 년 전 죽은 대학생에게 사죄하듯, 스스로 목숨을 끊는다. 그가 진리라고 믿었던 세계는 그저 특정한 시각으로 씌어진 하나의 이야기였을 뿐이다. 세계는 한 편의 이야기다. 그런데 그 이야기가 하나가 아니라는 것이 비극이다.

중편 「달로 간 코미디언」은 중편 「다시 한 달을 가서 설산을 넘으면」(이하 「설산」)의 속편처럼 보인다. 「설산」이 자살한 여자친구를 이해하기 위해 생사의 산을 넘어가는 '나'의 이야기라면, 「달로 간 코미디언」은 실종된 아버지(안복남)를 이해하기 위해 한 시절의 사막으로 걸어가는 딸의 이야기다. 아버지는 왜 사라졌는가. 「내겐 휴가가 필요해」에서 자살한 형사의 아들이 물어야 했던 그 질문을 이번에는 딸이 묻는다. 아버지 안복남은 코미디언이었다. 1970년대 내내 지방 쇼단을 전전하던 그는 1980년 5월 마침내 TBC방송국에 입성하지만, 그 무렵 인기를 얻기 시작한 이주일식 코미디에 밀려 도태되고 있었다. 그러다가 그해 9월경 전두환 대통령 취임식에서 그를 '성군(聖君)'이라 찬양한 이후로 그는 다시 승승장구하게 된다. 그런데 바로 그때부터 안복남의 연기는 어딘가 이상해지기 시작하고, 1981년 5월의 방송사고를 기점으로 그는 TV에서 아예 사라지고 만다. 그리고 이듬해 10월 그는 라스베이거스에서 실종된다. 도대체 무슨 일이 일어났던 것인가. 이 모든 수수께끼 같은 행위들 뒤에는 어김없이 한 세계의 붕괴가 있다. 안복남은 그 무렵 시력을 잃어가고 있었으니, 이보다 더 구체적이고 치명적인 세계의 붕괴가 또 있을까.

나는 어느 날 사막에서 실종된 한 남자의 고독을, 그 남자를 이해하기 위해 사막을 향해 달려가는 한 여자의 욕망을, 그리고 그 남자와 그 여자가 보게 될 사막의 빛과 어둠, 열기와 서늘함, 고독과 슬픔을 들었다. (……) 나는 규칙적으로 들려오는 바람 소리에 귀를 기울였다. 어둠과 침묵 속에서 밤의 사막, 그리고 전복 사고로 안경을 잃어버린 한 코미디언의 모습이 보일 때까지. 이제 시작도 끝도 없이 광활한 사막에 혼자 남게 된 그가 고개를 두리번거리다가 마침내 환한 빛의 세계를 향해 걸어가는 모습이 보일 때까지.(288~290쪽)

「설산」의 그것에 버금갈 정도로 인상적인 이 결말부는 한 세계의 붕괴가 갖는 의미를 성찰하는 데 능한 김연수의 실력을 여실히 보여준다. 한 인간의 삶에 불현듯 찾아오는 세계의 붕괴는 얼마나 지독하게도 고독한 사건인가. 이번 책 어디에서건 우리는 이와 같은 세계의 붕괴를 만나게 된다. 「네가 누구든, 얼마나 외롭든」(같은 제목의 장편소설이 발표되기 이전에 씌어진)에서 그 붕괴는 육친의 죽음으로 인해 찾아오고, 「웃는 듯 우는 듯, 알렉스, 알렉스」에서 '리 선생'이 겪는 세계의 붕괴는 문화혁명의 혼돈과 더불어 찾아온다. 얼핏 이번 책의 전체적인 빛깔과 다소 이질적인 것처럼 보이는 작품인 「기억할 만한 지나침」에서도 서사의 핵심을 이루는 것은 바로 한 세계의 붕괴와 새로운 세계의 탄생이다. 기형도의 동명의 시 「기억할 만한 지나침」의 주요 모티프인 '창 안의 세계'와 '창밖의 세계'의 대립을 도입해서, 한 세계 밖에서 다른 세계를 엿보고 마침내 그 다른 세계를 이해하게 되는 과정을 그린 시의 내용을 한 소녀의 성장담(성장이란 한 세계가 붕괴하면서 다른 세계로 진입해 들어가는 일이니까)으로 변주한 소설이다. 프랑수아즈 사강의 『슬픔이여, 안녕』이나 에릭 로메르의 영화들을 연상케 하는 이국적인 분위기와 유려한 번역투(표현이 이상하지만 사실이 그렇다)를 우선 즐길 만한 작품이지만, 무엇보다도 한 세계의 붕괴를 시적으로 포착해낸 아름다운 마지막 단락만으로도 이 소설은 읽을 만한 가치가 있다. 이런 식이다. 세계는 붕괴하려는 경향이 있다는 것, 이것이 김연수 소설의 첫번째 뼈대를 이룬다.

삶은 이야기가 되려는 경향이 있다

"그는 어둠 속 첫 문장들 속으로 걸어갔다."(228쪽)

삶은 이야기가 되려는 경향이 있다. 여자친구가 예전과 다름없이 내 곁에 있을 때까지는, 직업에 대한 확신이 있을 때까지는, 세상을 볼 수 있는 시력이 나에게 있을 때까지는, 삶이라는 이야기는 매끄럽게 진행된다. 그러나 세계가 붕괴하면 그 세계 위에서 진행되던 내 삶의 서사는 엉망진창으로 헝클어지고 만다. 세계의 붕괴 이후 주체는 무엇을 할 수 있고 또 해야 하는가. 이를 다시 1991년 이후 김연수 세대가 맞닥뜨려야 했던 거시적인 질문으로 바꿔본다면 "개인 각자의 경험을 의미 있게 해주는 거대한 이야기가 붕괴한 자리에서 개인들의 이야기는 어떻게 되는가"(황종연) 정도가 될 것이다. 한 세계(한 이야기)가 붕괴하면 그들은 갈림길에 놓인다. '이제 나는 없다'의 방향과 '나는 다른 곳에 있다'의 방향. 전자의 길은 정체성의 문제를 포스트모던한 유희로 해체하는 길이 될 것이고(박성원의 몇몇 소설들이 훌륭한 사례다), 후자의 길은 세계라는 이야기의 규정력이 미치지 못하는 곳에서 나의 근원적 본질을 찾아나가는 '진정성의 윤리학'(황종연, 『비루한 것의 카니발』, 문학동네, 2001) 쪽으로 이어지는 길이다(윤대녕의 초기 소설들이 좋은 사례다). 김연수의 길은 이 둘과 닮아 있으면서도 좀 특이한 데가 있다. 그는, 나는 있을 수도 있고 없을 수도 있다, 나는 곧 '나'라는 '이야기'이다, 그 서사화의 성취 여부에 따라 나의 존재는 확정 혹은 부정된다, 라고 말한다. 김연수의 인물들이 세계의 붕괴 앞에서 매달리는 이런 작업을 '삶의 서사화'라고 부를 수 있을 것이다. 그들은, "한 사람이 자신의 존재의 원인을 추적하는 유일한 길은 자신의 원인에 관한 이야기를 새로운 언어로 말하는 것"(리처드 로티, 『우연성 아이러니 연대성』, 민음사, 1996, 72쪽)이기 때문에, '앞으로 어떤 일이 벌어질 것인가'가 아니라 '어떻게 해서 그런 일이 벌어져야 했는가'를 스스로 설명하려 한다.(리처드 세넷, 『뉴캐피털리즘』, 위즈덤하우스, 2009, 34쪽)

요컨대 정체성을 갖는다는 것은 자신의 삶을 하나의 이야기로 서술할 수 있다는 뜻이다. 그러므로 삶은 이야기가 되어야만 한다. 그러나 세계는 붕괴하려는 경향이 있고 그와 더불어 내 삶의 서사도 붕괴하기 일쑤다. 그때 주체는 무너지는 삶의 서사를 필사적으로 복구해야만 한다. 이런 시도는 김연수가 창조한 인물들이 세계의 붕괴 이후 절박하게 보여주는 전형적인 행동 패턴이다. 예컨대 「설산」을 다시 떠올려보라. 여자친구의 갑작스러운 자살 이후 '나'는 자신이 여자친구에게 "아무런 의미도 없었음"을 알게 되고 예의 한 세계의 붕괴를 경험하게 된다. 이제 '나'는 무의미한 존재가 되어버렸다. 무엇으로 나를 다시 일으켜세워야 하나. 그가 하는 일은 도서관에서 빌려온 책을 미친 듯이 읽거나 소설을 써서 "자신과 여자친구에게 일어난 모든 일을 문장으로 옮기"(123쪽)는 일이다. 앞서 언급한 「내겐 휴가가 필요해」의 경우가 이와 유사하다. 내가 자행한 물고문 때문에 죽어간 대학생의 눈빛이 '나'의 세계를 붕괴시키자 '나'는 무엇을 하는가. 자신의 삶을 정당화하는 하나의 서사를 만들어내기 위해 도서관에 틀어박힌다. 이번 책에서도 이와 유사한 몸부림들을 곳곳에서 발견할 수 있다.

가장 전형적인 사례가 「웃는 듯 우는 듯, 알렉스, 알렉스」에 있다. "이제 다시는 예전으로 되돌아갈 수 없다는 사실을 그는 깨닫게 됐다"(205쪽)나, "이로써 그가 살아온 삼십이 년 동안의 인생이 종지부를 찍게 됐다"(207쪽)와 같은 문장이 적시하고 있듯이, '세계의 붕괴'라는 사건을 이미 겪은 한 사내가 지금 중국 청도에 와 있다. 그 사내와 별개로 알렉스와 재클린이 같은 곳에 와 있는데, 두 사람은 '리 선생'을 만나 그의 러브스토리를 매호 잡지에 싣는 대가로 후원을 받으며 체류하고 있던 터다. 그 일에 신물이 난 알렉스가 마침 우연히 만난 '나'에게 그 일을 넘겨주고 이제 '나'와 '리 선생'의 면담이 시작된다. 삶의 서사가 위기에 처해 있는 '나'는 '리 선생'에게서 무엇을 배울 수 있을까. 면담의 핵심은 왜 리 선생이 "평생 한 가지 이야기만을, 몇 번이나 다른 형식으로"(217쪽) 계속 써왔고 또 앞으로도 쓰기를 원하는 것인가, 라는 물음에 있다. 문화혁명 당시 리 선생은 사랑하는 여자의 아버지를 죽이고 그녀를 떠났다. 불가해하게도 그 자신 스스로 그것을 파괴하는 방식으로 하나의 세계를 무너뜨리고 말았다. 그는 어째서 그런 일이 벌어졌는지 이해할 수가 없었고, 그것을 이해하기 위해 수많은 방식으로 삶의 서사를 정리해보았으나 뜻대로 되지 않았다. 리 선생의 수수께끼 같은 행위의 의미를 성찰하면서 이 작가는 결국 "삶에서 일어나는 일들의 의미는 무엇일까?"(223쪽)라는 질문에 "인생이란 리 선생의 공책들처럼 단 한 번 씌어지는 게 아니라 매순간 고쳐지는 것"(224쪽)이라고 답하고 있는 셈이다.

수많은 첫 문장들. 그 첫 문장들은 평생에 걸쳐서 고쳐지게 될 것이다. 그들이 어디를 가느냐에 따라서. (……) 그로부터 인생은, 쉬지 않고 바뀌게 된다. 우리가 완벽한 어둠 속으로 들어가기 전까지 이야기는 계속 고쳐질 것이다. 그는 자리에서 일어나 천천히 걸어가기 시작했다. 이제 그가 어디로 가느냐에 따라서 첫 문장은 달라질 것이다. 그는 어둠 속 첫 문장들 속으로 걸어갔다.(227~228쪽)

리 선생에게서 '나'가 배운 것이 이것이다. "끊임없이 다시 쓸 때, 리 선생의 인생도 구원받을 여지는 남는 셈이다."(217쪽) 그러나 구원의 여지가 있을 뿐 구원을 장담할 수야 있겠는가. 삶이 그리 만만한 것일 리가 없다. 한 세계가 붕괴하면서 삶의 서사에

구멍이 뚫릴 때마다 그 구멍을 메우기 위해 우리는 도리 없이 "어둠 속 첫 문장들 속으로 걸어"들어가 '삶을 쓰는' 일을 되풀이하겠지만 그 서사는 끝내 완성되지 않을 것이다. 차라리 삶이란 영원히 완성되지 않는 이야기라고, 삶의 본질은 그저 쓰는 행위 그 자체에 있을 뿐이라고 해야 옳을 것이다. 되풀이 읽으면 읽을수록 점점 더 슬퍼지는 이상한 소설 「쉽게 끝나지 않을 것 같은, 농담」(『나는 유령작가입니다』)의 '나'는 '나는 왜 그녀와 헤어져야만 했나'라는 질문을 던지고 해답을 구하기 위해 무망하게도 지도를 들여다보기나 하는 것인데, 아무리 들여다봐도 그 지도가 '내 삶의 지도'가 될 수는 없는 것이다. 지금 언급한 두 편의 소설에는 어딘가 '세련된 작위성' 같은 것이 있는데, 그것은 이 작품들이 '삶은 이야기가 되려는 경향이 있다'는 명제를 가장 일반론적인 방식으로 보여주기 위해 치른 대가일지도 모른다. 이제 세번째 뼈대에 대해 말하자.

이야기들은 서로 연결되려는 경향이 있다

"하늘에는 연결되기를 기다리는 별들로 가득했다."(『네가 누구든 얼마나 외롭든』, 143쪽)

이야기들은 서로 연결되려는 경향이 있다. 김연수는 이전 작품집의 '작가의 말'에 이렇게 적었다. "'나'로만 구성된 소설집을 한 권 쓰고 싶었다. 그리고 이제 할 만큼 했다는 생각이 든다. (……) 더 많은 이야기. 이제 내게는 더 많은 이야기가 필요하다. 살아 있는 다른 사람의 체취가 그리워서 잠도 안 온다."(『나는 유령작가입니다』, 266쪽) "살아 있는 다른 사람의 체취"란 바로 '타인의 이야기'일 것이다. 그 이야기들과 연결되고 싶다는 소통의 열망이 『네가 누구든 얼마나 외롭든』과 이번 작품집을 낳은 가장 중요한 욕망이다. 김연수의 맨 처음이 포스트모더니즘이었고 그가 그것에서 많은 것을 배웠다고는 하지만, 현재의 김연수가 저 말의 부정적인 뉘앙스와 별 상관이 없다고 말할 수 있다면 그것은 바로 김연수가 이야기들의 연결을 통한 타자와의 소통 가능성에 대해 질문하기 때문이다. 포스트모더니즘은 강압적인 보편주의자들에 맞서서 이 세계와 주체가 무수한 차이들로 이루어져 있다고 정당하게 항변했지만, 또다른 보편에 도달하기 위한 적극적인 윤리학을 구축하는 데에는 둔감했다. 김연수의 경우 세계의 실재성에 대한 급진적인 인식론적 회의주의가 삶의 서사화라고 하는 주체론으로 이어지고 이것이 다시 이야기들의 연결을 통한 또다른 보편성의 추구로 이어지면서 세 층위가 완성된다. 『네가 누구든 얼마나 외롭든』의 기묘한 구조가 이를 잘 보여주거니와, 이 소설은 "그 자체로 별자리처럼 생겼다. 말하자면 별자리 그리기의 원리에 따라 씌어졌다"(김형중, 「단 한 권의 책」, 『단 한 권의 책』, 문학과지성사, 2008)고 말할 수 있는데, '나'는 중반 이후로 접어들면서 여러 타자들의 이야기 속으로 흩어져버리고, 역사로부터 상처 입은 여러 사람들의 이야기들은 서로 연결되면서 어떤 보편의 세계를 예감하게 한다.

「케이케이의 이름을 불러봤어」는 이런 맥락에서 읽어볼 만한 아름다운 소설이다. 서른아홉 살의 미국인 여성 작가인 '나'와 열일곱 살 연하의 한국인 유학생 '케이케이(김기준)'는 1992년 5월 1일에 만나 사랑에 빠졌다. 이 년 뒤에 케이케이는 죽고 그것은 '나'에게 한 세계의 붕괴로 다가온다. 그로부터 십삼 년이 지나 이제는 오십대가 된 나는 케이케이의 흔적을 찾아 한국을 방문한다. 그러나 통역과 안내를 맡은 '혜미'에게 나의 절박함은 전달되지 않는다. 이 둘에게는, 모든 사람들 사이에 있는, 어찌할 수 없는 벽이 있다. 그 벽은 '케이케이'와 '키준 킴'의 사이에도 있고, '해피'와 '헬프 미'와 '혜미' 사이에도 있으며, '밤메'와 '밤에'와 '밤뫼' 사이에도 있다. 그 벽이 허물어지는 계기가 되는 것은 고통의 소통이다. 내가 케이케이를 잃은 것처럼 혜미는 세 살짜리 아들을 잃었다. 두 사람이 서로에게 들려준 이야기들이 어느 지점에서 이렇게 연결된다. 소통의 순간이다. 소통 이전의 언어들이 조금씩 미끄러진다면 소통 이후의 언어들은 통역 없이 이해된다. 이제 '나'는 한국어 'nak(낙樂)'을 "케이케이의 젖은 몸"(31쪽)과 같은 것으로, 혜미는 '하이퍼바이터미노우시스에이'를 "두고두고 미안한 마음"(30쪽) 같은 것으로 짐작할 수 있게 된다. 아마도 그 짐작은 맞을 것이다. 비록 우리 마음속 고통의 불은 영원히 꺼지지 않을지도 모르지만 우리에게는 이야기를 하고 들을 시간이 있다.

「케이케이의 이름을 불러봤어」가 소통의 문제를 다루면서 영어와 한국어라는 두 언어의 간극을 효율적으로 활용한다면 「달로 간 코미디언」의 후반부는 한 걸음 더 나아가서 일반인과 시각장애인의 소통 문제를 다룬다. 앞서 읽은 대로 이 소설은 코미디언 안복남에게 일어난 '세계의 붕괴'를 기록한 소설로 우선 읽히지만, 그를 이해하기 위해 노력하는 과정에서 '나'가 그 자신 맹인인 점자도서관 이인용 관장과 만나는 과정을 꽤 상세하게 다루고 있어 그 부분을 하나의 독립된 단편소설로 읽어도 무방할 정도다. 특히 후반부에서 맹인 관장과 함께 CD를 듣던 '나'가 스스로 불을 끄고 시각장애인이 되어 시각적인 모든 것들, 더 나아가 한 인간의 "고독과 슬픔"(289쪽)까지를 귀로 듣기 시작하는 장면은 레이먼드 카버의 「대성당」을 연상케 하는 데가 있는데, 사실 이에 대해서라면, 「달로 간 코미디언」보다 몇 달 뒤에 씌어졌고 김연수 자신이 「대성당」에 대한 오마주라고 밝힌 「모두에게 복된 새해—레이먼드 커버에게」 쪽이 비교하기에 더 적절해 보인다. 그러나 이 작품은 「대성당」의 서사를 한 차원 확장시킨 것이어서 단순한 오마주가 아니다. 「대성당」이 이차원의 서사라면 「모두에게 복된 새해」는 삼차원의 서사다. 어떤 면에서 그러한가.

「대성당」의 저 갑작스러운 방문과 마찬가지로 어느 날 아내의 친구인 인도인이 '나'의 집을 방문한다. 그야말로 불편하기 짝이 없는 타자와의 만남인 셈이고 이 상황에서 어떻게 타자와 소통할 수 있느냐를 감동적으로 그리게 된다면 이 소설은 「대성당」에 대한 오마주로 제 역할을 다하게 될 것이다. 그러나 이 소설은 더 큰 야심을 갖고 있다. 결정적인 차이가 있기 때문이다. 「대성당」은 아내의 친구인 맹인과 나의 일대일 관계 위에서 진행되지만 「모두에게 복된 새해」에서 아내의 친구인 인도인과 나의 관계에는 부재하는 아내의 존재가 대등한 힘으로 개입한다. 나와 인도인의 대화는 그 둘의 소통이면서 동시에 나와 아내의 소통이 이루어지는 자리이기도 한 것이다. 그래서 나는 알게 된다. 나와 아내가 이야기를 나누지 않은 지 오래되었다는 것을. 사트비르 싱은 아내와 이야기를 나누었고 또 나와도 이야기를 나누었다. 나는 사트비르 싱을 통해 아내의 이야기를 겨우 들을 수 있게 되었다. 그는 교량이었다. 결말부에서 사트비르 싱이 코끼리 그림을 그리는 장면은 「대성당」에서 나와 맹인이 대성당을 함께 그리는 장면에 바치는 오마주이지만, 여기서 밝혀지는 진실은 사트비르 싱이 무척이나 외롭다는 사실뿐만 아니라(이차원) 내 아내가 늘 아이를 원해왔다는 사실이기도 하다(삼차원). 이미 「대성당」이 있음에도 이 소설이 또 씌어질 필요가 있었던 까닭이 이것이다.

그리고 이 친구는 더이상 말을 잇지 못했다. 'lonely'라는 게 무엇인지는 알고 있지만, 다만 한국어로 어떻게 말하는 것인지 알지 못해서. 하지만 그게 무슨 상관이겠는가. 그게 무슨 상관이겠는가. 나는 가만히 우리가 흔히 볼 수 없는 숲과 잠에서 깬 아이와 사원의 기둥처럼 늠름한 다리를 가진 코끼리를 바라보고 있다가 혼자 중얼거린다. 저는 외롭습니다. 그게 아니라면, 저는 고독합니다. 그것도 아니라면 저는 쓸쓸합니다. 그것도 아니라면 마치 눈이 내리는 밤에 짖지 않는 개와 마찬가지로 저는……(140~141쪽)

이 장면은 확실히 「대성당」의 결말과 비교해도 좋을 만큼 감동적이다. 오랫동안 소리를 내지 못한 피아노를 조율하듯이 그는 나와 아내 사이에 한때 존재했으나 이제는 고장나버린 공명장치를 수리하러 왔을 것이었다. 그는 말한다. "안 노래하면 안 삽니다".(135쪽) 그러니까 음정이 안 맞는 피아노는 팔리지 않는다는 뜻이 아니라 연주하지 않는 피아노는 살(生) 수 없다는 것. 「대성당」이 '감각'의 소통을 그린다면, 그와 유사한 차원의 소통은 「달로 간 코미디언」의 도서관 장면에서 볼 수 있고, 「모두에게 복된 새해」에서는 그 소통의 양상이 삼각형을 형성하고 있기 때문에, 「대성당」보다 한 차원 더 높아질 수 있었다. 그리고 이 모든 것을 가능하게 한 것은 바로 '이야기'다. "어떻게 해서 두 사람이 친구가 될 수 있느냐는 내 물음에 아내는 이야기를 통해서라고 대답했다.

이야기를 통해서."(129쪽) 우리는 각자가 하나의 이야기들이고 서로 연결되기를 기다리는 별들이다. 그러니 우리가 각자 고독하게 달로 가지 않고 모두 함께 복된 새해를 맞이할 수 있으려면 우리는 주저하지 말고 이야기를 해야 한다. 메리 올리버가 가르쳐준 대로 말이다. "절망을 말해보렴, 너의. 그럼 나의 절망을 말할 테니./그러는 동안 세계는 굴러가는 거야."(「기러기」) 김연수는 『네가 누구든 얼마나 외롭든』의 제사로 이 시를 인용하면서 '그러는 동안'(meanwhile)을 '그러면'으로 옮겼는데, 소통과 구원을 인과관계('그러면')로 설정한 그의 이 의도적인 오역에서 나는 그의 '가망 없는 희망'인 성숙한 낙관론을 발견하고 동의의 미소를 짓고 만다.

3. 한쪽 끝을 건드리면 다른 쪽 끝이 떨리는

비평가가 어떤 책에 대해 글을 쓰고 난 뒤 그 책을 다시 읽게 되는 경우는 거의 없다. 그러나 이 책에 대해서 말하자면, 나는 이 글을 쓰기 위해 이 책을 읽으면서도 뭔가를 쓰기보다는 그냥 계속 읽고만 싶다는 생각에 내내 시달려야 했고, 정말 그럴 수는 없었기 때문에 어느 순간 읽기를 중단하고 마음에 들지 않을 것이 명백한 가망 없는 글을 시작해야 했으며, 이 글을 거의 끝낸 지금도 이 책은 앞으로도 인생의 어느 시기가 되면 몇 번이고 다시 꺼내

읽게 될 것이라는 생각을 하고 있는 중이다. 그렇다면 이 글이 다 무슨 소용인가 싶은 것인데, 그래도 한 가지는 편해지겠지. 왜 김연수의 소설을 좋아하느냐는 질문을 받았을 때 나는 대답이 길어지는 게 번거로워 그의 문장이 내 취향에 맞는다고 말하거나, 이 작가가 슬픔에 가까운 감정일수록 돌려 말할 줄 아는 게 좋아서라거나, 그가 세태 관찰과 문화 체험에 의존하기보다는 인문사회과학 공부에 열심인 것이 미더워서라거나, 어떤 크고 차가운 주제도 '사랑'이라는 좁고 따뜻한 층위에서 이야기할 줄 아는 섬세한 겸손함이 마음에 들어서라거나 하는 식으로 그때그때 대답해왔는데, 이 글을 썼으니, 이제는 이렇게 대답하면 될 것이다. 그의 소설을 읽으면 우리가 살아가면서 '이야기란 무엇인가'에 대해 최소한 세 번은 고민해야 한다는 것을 알게 된다. 먼저 '세계'라는 이야기에 대해, 그리고 '나'라는 이야기에 대해, 결국에는 '우리'라는 이야기에 대해.

오래된 문구가 있죠. 이런 것입니다. "시간은 모든 일이 동시에 일어나지 말라고 존재하는 것이다. 공간은 모든 일이 나한테 일어나지 말라고 있는 것이다." 이런 기준에서 보면 소설은 공간과 시간 둘 다의 이상적인 매개체입니다. 소설은 시간을 보여줍니다. 곧 모든 일이 동시에 일어나지 않는다는 것을 보여주죠. 또 우리에게 공간을 보여줍니다. 곧 어떤 일이 한 사람한테만 일어나는 것은 아님을 보

여쭙니다.(수전 손택, 『문학은 자유다』, 이후, 2007, 280~281쪽)

그러나 김연수의 시각에서 보자면 이 문장은 수정돼야 한다. 과연 모든 일이 동시에 일어나지 않는다는 것은 사실이지만 어떤 일도 독립적으로 존재할 수 없다는 것도 분명하고, 또 과연 어떤 일이 한 사람한테만 일어나는 것이 아니기는 하지만 그 한 사람과 관련돼 있지 않은 그 어떤 일도 없다는 것도 확실하다고 말이다. 다시 체호프로 돌아가서 말하자면, 이 '세계'는 하나의 이야기이고 그것은 무수한 '나'들의 이야기가 모여 이루어지는 것이니 '우리'는 모두가 이야기들로 연결돼 있다고, 그래서 한쪽 끝을 건드리면 다른 쪽 끝이 떨리는 법이라고 말할 수도 있다. 나는 이것이 우리가 문학을 포기할 수 없는 이유 중의 하나라고 믿는다. 그런 믿음 때문에, 그 어떤 작가보다도 나는 김연수에게서 연대의식을 느낀다. "모든 슬픔은, 그것을 이야기로 만들거나 그것들에 관해 이야기를 할 수 있다면, 견뎌질 수 있다." 한나 아렌트가 그의 『인간의 조건』(1958) 5장의 제사(題詞)로 사용하면서 유명해진 이 문장은 이자크 디네센이 뉴욕타임스(1957년 11월 3일자) 북 리뷰에 수록된 인터뷰에서 한 말로 알려져 있다. 나는 이 문장을 오랫동안 반신반의하면서도 품어왔는데, 이제는 이 말을 믿을 수 있게 해준 김연수의 소설 쪽으로 이 문장을 떠나보내려 한다. 그 문장이 도착할 때면 이미 김연수는 그 자리에 없을 것이다.

작가의 말

 나는 다른 사람을 이해한다는 일이 가능하다는 것에 회의적이다. 우리는 대부분 다른 사람들을 오해한다. 네 마음을 내가 알아, 라고 말해서는 안 된다. 그보다는 네가 하는 말의 뜻도 나는 모른다, 라고 말해야만 한다. 내가 희망을 느끼는 건 인간의 이런 한계를 발견할 때다. 우린 노력하지 않는 한, 서로를 이해하지 못한다. 이런 세상에 사랑이라는 게 존재한다. 따라서 누군가를 사랑하는 한, 우리는 노력해야만 한다. 그리고 다른 사람을 위해 노력하는 이 행위 자체가 우리 인생을 살아볼 만한 값어치가 있는 것으로 만든다. 그러므로 쉽게 위로하지 않는 대신에 쉽게 절망하지 않는 것, 그게 핵심이다.

 하지만 쉽게 위로하지 않으면서 쉽게 절망하지 않는 일이 정말 가능할까? 그게 가능하다고 믿는 건 우리 안에서 타오르는 불꽃 때문이다. 내부에서 자발적으로 피어오른, 하지만 바깥의 불꽃이 없었다면 애당초 타오르지 않았을, 그런 따뜻한 불꽃. 책으로 묶어내기 위해 차례로 읽어가기 전까지 내가 이런 소설들을 썼으리라고는 전혀 생각하지 못했다. 그제야 이 소설들이 불꽃의 소설들, 전염의 소설들, 영향의 소설들이라는 사실을 깨닫게 됐다. 이를테면 이런 얘기다. 「케이케이의 이름을 불러봤어」를 쓰던 어느 새벽, 나는 인터넷으로 불타는 숭례문의 사진을 봤다. 내가 소설 속에다 쓰던 불꽃이 그대로 현실로 옮겨진 듯한, 그런 느낌을 받았다. 나는 숭례문의 그 불꽃에 영향을 주고 또 영향을 받았다. 미신과도 같은 이야기지만, 이렇게 말하는 수밖에 없다.

이 책에는 그런 식으로 내 외부의 것들에게 받은 영향이 고스란히 들어 있다. 다음은 그 영향의 리스트들.

1. 표제작 「세계의 끝 여자친구」는 일본의 1인 밴드 'World's End Girlfriend'에서 제목을 따왔다. 하지만 이 소설은 스페인 밴드 '라 부에나 비다(La Buena Vida)'의 〈La Mitad De Nuestras Vidas〉를 듣다가 쓴 소설이다.

2. 「모두에게 복된 새해」는 데미언 라이스(Damien Rice)의 〈Elephant〉를 듣고 긁적인 문장들에서 시작된 소설인데, 다 쓰고 몇 달이 지난 뒤에야 그즈음 한창 번역하던 레이먼드 카버의 소설과 비슷하다는 사실을 알게 됐다.

3. 「기억할 만한 지나침」의 제목은 당연하게도 기형도의 시에

서 따왔다.

4.「달로 간 코미디언」은 라스베이거스에서 길을 잃고 헤매다가 우연히 시저스 팰리스 호텔의 간판을 보면서 생각해냈으며,「네가 누구든, 얼마나 외롭든」은 그 구절이 담긴 메리 올리버의 시「기러기」덕분에 그런 이야기가 됐다.

마지막은 다시 불꽃에 대한 이야기다.「당신들 모두 서른 살이 됐을 때」는 2009년 1월에 본, 또다른 불꽃 때문에 쓴 소설이다. 이처럼 이 책에 실린 단편들은 별다른 계기 없이, 어떤 영향관계 안에서 자발적으로 발생한 작품들이다. 나의 바깥에서 불꽃이 타오를 때, 내 안에서도 불꽃이 타올랐다고 설명할 수밖에 없다. 그러므로 이 소설들을 쓰던 지난 2007년에서 2009년까지의 시간들이 내게는 불꽃이 타오르던 한 시기였다고 말할 수도 있겠다. 내게 그런 일이 일어났다면 당신들에게도 마찬가지가 아닐까. 아마도 전염된 각자의 불꽃들이 외롭게 타오르던 한 시기. 쉽게 위로하지 않는 대신에 쉽게 절망하지 않는다. 그러므로 이건 부정의 문장도, 무엇도 하지 않았다는 말도 아니다. 우리의 얼굴이 서로 닮아간다는 걸 믿는다는, 역시 미신과도 같은 이야기다. 우리가 같은 시대를 살아가고 있다는 그 이유만으로 이 미신 같은 이야기는 나를 매혹시킨다.

2009년 9월 김연수

문학동네 소설집
세계의 끝 여자친구
ⓒ 김연수 2009

| 1판 1쇄 | 2009년 9월 8일 |
| 1판 25쇄 | 2026년 1월 26일 |

지은이 김연수
책임편집 조연주 최유미 | 디자인 윤종윤 유현아
저작권 박지영 형소진 주은수 오서영 조경은
마케팅 정민호 서지화 이민경 왕지경 정유진 정경주 김혜원 김예진 이서진
브랜딩 함유지 박민재 이송이 박다솔 조다현 김하연 이준희
제작 강신은 김동욱 이순호 | 제작처 한영문화사

펴낸곳 (주)문학동네 | 펴낸이 김소영
출판등록 1993년 10월 22일 제2003-000045호
주소 10881 경기도 파주시 회동길 210
전자우편 editor@munhak.com | 대표전화 031)955-8888 | 팩스 031)955-8855
문학동네카페 http://cafe.naver.com/mhdn
인스타그램 @munhakdongne | 트위터 @munhakdongne
북클럽문학동네 http://bookclubmunhak.com

ISBN 978-89-546-0882-4 03810

잘못된 책은 구입하신 서점에서 교환해드립니다.
기타 교환 문의: 031) 955-2661, 3580
www.munhak.com